U0565094

读鲁迅可使心灵的眸子如岩下电

视野书系 007

梁由之主编

杨义 著

重回鲁迅

上海三联书店

目　录

鲁迅：中国思想文学现代性的启动器

学术周刊：杨先生您好，今年是鲁迅逝世八十周年，文化学术界有纪念活动，您现居澳门，鲁迅曾短暂在广州生活教书，也到过香港，许广平是广东人，香港、澳门有无相关活动，如研讨会。

我现今在澳门大学当讲座教授，除了职务上的工作和中国社会科学院学部委员的活动外，潜心做学问，主要是从事先秦诸子还原研究和鲁迅研究，很少其他应酬。说到许广平，她是民国一位奇女子，出身于显赫的近代广州名人辈出的第一家族。祖父许应骙（1832—1903）是清末大臣，官至礼部尚书，闽浙总督。许广平与鲁迅的精神和婚姻纽带，可以追溯到1923年许广平在北京女子高等师范学校读国文系二年级时，读到鲁迅讲授的《中国小说史略》，就心生倾慕之情。其后与鲁迅相互策应，发起揭批驱逐北师大校长杨荫榆的运动。1925年10月20日，与鲁迅确立恋爱关系。刚写完小说《孤独者》四天的鲁迅，又一气呵成了一篇以婚恋为题材的，充满生活哲理和抒情色彩的小说——《伤逝》，以志纪念。1934 年 12 月 9 日，鲁迅购得《芥子园画谱》，作《题＜芥子园画谱＞三集赠许广平》诗云："十年携手共艰危，以沫相濡亦可哀。聊借画图怡倦眼，此中甘苦两心知。"以《芥子园画谱》为赠，可见鲁迅的传统文化血脉。鲁迅与许广平的关系，可以当作民国一代文化巨人与民国奇女子的精神史来考察。

学术周刊：近几年，很多学者都在提"还原鲁迅"。您师从唐弢先生，是鲁迅研究的大家，您认为真实的鲁迅是什么样的？今天我们应该如何纪念？

在澳门大学"鲁迅与百年新文学"研讨会上，我提出了"重回鲁迅"的命题。有所谓"缅述新文化，敬礼鲁迅魂"，本人为研讨会奉献了三卷《鲁迅作品精华（选评本）》。评点本以分类和编年的方式，采取经典文化标准，选录鲁迅作品二百二十余篇。从鲁迅的文化血脉、哲人眼光、志士情怀、巨人智慧等多元角度，以古今文献、金石文物、野史杂著、风俗信仰、地域基因、时代思潮以及鲁迅的深层生命体验方面的丰富扎实的材料，对之进行有根柢、有趣味、有独到眼光的逐一评点。如何点出其精、评出其华，在思想文化平台上，与鲁迅进行酣畅痛快的精神对话？三联书店原总编辑李昕以"大中见小，小中见大，融会贯通，似易实难"十六字评价这种著述方式。这实际上是为"五四"前后的半个世纪的文化精神谱系做注，为 20 世纪最深刻的一位思想文学的巨人，做全方位的深入解读。

鲁迅给我们留下了什么？鲁迅是中国思想文学现代性的启动器，他锐利深刻地提出了当时中国社会积弊和精神奴性的诸多命题，提出了"做一个怎样的中国人，如何做中国人"的问题，引起当时整个社会痛心疾首的回响，以及在时代不断前行中与时俱进的回响。鲁迅留下的精神特质和思想方法在于：

第一是鲁迅眼光。鲁迅全部三十三篇小说中，有十六篇写到"眼光"。《奔月》写羿"身子是岩石一般挺立着，眼光直射，闪闪如岩下电，须发开张飘动，像黑色火"，把眼光看作人物精神的要紧处。《拿来主义》"要运用脑髓，放出眼光，自己来拿"，把眼光作为对中外文化遗产实施拿来主义的关键所在。眼光的要点，是锐利和深刻。

在《鲁迅作品精华（选评本）》每一本书中，都夹着我手写的书签："读鲁迅可使心灵的眸子如岩下电。"香港版《鲁迅作品精华》的"弁言"说的是同一个意思："我们观察中国事物之时，灼灼然总是感受到他那锐利、严峻而深邃的眼光，感受到他在昭示着什么，申斥着什么，期许着什么"；"'鲁迅眼光'，已经成为 20 世纪中国智慧和精神的一大收获，一种超越了封闭的儒家精神体系，从而对建构现代中国文化体系具有实质意义的收获。在鲁迅同代人中，比他激进者有之，如陈独秀；比他机智者有之，如胡适；比他儒雅者有之，如周作人；唯独无之者，无人如他那样透视了中国历史进程和中国人生模型的深层本质，这就使得他的著作更加耐人重读，愈咀嚼愈有滋味。鲁迅学而深思，思而深察，表现出中国现代史上第一流的思想洞察力、历史洞察力和社会洞察力，从而使他丰厚的学养和深切的阅历形成了一种具有巨大的穿透力的历史通识。"这就可以使读者领略现代中国人文精神的绮丽河源，成为一种精神标杆。

比如解剖国民性的命题，《阿 Q 正传》是国民性兼杂着喜剧、悲剧、闹剧的同台表演。对于阿 Q 式的革命，令人读来说不清楚是"开心"，还是心酸。阿 Q 所梦想的革命武器，不是民主共和，他连自由党都讹成"柿油党"，反而在《三国演义》《水浒传》《封神演义》等小说及地方戏剧《龙虎斗》中，搬出各种兵器、板刀、钢鞭、三尖两刃刀、钩镰枪，夹杂着炸弹、洋炮，都成了他想象中合群打劫式的"阿Q式的革命"中用的家伙。这种民俗狂欢式的描绘，隐藏着令人愈想愈揪心的针对"为私欲而革命"的讽喻。读鲁迅，可以疗治肤浅，可以更深刻地了解何为中国和中国人。

第二是鲁迅智慧。香港版"弁言"还说："谁能设想鲁迅仅凭一支形小价廉的'金不换'毛笔，却能疾风迅雷般揭开古老中国的沉重帷幕，赋予痛苦的灵魂以神圣，放入一线晨曦于风雨如磐？他对黑暗的分量有足够的估计，而且一进入文学旷野便以身期许：'自己背着因袭的重担，肩住了黑暗的闸门'，放青年一代'到宽阔光明的地方去，此后幸福的度日，合理的做人'。这便赋予新文化运动以勇者人格、智者风姿。很难再找到另一个文学家像他那样深知中国之为中国了。那把启蒙主义的解剖刀，简直是刀刀见血，哪怕是辫子、面子一类意象，国粹、野史一类话题，无不顺手拈来，不留情面地针砭着奴性和专制互补的社会心理结构，把一个国民性解剖得物无遁形，淋漓尽致了。读鲁迅，可以领略到一种苦涩的愉悦，即在一种不痛不快、奇痛奇快的大智慧境界中，体验着他直视现实的'睁了眼看'的人生态度，以及他遥祭'汉唐魄力'，推崇'拿来主义'的开放胸襟。他后期运用的唯物辩证法也是活生生的，毫无'近视眼论匾'（参看他的杂文《匾》）的隔膜。我们依然可以在他关于家族、社会、时代、父子、妇女，以及文艺与革命，知识者与民众，圣人、名人与真理一类问题的深度思考中，感受到唯物辩证法与历史通识的融合，感受到一种痛快淋漓的智慧禅悦。他长于讽刺，但讽刺秉承公心，冷峭包裹热情，在一种'冰与火'共存的特殊风格中，逼退复古退化的荒谬，逼出'中国的脊梁'和'中国人的自信力'。鲁迅使中国人对自身本质的认识达到了一个新的历史深度，正是这种充满奇痛奇快的历史深度，给一个世纪的改革事业注入了前行不息的、类乎'过客'的精神驱动力。"鲁迅杂文，得力于他那种随手拈来的杂学，以作社会批评和文明批评。杂文，乃是鲁迅创造的与民族国家共患难的文化方式。可以想知，他写到得意的地方，心中一片粲然。鲁迅的思想文学世界渊深莫测，出手不凡，曾被增田涉叹为思想文化领域的"斯芬克斯"。

第三是鲁迅骨头。鲁迅是大智大勇的启蒙斗士，《自嘲》诗云："横眉冷对千夫指，俯首甘为孺子牛。"他宣称"敢说，敢笑，敢哭，敢怒，敢骂，敢打，在这可诅咒的地方击退了可诅咒的时代！"又说："我的坏处，是在论时事不留面子，砭锢弊常取类型。"这就是，他的骨头硬，但不是以骨头耍横，而是在"不留面子"的笔墨中，为认识此社会留下可以反复寻味的"类型"。

第四是鲁迅的思想形式的原创与精神求索的独特的深度。鲁迅情怀的变迁和调整，改写了他看世界的角度和方式。《呐喊》的精神冲击力强；《彷徨》的思潮反思性深，"反思启蒙"是《彷徨》的重要思想特征；《祝福》的中心关注，是祥林嫂的悲剧人生，但它有个副主题，是反思"五四"的启蒙。辛亥革命过去近十年，"五四"大潮正在奔涌，然而讲理学的老监生鲁四老爷大骂的"新党"还是康有为，似乎"五四"的启蒙虽然在京沪知识界洪波涌起，但在二线、三线的乡土城镇，依然是"雨过地皮湿"的状态，盘根错节的历史并没有由于思潮推涌而立即迈步前进。孤独，自"五四"始，成了时髦的状态名词。《孤独者》却来反思"孤独"，反思到令人听到凄厉的狼嗥而心灵发颤。鲁迅的许多作品，体现了"抉心自食"文化观。"抉心自食，欲知本味。创痛酷烈，本味何能知？"这里的"心"乃中国思想"心"，文化中联系人体核心的器官，是最具有哲学意味又传统学问非常精深，他难免对之频频回首和反省。

　　学术周刊：您的学术研究是从鲁迅研究开始的，现在您的研究领域已经超出了现当代。鲁迅研究为您的学术道路带来什么样的学术启示？

　　鲁迅研究是我的学术研究的始发点。从 1972 年在北京西南远郊的工厂库房里通读《鲁迅全集》十卷本至今，已经四十多年了。1978 年，我考入中国社会科学院研究生院，师从唐弢及王士菁先生，开始系统地研究鲁迅。选择这个学术思想出发的驿站，在与鲁迅进行一番思想文化和审美精神的深度对话之后，再整装前行，对古今叙事、歌诗、民族史志、诸子学术进行长途的探源溯流，应该说，多少是储备了弥足珍贵的思想批判能力、审美体验能力和文化还原能力的。鲁迅作品以凝缩的形态，蕴藏着一个革故鼎新的大时代的思想含量和审美含量，其中的精华，堪称现代中国人必读的民族典籍。吃透鲁迅，是要把鲁迅思想和文学的精髓揭示出来。比如我揭示孔子的思想创造，存在着一种"反归纳法"，就是从鲁迅的学匪派文章《由中国女人的脚，推定中国人之非中庸，又由此推定孔夫子有胃病》受到启发。

　　学术周刊：师从唐弢先生，你们之间的交流是怎样的？可以谈谈吗？

　　1978 年研究生考试后，唐弢先生表示以朋友的身份约见我。我谈了自己对文史哲经的书读得很杂，缺乏专业意识。唐先生认为，我读书博杂，将来进入具体学科领域，就能够很快深入进去。只要刻苦，具体的学科领域十年就能获得发言权。他对我的思想能力和流畅文笔也很欣赏，对我关于鲁迅身上有"嵇康气"的说法，觉得是一个创见。后来对于鲁迅与陀思妥耶夫斯基的关系，我曾经和一位权威老先生发生争执，并引用《新青年》上周作人翻译的文章作根据，唐先生也是支持我的观点的。《求是》杂志要他推荐本学科最好的书，他也撰文推荐我的《中国现代小说史》。

学术周刊：您近年提出"重绘中国文学地图"，这基于怎样的学术路径和学术思考？

我兼任文学研究所、少数民族文学研究所的所长之后，深感以往文学史写作忽视了少数民族，只重时间维度，忽视空间维度；只重中心动力，忽视"边缘活力"；在讲求材料扎实时忽视给出具有中国智慧特征的思想原创。这就无法透视中华民族共同体的完整的生命过程。因而"重绘中国文学地图"的命题，就在对百年文学史写作进行反思的过程中提出来了。

学术周刊：今天我们还要阅读鲁迅吗？我们该如何阅读鲁迅？能不能谈谈您的看法？

鲁迅是一口以特别的材料制造的洪钟，小叩则小鸣，大叩则大鸣。鲁迅研究还存在着不少可以深入开垦的思想、知识、精神文化的园地和土层，就看研究者举起敲钟的槌棒的材质和大小；就看研究者的知识储备和思想能力，是否与研究对象相称。我本来想讲推进鲁迅研究的五个维度，即更深一层地疏通文化血脉，还原鲁迅生命，深化辩证思维，重造文化方式，拓展思想维度。

以往的鲁迅研究的显著特点，是侧重于思潮，尤其是外来思潮对鲁迅的影响。然而鲁迅说过："外之既不后于世界之思潮，内之仍弗失固有之血脉，取今复古，别立新宗，人生意义，致之深邃，则国人之自觉至，个性张，沙聚之邦，由是转为人国。"(《坟·文化偏至论》)重思潮而轻血脉的研究，只能是"半鲁迅"的研究，只有思潮、血脉并举，才能还鲁迅应有的"深刻的完全"。即便是研究思潮，也要有血脉研究的底子，才能理解鲁迅为何接受思潮，如何接受思潮，而使思潮转换流向和形态。

鲁迅的文化血脉既深且广，深入历史，广涉民间，令人有无所不届之感。鲁迅的文化血脉，论其大宗，相当突出的是要从庄子、韩非、屈原、嵇康、吴敬梓，从魏晋文章、宋明野史、唐传奇到明清小说，甚至要从绍兴目连戏、《山海经》、金石学和汉代石画像中去寻找，去把握。文化血脉，纵横交错，巨细兼杂，大可及于一代文学、一种文体，细可及于一个掌故、一个物件。

鲁迅对美术的关注，以发现"东方美的力量"为旨归。他关注过去，是为了充实当今，开拓未来。1935 年，他给木刻家李桦写信："以为倘参酌汉代的石刻画象，明清的书籍插画，并且留心民间所赏玩的所谓'年画'，和欧洲的新法融合起来，许能创出一种更好的版画。"他由此设想一种新的美学形态："以这东方的美的力量，侵入文人的书斋去。"清理这条血脉，应该从重新认识民国初年的鲁迅开始。鲁迅一生，主要是 1915 年至 1936 年这个二十年的两端，购得山东嘉祥和河南安阳的碑刻及石刻、木刻画像拓片近六千种。这成为鲁迅文化血脉上拥有的一笔重要的思想资源。我们多关注鲁迅与魏晋的关系，由汉画石又可以窥见鲁迅与"汉学"的关系。这种汉学不是经学，而是"民间汉学"，以此透视生活史和精神史，由此牵引出鲁迅与民间学的对接点。由此可知，沟通血脉，是当今鲁迅研究的当务之急。既关注鲁迅借鉴外来思潮，又顾及鲁迅植根于本国文化血脉，才能超越研究"半鲁迅"的局面，还原一个"全鲁迅"。

学术周刊：我们又该如何更好地去继承鲁迅留给我们的"遗产"，为振兴中华、为实现中国梦而贡献力量？

当我在审美文化和思想文化上历尽艰辛地探源溯流三十余年之

后，再反过头来梳理鲁迅的经典智慧和文化血脉，于是在最近两年陆续推出了《鲁迅文化血脉还原》《遥祭汉唐魄力——鲁迅与汉石画像》和三卷的《鲁迅作品精华（选评本)》，对我的学术生涯第一驿站的存货进行翻箱倒柜的大清理，进一步激发自己在思想学术上精进不已的心志，由此体验到的是一个"永远的鲁迅"。

鲁迅给我们留下什么

　　鲁迅一生留下了什么？你可以经过盘点，得出长长的书目：短中篇小说 3 集 33 篇，另有文言小说 1 篇；散文诗 1 集 23 篇，另有集外文 7 篇；回忆散文 1 集 10 篇；杂文 17 集 600 余篇；书信 1400 余封；学术著作 3 部；翻译 14 国近百作家 200 种作品，印成单行本 33 部。书单只是一个表象，从表象到深层的意义，存在着相当长的精神隧道。中国现代作家精神隧道之繁复幽深而又四通八达，直通国脉、国魂者，无人堪比鲁迅。日本作家、翻译家增田涉 1931 年到上海，师从鲁迅学中国小说史，拟将《中国小说史略》译成日文。接触鲁迅不久，他就撰述《鲁迅传》初稿，并请鲁迅阅改。他以外国学者亲炙鲁迅教诲，著文感叹：鲁迅是"中国文艺界庞然的斯芬克斯"[1]，可知，鲁迅是一个伟大的东方思想家，揭穿许多历史、现实之谜，而自己却因博识深刻又成了谜一样的巨人。

　　提到"斯芬克斯"，提到这个狮身人面的

[1]　发表于 1932 年 4 月日本《改造》杂志，收入佐藤春夫、增田涉译《鲁迅选集》，波岩书店，1935 年 6 月。

神圣怪兽及其好以"人"做谜底的行为，就会联想到鲁迅留下了许多奇文，以及奇文深处隐藏着的谜一般的关于"人"的智慧。所谓"奇文共欣赏，疑义相与析"，欣赏和析疑都应该出以一份敬重的心情。鲁迅谈起他喜欢的"魏晋文章"，就在"魏晋风度及文章与药及酒之关系"的讲演中，出入文史，知人论世，洞察古人的心肝，兼且谈药论酒，剖析士人风习如指掌，把从曹操父子、中经阮籍、嵇康"竹林七贤"，到陶渊明之间二百年头绪纷繁的文学，讲得意趣机警，妙趣横生，令人感到此前无人如此明快而别致地讲述一代有声有色的文学史。

鲁迅谈论他开蒙读书就日日敬拜的孔子，却借过"正人君子"丑诋自己是"学匪"的话头，做起了亦庄亦谐的"学匪派考古学"文章：《由中国女人的脚推定中国人之非中庸又由此推定孔夫子有胃病》，调侃着失去敬仰的神圣偶像。"圣人为什么大呼'中庸'呢？曰：这正因为大家并不中庸的缘故。人必有所缺，这才想起他所需。穷教员养不活老婆了，于是觉到女子自食其力说之合理，并且附带地向男女平权论点头；富翁胖到要发哮喘病了，才去打高而富球，从此主张运动的紧要。我们平时，是决不记得自己有一个头，或一个肚子，应该加以优待的，然而一旦头痛肚泻，这才记起了他们，并且大有休息要紧，饮食小心的议论。"他以幽默到了狂欢状态的运笔，古今杂糅地做了一篇解构一切考证的"考证"文字。记得蔡元培、宋庆龄签署的《征订〈鲁迅全集〉精制纪念本启》说："鲁迅先生为一代文宗，毕生著述，承清季朴学之绪余，奠现代文坛之础石。"对照这份启事，鲁迅不仅以圣人为调侃对象，而且以自己学问的根子"清季朴学"为调侃对象，却在歪打正着揭示了人文科学与自然科学的归纳法根本有别的思维方式，可以名之为"反归纳法"。面对圣贤，能够如此谈笑风生，创造了思想文章前不见古人的妙境，作者在文字的体操中享受着自己的通识和智慧。读通、读懂鲁迅此类辛辣痛快的文字，可以令人神旺而气足，敢于冲破思想禁锢的藩篱，获得精神文化原创的思想自由。

由此可以省悟，鲁迅面临着与庄子类似的言论环境，"以天下为沉浊，不可与庄语"（《庄子·天下篇》）。故而鲁迅多用曲笔，往往正语反说，反语正说，不可过于拘泥于文字表面。因而他留给国人的，固然有许多思想结论，但更值得寻味他的思想方向、方式和方法。以往思考鲁迅遗产的问题，往往以胪列鲁迅的一系列观点为务，我想，不妨换一个角度，看鲁迅在精神特质和思想方法上留给我们什么启示。因为观点是具体的，容易随着历史的行进而增光或褪色；精神特质或思想方法，则具有潜在的恒久性和普适性，运用之妙，可以进入新的社会思考的精神过程。可以说，从鲁迅遗留的文字上探究他的心灵，这是注重"以迹求心"的思想方法。从侧重观点，到注重思想方法和精神特质，也是一个从"半鲁迅"研究拓展到"全鲁迅"研究的过程，而且可以使这个过程深化。

鲁迅的精神特质和思想方法主要在于：

一、鲁迅眼光

眼光是一个人看世界的能力和方式。眼光有正有邪，有深有浅，眼光蕴含着胆识、见地和意志。鲁迅全部三十三篇小说中，有十六篇写到"眼光"。《铸剑》写黑色人："后面远处有银白的条纹，是月亮已从那边出现；前面却仅有两点磷火一般的那黑色人的眼光。"宴之敖者，人未到，眼光先到了。《奔月》写羿，"身子是岩石一般挺立着，眼光直射，闪闪如岩下电，须发开张飘动，像黑色火"，其中把眼光看作人物精神的要紧处，只写身姿、眼光、须发，就把眼光落魄的英雄勾勒出来了。《拿来主义》"要运用脑髓，放出眼光，自己来拿"，把眼光作为对中外文化遗产实施拿来主义的关键所在，是连接脑中思想到手上行为的枢纽。《绛洞花主·小引》谓对于《红楼梦》，"单是命意，就因读者的眼光而有种种：经学家看见《易》，道学家看见淫，才子看见缠绵，革命家看见排满，流言家看见宫闱秘事……"眼光是多元的，带有选择性和折光效应，无论如何，认知世界脱离不了形形色色的眼光。上述三段话，从姿态、行为，到命意，层层逼近意义的深处，其根本在眼光。如清人吴乔《围炉诗话》卷六说："读书须眼光透过纸背，勿在纸面浮去。"鲁迅眼光的要点，在于明澈、锐利和深刻，直逼人的心魄。

明澈的眼光，直面现实，不为"瞒和骗"遮蔽，或是"不畏浮云遮望眼，自缘身在最高层"（王安石《登飞来峰》）。它启发我们如何认知世界与人生。1925 年鲁迅写下《论睁了眼看》，认为文学应有担当意识。正视现实是担当的第一个前提："必须敢于正视，这才可望敢想，敢说，敢作，敢当。倘使并正视而不敢，此外还能成什么气候。"为此，他猛烈地抨击历史上的"瞒和骗"的文人传统，"中国的文人也一样，万事闭眼睛，聊以自欺，而且欺人，那方法是：瞒和骗。"因而需要从作家自身做起，如同早期在《摩罗诗力说》中呼唤恶魔诗派的"精神界之战士"一样，此文中呼唤现实主义的"凶猛的闯将"。他认为要创造真正的新文艺，就必须冲破一切传统思想和手法，因而这种闯将型的精神特征，就应该与"中国人向来因为不敢正视人生，只好瞒和骗，由此也生出瞒和骗的文艺来，由这文艺，更令中国人更深地陷入瞒和骗的大泽中，甚而至于已经自己不觉得"的状态决裂，看清世界大势和现实苦难："世界日日改变，我们的作家取下假面，真诚地，深入地，大胆地看取人生并且写出他的血和肉来的时候早到了；早就应该有一片崭新的文场，早就应该有几个凶猛的闯将！"眼光是融合着肝胆的，鲁迅一再强调："没有冲破一切传统思想和手法的闯将，中国是不会有真的新文艺的。"

鲁迅把这种声音传到香港，1927 年在香港做"无声之中国"的讲演，鼓励"青年们先可以将中国变成一个有声的中国。大胆地说话，勇敢地进行，忘掉了一切利害，推开了古人，将自己的真心的话发表出来。……只有真的声音，才能感动中国的人和世界的人；必须有了真的声音，才能和世界的人同在世界上生活"。一个民族能够发声，是其生命力的标志。求真是与"瞒和骗"相对立的，正视现实，发出真声音，形成了鲁迅眼光第一个特征：是打破虚伪，祛除遮蔽，"诚以见真"。

鲁迅眼光的第二个特征，是剥除涂饰，穿透迷雾，"锐以见深"。在最近由北京三联书店出版的《鲁迅作品精华（选评本）》中，每一本书都夹着我手写的书签："读鲁迅可使心灵的眸子如岩下电。"这个典故，源自《世说新语·容止篇》裴楷品评王戎说："眼烂烂如岩下电。"又谓裴楷本人"有俊容姿，一旦有疾至困，惠帝使王夷甫往看。裴方向壁卧，闻王使至，强回视之。王出，语人曰：'双眸闪闪若岩下电，精神挺动，体中故小恶。'"以此形容鲁迅眼光敏锐，能够洞察幽微，毫不含糊地直抵事物本质。

其实十八年前，我为香港版《鲁迅作品精华》作"弁言"，就说过，"我们观察中国事物之时，灼灼然总是感受到他那锐利、严峻而深邃的眼光，感受到他在昭示着什么，申斥着什么，期许着什么"；"'鲁迅眼光'，已经成为 20 世纪中国智慧和精神的一大收获，一种超越了封闭的儒家精神体系，从而对建构现代中国文化体系具有实质意义的收获。在鲁迅同代人中，比他激进者有之，如陈独秀；比他机智者有之，如胡适；比他儒雅者有之，如周作人；唯独无之者，无人如他那样透视了中国历史进程和中国人生模型的深层本质，这就使得他的著作更加耐人重读，愈咀嚼愈有滋味。鲁迅学而深思，思而深察，表现出中国现代史上第一流的思想洞察力、历史洞察力和社会洞察力，从而使他丰厚的学养和深切的阅历形成了一种具有巨大的穿透力的历史通识。"如今的书签只不过是"弁言"的浓缩版。

鲁迅1903年剪掉辫子后照相，而作《自题小像》诗："灵台无计逃神矢，风雨如磐暗故园。寄意寒星荃不察，我以我血荐轩辕。"《庄子·庚桑楚》："不可内于灵台。"郭象注："灵台者，心也。"灵台乃中国之心，神矢却是西方爱神之箭。许寿裳在《〈鲁迅旧体诗集〉跋》中说："首句之神矢，盖借用罗马神话爱神之故事，即异域典故。"他在风雨如磐之际，西方个性的、启蒙的思想，已经无可逃避地穿透了他的心，但这颗炽热的心并没有得到《楚辞》隐喻的士大夫"香草"的体察，唯有毅然以一腔悲愤的热血献给这个以轩辕黄帝为始祖的民族之解放事业了。全诗充溢着崇高的人格力量和悲剧情调，他二十一岁剪掉辫子的相片，也是"双眸闪闪若岩下电"的。

在晚清剪掉作为异族统治之奴隶的标志的辫子，对鲁迅而言，是灵台中矢，民族独立意识形成的宣示。辫子的意象，也成了"五四"以后，鲁迅反思和解剖辛亥革命的一个"抓手"。众所周知，《阿Q正传》是鲁迅最杰出的小说，是鲁迅思考国民性，进而思考人类性问题的精神深化的结晶。鲁迅说过，"他就觉得那Q字（须得大写）上边的小辫好玩。"（周遐寿《鲁迅小说里的人物·〈呐喊〉衍义·阿Q》）以"好玩"二字，表达内心的沉哀至痛，具有正言反说的深刻。由此可见鲁迅是以游戏的态度，象征他内心深处的焦灼和悲哀，他生命的最后阶段还冷冷地嘲讽："我的爱护中华民国，焦唇敝舌，恐其衰微，大半正为了使我们得有剪辫的自由。"

其实，辫子在鲁迅作品中，是一个大意象，它连着阿Q、国民性、辛亥革命或种族革命，以及章太炎。鲁迅联想到太炎先生去辫发时所作的《解辫发》，说他的剪辫，是愤东胡之无状，仿效古越"断发文身"。(《且介亭杂文末编·因太炎先生而想起的二三事》)由此又可知，《阿Q正传》不惜以一个洋字母代替人物名字，藉以为隐喻解剖国民性，或民族心理的弱点，是眼光独具的。似乎这个洋字母不洋，反而像是从中国的根子上长出来的，实在令人五味杂陈。阿Q在革命风潮初起时，就已经用竹筷盘上他的辫子，作为他"革他妈妈的命"的标记。但小说所创造的这个巨大的"反英雄"的艺术典型，超越了时代和国界的限制，成为人类心理结构弱点的一面镜子。面对强大的凶势力或蛮势力的压迫，弱小者多是含垢忍辱，而为了含垢忍辱而不致精神崩溃，弱小者不搞点"精神胜利法"，又何以自处？

阿Q为了行使精神胜利法，只好搅乱逻辑，因而其精神信仰也就芜杂不堪："不孝有三，无后为大"来自圣贤遗训；更多的来自民间戏曲，比如绍剧《龙虎斗》中"我手执钢鞭将你打"；最普遍的是对民间习俗的禁忌、训诫、欺软怕硬、排斥异端的潜移默化的被动接受，毫无真正的政治意识、公民意识、科学民主意识。因此当革命浪潮蓦然涌来的时候，他想象的革命方式是："来了一阵白盔白甲的革命党，都拿着板刀，钢鞭，炸弹，洋炮，三尖两刃刀，钩镰枪，走过土谷祠，叫道，'阿Q！同去同去！'于是一同去。"革命的对象包括赵太爷、赵秀才、假洋鬼子，以及第一个该死的是小D和王胡这班未庄的鸟男女。革命的目的就是劫掠，"直走进去打开箱子来：元宝，洋钱，洋纱衫，……秀才娘子的一张宁式床先搬到土谷祠，此外便摆了钱家的桌椅，——或者也就用赵家的罢"。阿Q所梦想的革命武器，不是民主共和，他连自由党都讹成"柿油党"，反而《三国演义》《水浒传》《封神演义》等小说及地方戏剧《龙虎斗》中的各种兵器，板刀、钢鞭、三尖两刃刀、钩镰枪、加上炸弹、洋炮，都成了想象中合群打劫式的"阿Q式的革命"中用的家伙。

　　这种民俗狂欢的描绘，隐藏着针对"为私欲而革命"的讽喻，读来令人揪心。鲁迅对于如此革命的把戏，端是感慨不已，他指出："我们国民的学问，大多数却实在靠着小说，甚至于还靠着从小说编出来的戏文。虽是崇奉关（羽）岳（飞）的大人先生们，倘问他心目中的这两位'武圣'的仪表，怕总不免是细着眼睛的红脸大汉和五绺长须的白面书生，或者还穿着绣金的缎甲，脊梁上还插着四张尖角旗。"（《华盖集续编·马上支日记》）鲁迅眼光看透了群体潜意识的种种欲念骚动的奥妙，揭示小说、戏文对民间心理的熏染，为思想启蒙提出了切实的命题。鲁迅有一种透入人们灵魂的发现："专制者的反面就是奴才，有权时无所不为，失势时即奴性十足。"（《南腔北调集·谚语》）这是鲁迅的眼光敏锐深刻之所在，鲁迅是以别人无法代替的"锐以见深"的眼光看世界的。那种认为鲁迅解剖国民性是受西方传教士影响的"殖民思想"，是离开事物的本质，或把事物本质虚无化的不实之论。

　　鲁迅眼光的第三个特征，是古今参证，中外比较，"通以发明"。对于这个"明"字，《野草·腊叶》说，"明眸似的向人凝视"。《在酒楼上》描绘窗外废园中，"倒塌的亭子边还有一株山茶树，从晴绿的密叶里显出十几朵红花来，赫赫的在雪中明得如火，愤怒而且傲慢，如蔑视游人的甘心于远行"。鲁迅对现实中国的纷纭百象、深层脉络，凝视于明与暗，生与死，过去与未来之际，明达幽微，成为国民性的极高明的观察者和解剖家，犹如雪压风欺的山茶花，"赫赫的在雪中明得如火"，深深地植根于中国的土地。如此观察和解剖国民性，能说是沿袭传教士的殖民思想吗？传教士有如此的根基和眼力吗？

　　回想当时，有些洋人把"面子"看作"中国精神的纲领"。承接着这个所谓国民性的命题，鲁迅到了1934年的后期，并没有顺势推衍，而是换了一个方向，增加了社会阶层分化的分析。他先分析什么叫"面子"、"有面子"、"丢面子"："每一种身价，就有一种'面子'，也就是所谓'脸'。这'脸'有一条界线，如果落到这线的下面去了，即失了面子，也叫作'丢脸'。不怕'丢脸'，便是'不要脸'。但倘使做了超出这线以上的事，就'有面子'，或曰'露脸'。"然后转向更深一层："'丢脸'之道，则因人而不同，例如车夫坐在路边赤膊捉虱子，并不算什么，富家姑爷坐在路边赤膊捉虱子，才成为'丢脸'。但车夫也并非没有'脸'，不过这时不算'丢'，要给老婆踢了一脚，就躺倒哭起来，这才成为他的'丢脸'。这一条'丢脸'律，是也适用于上等人的。这样看来，'丢脸'的机会，似乎上等人比较的多，但也不一定，例如车夫偷一个钱袋，被人发见，是失了面子的，而上等人大捞一批金珠珍玩，却仿佛也不见得怎样'丢脸'，况且还有'出洋考察'，是改头换面的良方。"这就是"'面子'是'圆机活法'，善于变化，于是就和'不要脸'混起来了"。(《且介亭杂文·说面子》)鲁迅看得分明，在面子问题上，社会的贫富分离左右着"丢脸"的标准，其中是是非非颠倒的，不像某些洋先生只是隔岸观火，不知冷热，浑然一团。

二、鲁迅智慧

智慧本是佛教语，鲁迅是了然于心的。北魏昙摩流支译《如来庄严智慧光明入一切佛境界经》卷上云："智慧大如须弥山。……一切皆得大甚深法智慧光明。"北周释道安《二教论》，则有"西域名佛，此方云'觉'。西言菩提，此云为'道'。西云泥洹，此言'无为'。西称般若，此翻'智慧'"之说[1]，这是佛经翻译史上的"格义"时代的遗物。"智慧"一语，很早就被用来表达人的聪明才智，如清人薛雪《一瓢诗话》曰："作诗必先有诗之基，胸襟是也。

---

[1] [清]严可均辑《全后周文》卷二十三。

有胸襟然后能载其性情智慧，随遇发生，随生即盛。千古诗人推杜浣花（杜甫），其诗随所遇之人、之境、之事、之物，无处不发其思君王，忧祸乱，悲时日，念友朋，吊古人，怀远道。凡欢愉、忧愁、离合、今昔之感，一一触类而起。因遇得题，因题达情，因情敷句，皆由有胸襟以为基。如时雨一过，天矫百物，随地而兴，生意各别，无不具足。"关键在于鲁迅智慧是大智慧，阅历极深，涉猎甚广，于一针见血处令人心颤，冷冷之语，却能灼伤人。因而鲁迅智慧，属于锋利型的智慧。

我在十八年前的香港版《鲁迅作品精华·弁言》中，就震惊于鲁迅智慧之锋利："谁能设想鲁迅仅凭一支形小价廉的'金不换'毛笔，却能疾风迅雷般揭开古老中国的沉重帷幕，赋予痛苦的灵魂以神圣，放入一线晨曦于风云如磐？他对黑暗的分量有足够的估计，而且一进入文学旷野便以身期许：'自己背着因袭的重担，肩住了黑暗的闸门'，放青年一代'到宽阔光明的地方去，此后幸福的度日，合理的做人'。这便赋予新文化运动以勇者人格、智者风姿。很难再找到另一个文学家像他那样深知中国之为中国了。那把启蒙主义的解剖刀，简直是刀刀见血，哪怕是辫子、面子一类意象，国粹、野史一类话题，无不顺手拈来，不留情面地针砭着奴性和专制互补的社会心理结构，把一个国民性解剖得物无遁形，淋漓尽致了。读鲁迅，可以领略到一种苦涩的愉悦，即在一种不痛不快、奇痛奇快的大智慧境界中，体验着他直视现实的'睁了眼看'的人生态度，以及他遥祭'汉唐魄力'，推崇'拿来主义'的开放胸襟。他后期运用的唯物辩证法也是活生生的，毫无'近视眼论匾'（参看他的杂文《扁》）的隔膜。我们依然可以在他关于家族、社会、时代、父子、妇女，以及文艺与革命，知识者与民众，圣人、名人与真理一类问题的深度思考中，感受到唯物辩证法与历史通识的融合，感受到一种痛快淋漓的智慧禅悦。他长于讽刺，但讽刺秉承公心，冷峭包裹热情，在一种'冰与火'共存的特殊风格中，逼退复古退化的荒谬，逼出'中国的脊梁'和'中国人的自信力'。鲁迅使中国人对自身本质的认识达到了一个新的历史深度，正是这种充满奇痛奇快的历史深度，给一个世纪的改革事业注入了前行不息的、类乎'过客'的精神驱动力。"

　　首先，鲁迅锋利的智慧，体现为精深的阅历省察的综合能力。《红楼梦》第五回"游幻境指迷十二钗，饮仙醪曲演红楼梦"，有一副对联："世事洞明皆学问，人情练达即文章。"虽然是通向太虚幻境的，但"练达"讲的是阅历，"洞明"讲的是省察，也是相当精彩的人生箴言。阅历和省察是在互动中深化的，省察因阅历而踏实，阅历因省察而超越。鲁迅思想在阅历和省察的互动中淬火，打造出踏实而超越的特征。鲁迅人生的第一课，就形成了他把人生上升为阅历的思维定式："有谁从小康人家而坠入困顿的么，我以为在这途路中，大概可以看见世人的真面目。"（《呐喊·自序》）以后，他常用"碰壁"、"运交华盖"，来形容自己的人生遭际。对于这种阅历，他曾向子侄辈笑谈："碰了几次壁，把鼻子碰扁了"，"你想，四周黑洞洞的，还不容易碰壁吗？"（周晔《我的伯父鲁迅先生》）但他又对这类阅历，进行省察，甚至是把自己也放进去的省察："我时时说些自己的事情，怎样地在'碰壁'，怎样地在做蜗牛，好像全世界的苦恼，萃于一身，在替大众受罪似的：也正是中产的智识阶级分子的坏脾气。只是原先是憎恶这熟识的本阶级，毫不可惜它的溃灭，后来又由于事实的教训，以为惟新兴的无产者才有将来，却是的确的。"（《二心集·序言》）由于阅历既刻骨铭心，省察又剔骨见髓，他因而承认，"我的文章，未有阅历的人实在不见得看得懂"（《书信·致王冶秋》）。正是基于这种阅历的省察，读懂鲁迅，便能收获深刻。

　　对于"走异路，逃异地，去寻求别样的人们"的阅历的深度省察，鲁迅从人文重建的高度，推重精神文化，他早就主张"掊物质而张灵明"（《坟·文化偏至论》）。为人生而文学，实质上是从阅历深处，省察文学的本质与功能的结果："文艺是国民精神所发的火光，同时也是引导国民精神的前途的灯火。这是互为因果的，正如麻油从芝麻榨出，但以浸芝麻，就使它更油。"（《论睁了眼看》）芝麻是阅历的种子，麻油来自省察。这种省察是多向度的，反过来，他又对"引导国民精神的前途的灯火"进行省察："新主义宣传者是放火人么，也须别人有精神的燃料，才会着火；是弹琴人么，别人的心上也须有弦索，才会出声；是发声器么，别人也必须是发声器，才会共鸣。"（《热风·圣武》）这种省察，也根由于他的阅历，深知启蒙的灯火要照亮人心，并非一厢情愿，需要发现"精神的燃料"。阅历因省察，进而提升为智慧。

其次，鲁迅锋利的智慧，体现为对现实和历史往返穿透的剖析能力。剖析是对众人若有所感，却安于现状，不做深究的事态，痛下解剖刀，剔皮见骨，剔骨见髓，以明快的解而析之的能力，直抵本质，把握特征，洞察缘由。这种剖析能力进入老中国的现实，最是令人难忘的，体现在解剖和改造国民性的命题。他可以创造出阿Q这样的典型形象，在人间百态中打滚，在革命风潮中折腾，在生计、婚恋、革命、犯法、审判、画押、示众、毙命的生存程序中，以精神胜利法解不开人生失败的死扣，糊里糊涂地丧失人格应有的尊严，钻入圈套，死无对证。鲁迅痛心疾首于如此国民性，更是痛心疾首于浑浊的社会在惊心动魄的无声中批量地泡制着如此阿Q，如此国民性。

由于鲁迅关注"立人"和建立"人国"，因而解剖国民性的命题，也就在他的叙事和言论系统中几乎无所不在。只不过这无所不在，并非照本宣科，而是采取了或大或小，亦庄亦谐的多种多样的形式，检视着社会的每一个细胞，心弦的每一次震颤。1933年鲁迅写的短文《经验》，批评世俗"也有经过许多人经验之后，倒给了后人坏影响的，如俗语说'各人自扫门前雪，莫管他家瓦上霜'的便是其一。……所以，在中国，尤其是在都市里，倘使路上有暴病倒地，或翻车摔伤的人，路人围观或甚至于高兴的人尽有，肯伸手来扶助一下的人却是极少的。这便是牺牲所换来的坏处。"鲁迅由一条谚语，检视着它的弥漫功能，令人无限感慨于人类同情心、救助心、公德心在社会教训使人学乖中的大面积流失，造成了人际伦理的令人忧虑不已的麻木不仁的创伤。鲁迅的文化反省有深刻的批判性，催促人们急起疗治，刻不容缓，唯此才能打破一个古国"恃着固有而陈旧的文明，害得一切硬化"的僵局，祛除讳疾忌医的心态，以改革开辟生机。

应该认识到，鲁迅解剖国民性并非自轻自贱，既是恨铁不成钢，又是心存民族振兴的理想火光。他审视国民，又开始寄希望于"民魂"，认为"惟有民魂是值得宝贵的，惟有他发扬起来，中国才有真进步"（《华盖集续编·学界的三魂》）。鲁迅又看到历史的血脉，有如此血脉的民族，即便积弱，也会顽强地崛起。对于历史，鲁迅是以汉唐为理想，以宋末明末为鉴戒。在《华盖集·忽然想到》中，鲁迅以历史和现实相参证，"试将记五代，南宋，明末的事情的，和现今的状况一比较，就当惊心动魄于何其相似之甚，仿佛时间的流驶，独与我们中国无关。现在的中华民国也还是五代，是宋末，是明季。"这种"季世感"在鲁迅心头蒙上了浓重的阴影，历史的循环感和倒退感与他所接受的历史进化论，发生了强烈的对撞。在文化对撞中，他看透了"两个辛亥"的裂变，使鲁迅"觉得什么都要从新做过"。"五四"开始的事业，相对于辛亥而言，就是思想文化上"从新做"的事业。

近代史击碎了鲁迅的许多梦，但他以锋利的智慧，反抗"击碎"，重拾梦的碎片。《看镜有感》藉物（铜镜）言志，在批判自我封闭的国粹派的同时，弘扬敢于接受外来事物的"汉唐魄力"，洋溢着开放精神："遥想汉人多少闳放，新来的动植物，即毫不拘忌，来充装饰的花纹。唐人也还不算弱，例如汉人的墓前石兽，多是羊，虎，天禄，辟邪，而长安的昭陵上，却刻着带箭的骏马，还有一匹驼鸟，则办法简直前无古人。"汉唐魄力的发见，蕴含着鲁迅不屈不挠地重拾我们民族值得永远回忆的大国气象。因为汉唐气象是开放的，充溢着元气的，"汉唐虽然也有边患，但魄力究竟雄大，人民具有不至于为异族奴隶的自信心，或者竟毫未想到，凡取用外来事物的时候，就如将彼俘来一样，自由驱使，绝不介怀。"既深刻地解剖国民性，又顽强地捡拾汉唐魄力。鲁迅手握两端，在穿透历史与现实中，修复民族元气，重造已经失落了，却依然可以想象的民族振兴之梦。

其三，鲁迅锋利的智慧，是思想家型的，是杂文性的，携带着社会批评和文明批评的通识和真知灼见，辐射到小说、散文、散文诗等各种体裁，使这些体裁都闪耀着奇异逼人的理性之光。世人不可鄙薄鲁迅杂文，杂文是鲁迅创造出来的与民族共患难的，为民族杀出一条生存的血路的文体形式。鲁迅对杂文文体，驱遣自如，得心应手，令人为其勾魂摄魄的批判力量感到折服，能够如此，得力于他那种随手拈来的杂学。这就令人不能不重新评价民初的鲁迅。在那几年革命失精神的岁月，鲁迅以沉默排遣痛苦，也以沉默磨练内功。思想痛苦的医治，使思想者真正深刻地咀嚼出文化的滋味。如果没有民国初年的校古碑、抄佛经、搜集汉画像和金石文物，就没有这位具有如此深邃的精神深度，深知中西文化之精髓之鲁迅。鲁迅的人文兴趣广泛，少好绣像、俗剧，长嗜古碑、汉砖和木刻，藉以体验民间趣味和古人心灵。

鲁迅杂文是以博识作为其文化底子的，博识使他的杂文，一边欣赏着民间，一边破解着历史，一边汲取着外来，融众书于一艺。《看镜有感》如此谈论着铜镜："一面圆径不过二寸，很厚重，背面满刻蒲陶，还有跳跃的鼯鼠，沿边是一圈小飞禽。古董店家都称为'海马葡萄镜'。但我的一面并无海马，其实和名称不相当。记得曾见过别一面，是有海马的，但贵极，没有买。这些都是汉代的镜子；后来也有模造或翻沙者，花纹可造粗拙得多了。汉武通大宛安息，以致天马蒲萄，大概当时是视为盛事的，所以便取作什器的装饰。古时，于外来物品，每加海字，如海榴，海红花，海棠之类。海即现在之所谓洋，海马译成今文，当然就是洋马。镜鼻是一个虾蟆，则因为镜如满月，月中有蟾蜍之故，和汉事不相干了。"这里以专家内行的口吻，指点着文物的年代定位，及其形制、纹饰蕴含的时代风貌和民俗意义。如果没有民国初年鲁迅于寂寞中潜心购阅佛典，校勘古碑，搜集金石小品和汉代石画像所形成的知识储备，是做不到的。"磨刀不误砍柴工"，民国初年，是鲁迅修炼内功的时期，他把杂学之刀磨得异常锋利。从这种意义上说，没有民初的鲁迅，何来"五四"的鲁迅？

人文地理的因素，不应忽视。以史为鉴的批判精神，是上承鲁迅家乡的浙东史学的，但鲁迅一面是承接，一面是超越，是超越性的承接。鲁迅超越了章学诚"六经皆史"的引经归史的宗旨，大步从正统走向异端，趋向并非钦定、而洋溢着旷野民气的野史。对于浙东史学和章学诚的学术，鲁迅的另一位同乡先辈李慈铭如此评述："实斋于志学用力甚深，实为专家。而自信太过，喜用我法。尝言作史作志，须别有宗旨，自开境界，此固可为庸下缄砭；而其弊也，穿凿灭裂，尽变古法，终堕于宋明腐儒师心自用之学。盖实斋识有余而学不足，才又远逊。故其长在别体裁，窍名实，空所依傍，自立家法；而其短则读书卤莽，穄秕古人，不能明是非，究正变，汎持一切高论，凭臆进退，矜己自封，好为立异，驾空虚无实之言，动以道眇宗旨压人，而不知已陷于学究云雾之识。后之不学之士，耳食其言，以为高奇，遂云汉后无史，唐后无文。持空滑之谈，以盖百家；凭目睫之论，以狭千古。自名绝学，一无所知，且不大愚而可哀哉！大抵浙儒之学，江以东识力高而好自用，往往别立门庭，其失也妄；江以西涂彻正而喜因人，往往掇拾细琐，其失也陋。"[1] 从章实斋识高而非古，李慈铭芜杂而好骂人，也可见浙东

---

[1]　[清] 李慈铭：《越缦堂读书记·集部·别集类》。

学术强悍风气之一斑。鲁迅对浙地文人的关系，做了这样的透视："清朝的章实斋和袁子才，李莼客（李慈铭号莼客）和赵㧑叔，就如水火之不可调和。"（《准风月谈·中国文坛的悲观》）鲁迅又从李慈铭的芜杂中，窥见其著述的用心，谓"吾乡的李慈铭先生，是就以日记为著述的，上自朝章，中至学问，下迄相骂，都记录在那里面。"（《华盖集续编·马上支日记》）鲁迅又说李慈铭的心看不清楚，感到他的做作令人不舒服："《越缦堂日记》近来已极风行了，我看了却总觉得他每次要留给我一点很不舒服的东西。为什么呢？一是钞上谕。大概是受了何焯的故事的影响的，他提防有一天要蒙'御览'。二是许多墨涂。写了尚且涂去，该有许多不写的罢？三是早给人家看，钞，自以为一部著作了。我觉得从中看不见李慈铭的心，却时时看到一些做作，仿佛受了欺骗。翻翻一部小说，虽是很荒唐，浅陋，不合理，倒从来不起这样的感觉的。"（《三闲集·怎么写（夜记之一）》）由此可知，鲁迅是受过浙东学术感染的，却又从感染中超拔出来，开拓新的浙东之学。

鲁迅从野史杂学中，辟出蹊径而把握国族的灵魂和命运，他的文化向度和深度都超越了乡邦先贤。他认为："历史上都写着中国的灵魂，指示着将来的命运，只因为涂饰太厚，废话太多，所以很不容易察出底细来。正如通过密叶投射在莓苔上面的月光，只看见点点的碎影。但如看野史和杂记，可更容易了然了，因为他们究竟不必太摆史官的架子。"（《华盖集·忽然想到》）以野史杂学入杂文，是鲁迅将杂文做大的一个知识学上的关键。如他晚年写的《论俗人应避雅人》（收入《且介亭杂文》），随手从清代倪鸿的《桐阴清话》中，拈来一个笑话："记得在一部中国的什么古'幽默'书里，有一首'轻薄子'咏知县老爷公余探梅的七绝——红帽哼兮黑帽呵，风流太守看梅花。梅花低首开言道：小底梅花接老爷。"随之进行评点："这真是恶作剧，将韵事闹得一塌胡涂。而且他替梅花所说的话，也不合式，它这时应该一声不响的，一说，就'伤雅'，会累得'老爷'不便再雅，只好立刻还俗，赏吃板子，至少是给一种什么罪案的。"雅人还俗，面孔是非常难看的。于这种涉笔成趣之处，可见鲁迅的杂文得力于他的杂学许多。当然，鲁迅杂文之所以耐人阅读，除了文章魅力之外，还由于它往往于杂学知识中混合着谐趣迭出的批判眼光，论辩中闪烁着思想，调侃中隐含着反讽，具有一眼难以窥透的深邃的意义层面。

要窥见那深邃的意义层面，不妨读一读《华盖集·这个与那个》，鲁迅的思想穿透力往往是从"这个"中看到"那个"。鲁迅认为："倘其咿唔日久，对于旧书有些上瘾了，那么，倒不如去读史，尤其是宋朝明朝史，而且尤须是野史；或者看杂说。"在这里，"这个"是正史，"那个"是野史，鲁迅由此引申了浙东学派，将之引向传统目录学的边缘或盲点；在传统的边缘和盲点上，呼吸一下释放着旷野草香的新鲜空气。野史，是鲁迅杂学的一个"氧吧"。他进一步陈述这一引申的价值依据："野史和杂说自然也免不了有讹传，挟恩怨，但看往事却可以较分明，因为它究竟不像正史那样地装腔作势。"读史、尤其是野史，为的是以古鉴今，明白古今许多事何其神似，就如这个幽默的比喻："试到中央公园去，大概总可以遇见祖母带着她孙女儿在玩的。这位祖母的模样，就预示着那娃儿的将来。所以倘有谁要预知令夫人后日的丰姿，也只要看丈母。不同是当然要有些不同的，但总归相去不远。"虽然不能割断传统血脉，但鲁迅是坚定的人类进化论者，相信血脉是可以重新焕发生命力的，从而打破"老祖母"，或"丈母娘"的旧例，以使新一代漂漂亮亮，能够飞跑。这是他的结论："总之：读史，就愈可以觉悟中国改革之不可缓了。虽是国民性，要改革也得改革，否则，杂史杂说上所写的就是前车。一改革，就无须怕孙女儿总要像点祖母那些事，譬如祖母的脚是三角形，步履维艰的，小姑娘的却是天足，能飞跑；丈母老太太出过天花，脸上有些缺点的，令夫人却种的是牛痘，所以细皮白肉：这也就大差其远了。"鲁迅相信进化论，自然也就引导出国民性也是可以进化的见解。鲁迅重野史笔记之类的杂学，有助于他在小说史研究和杂文写作中，透视历代民间传闻、风俗信仰、社会形相，对小说的戏曲改编和社会传播接受，也能了然于心。

对于历史，鲁迅的智慧严峻得有点毒辣，以毒辣的严峻催人猛醒。如郁达夫所说："鲁迅的杂文简练得像一把匕首，能以寸铁杀人，一刀见血。重要之点抓住了之后，只消三言两语就可以把主题道破。"（《中国新文学大系·散文二集导言》）《灯下漫笔》以"人"的价值为基本尺度，去衡量"三千余年古国古"的中华，揭示了"中国人向来就没有争到过'人'的价格，至多不过是奴隶，到现在还如此，然而下于奴隶的时候，却是数见不鲜的"。乱世的强盗或官军，都把百姓当杀掠的对象，生活在"人的底线"之下的百姓，就只能希望凶暴的主子定出一个"奴隶规则"，使他们起码可以走上奴隶的轨道。从中可以体验到鲁迅浩瀚博大的忧患意识和悲天悯人的情怀。他由此出入于历史与现实，揭示了社会结构依然固我之时代的恶性历史循环："一、想做奴隶而不得的时代；二、暂时做稳了奴隶的时代。"从而呼唤打破和超越历史循环，去创造"中国历史上未曾有过的第三样时代"。这种立意与情调，是可以和《狂人日记》中对"吃人"历史的抨击相参照的。它呼唤着打破循环的历史怪圈和等级性的社会结构，沉痛悲怆，大有陈子昂"念天地之悠悠，独怆然而涕下"之概。

应该看到，鲁迅式的"打破"，并非任意或恶意的破坏，更本质的，是蕴含着从根柢开始的建设。游宦江西的许寿裳读到《新青年》上发表的《狂人日记》，对它"说穿了吃人的历史，于绝望中寓着希望，我大为感动"。感动的深化，不仅在于琢磨到中国老病的根柢，而且在于鲁迅对民族血脉犹存一派转化出新的真诚。许氏后来在北京与鲁迅见面，问起"鲁迅"笔名的意思，鲁迅说："因为《新青年》编辑者不愿意有别号一般的署名，我从前用过'迅行'

的别号是你所知道的，所以临时命名如此。理由是（一）母亲姓鲁，（二）周鲁是同姓之国，（三）取愚鲁而迅速之意。"（《亡友鲁迅印象记·笔名鲁迅》）文学史上由此第一次出现"鲁迅"笔名，意味着在反抗破坏的激烈言辞的深处，依然荡漾着传统血脉的情怀，有如他的名字"树人"，根源在《管子·权修篇》："一年之计，莫如树谷；十年之计，莫如树木；终身之计，莫如树人。"由此也可知，鲁迅传统学养精湛，对文字学兴趣甚浓，以这种功底为杂文集取名，如《华盖集》《二心集》《南腔北调集》《伪自由书》《准风月谈》《且介亭杂文》之类，都谐趣盎然，且有深意存焉。鲁迅"反传统"，但其笔名又"返传统"，在此反、返之间，可见鲁迅千丝万缕的文化血脉。但鲁迅揭示"吃人"，又高呼"救救孩子"，洋溢着拯救意识和未来意识。

其四，鲁迅锋利的智慧，体现为非凡的机敏而锋利的比喻能力，每有比喻，往往穿透事物的实质，兼且穿透人的心灵。"比喻的双重穿透性"，成了鲁迅的一种大智慧。比如，鲁迅主张对人类文明采取大胆的开放、吸收、消化的态度，不必为此而神经衰弱，食欲不振，他做了这样的比喻："虽是西洋文明罢，我们能吸收时，就是西洋文明也变成我们自己的了。好像吃牛肉一样，决不会吃了牛肉自己也即变成牛肉的，要是如此胆小，那真是衰弱的知识阶级了，不衰弱的知识阶级，尚且对于将来的存在不能确定；而衰弱的知识阶级是必定要灭亡的。"（《集外集拾遗补编·关于知识阶级》）鲁迅的精神世界是开放的，并不拒斥外来文化，认为关键在于吸收和转变。对于旧形式的采用，他也做如此观："这些采取，并非断片的古董的杂陈，必须溶化于新作品中，那是不必赘说的事，恰如吃用牛羊，弃去蹄毛，留其精粹，以滋养及发达新的生体，决不因此就会'类乎'牛羊的。"（《且介亭杂文·论"旧形式的采用"》）一旦以"吃牛肉"做比喻，就显得新鲜而生动，这种即事言理的方法，与先秦诸子血脉相通。

　　知识者的存在价值，在于参与人类文明的吸纳和创造。鲁迅主张"拿来主义"，所谓"拿来主义"，乃是借鉴外来和继承遗产中的开放精神和理性姿态，并在开放中贯注一种历史主动性，"运用脑髓，放出眼光，自己来拿"。为此，鲁迅以"大宅子"做比喻："譬如罢，我们之中的一个穷青年，因为祖上的阴功（姑且让我这么说说罢），得了一所大宅子，……那么，怎么办呢？我想，首先是不管三七二十一，'拿来'！但是，如果反对这宅子的旧主人，怕给他的东西染污了，徘徊不敢走进门，是孱头；勃然大怒，放一把火烧光，算是保存自己的清白，则是昏蛋。不过因为原是羡慕这宅子的旧主人的，而这回接受一切，欣欣然的蹩进卧室，大吸剩下的鸦片，那当然更是废物。'拿来主义'者是全不这样的"；"他占有，挑选。看见鱼翅，并不就抛在路上以显其'平民化'，只要有养料，也和朋友们像萝卜白菜一样的吃掉，只不用它来宴大宾；看见鸦片，也不当众摔在毛厕里，以见其彻底革命，只送到药房里去，以供治病之用，却不弄'出售存膏，售完即止'的玄虚。只有烟枪和烟灯，虽然形式和印度，波斯，阿剌伯的烟具都不同，确可以算是一种国粹，倘使背着周游世界，一定会有人看，但我想，除了送一点进博物馆之外，其余的是大可以毁掉的了。还有一群姨太太，也大以请她们各自走散为是，要不然，'拿来主义'怕未免有些危机。"这样的比喻，已经是大比喻了。鲁迅以"拿来主义"与"反拿来主义"相对比，把二者绝然相反的思想行为，一一展示在如何对待"大宅子"的各种遗产，如鱼翅、鸦片、烟具、姨太太之上。"大宅子"的喻体，实际上与绍兴东昌坊口新台门的鲁迅家族故宅有关，鸦片、姨太太对这个士大夫家族的败落造成的创伤，深刻地留在鲁迅的童年记忆中。鲁迅以此做大比喻，占居全文的主体位置，层层推衍出一整套分析性的说理逻辑，给人烟波浩渺，波诡云谲之感，由此深化拿来主义的要旨，"首先要这人沉着，勇猛，有辨别，不自私。没有拿来的，人不能自成为新人，没有拿来的，文艺不能自成

为新文艺。"(《且介亭杂文·拿来主义》)

鲁迅作喻，精于选择喻体，无论是旧典，是新典，似乎随手拈来，涉笔成趣，实则一经点化，就针针见血，令人难忘。他的文化态度是开放性中蕴含着自主性，充满历史理性和分析精神。于此他非常强调文化消化的机能。他认为，"尽先输入名词，而并不绍介这名词的函义"，以半懂不懂、恍惚迷离的外来术语驰骋批评界，是"中国文艺界上可怕的现象"。鲁迅引用了清人崔述《考信录提要·释例》中的一则"短视者论匾比眼力"的笑话为喻，调侃短视者凭着道听途说，就争论匾的优劣，实际上关帝庙门额上还没有挂匾。在这种调侃式的比喻中，鲁迅主张对外来思潮要知其内涵，明其原委，进行消化式的吸收，而不能以追逐时髦、抢占旗号为务的思想，也就不言而喻了。(《三闲集·扁》)他痛感"以秕谷来养青年，是决不会壮大的"，因而推重翻译介绍，视之为"竭力运输些切实的精神的粮食"，希望以此改造文化生态，打破"由聋致哑"的精神悲剧。大量的翻译可能泥沙俱下，但"一道浊流，固然不如一杯清水的干净而澄明，但蒸馏了浊流的一部分，却就有许多杯净水在"(《准风月谈·由聋致哑》)。行文曲曲折折，比喻断断续续，秕谷、浊流、聋哑之类的比喻联翩而至，但并无累赘之感，反见文风健悍，身手敏捷，滋味百出。这令人联想到李白出川的第一歌《峨眉山月歌》："峨眉山月半轮秋，影入平羌江水流。夜发清溪向三峡，思君不见下渝州。"清人顾嗣立《寒厅诗话》引四明词人周斯盛的话说："太白《峨眉山月歌》，四句中连用峨眉、平羌、清溪、三峡、渝州五地名，绝无痕迹，岂非仙才！"[1]李白连用地名，鲁迅连用比喻，都彰显了运笔如风的不羁之才。大型比喻、连环比喻、针针见血的比喻，于此尽显鲁迅比喻智慧的锋利性了。

---

[1] [清]顾嗣立：《寒厅诗话》，上海古籍出版社，1978年《清诗话》本。

三、鲁迅骨头

元人杨景贤《西游记杂剧》第三本形容孙悟空"铜筋铁骨，火眼金睛，鍮石屁眼，摆锡鸡巴"，因而孙悟空是骨头够硬，眼睛够明的。但鲁迅并没有欣赏孙悟空的骨头，反而戏弄起孙悟空的尾巴，他说："孙行者神通广大，不单会变鸟兽虫鱼，也会变庙宇，眼睛变窗户，嘴巴变庙门，只有尾巴没处安放，就变了一枝旗竿，竖在庙后面。但那有只竖一枝旗竿的庙宇的呢？它的被二郎神看出来的破绽就在此。"（《花边文学·化名新法》）如此冷峻的鲁迅，却有天真无邪的童心。童心与硬骨头结合，这才是鲁迅，他的硬骨头有价值，童心的价值也不在硬骨头之下。

连孙悟空的铜筋铁骨，都不在话下，就可以想知鲁迅的"硬骨头精神"是前无古人了。1932 年鲁迅作《自嘲》诗云："横眉冷对千夫指，俯首甘为孺子牛。"这一名联已经广为世人奉为修身立德的座右铭。其典出于《左传·哀公六年》："女忘君之为孺子牛而折其齿乎！"齐景公曾经衔着绳索，让幼子荼把他当作牛牵着，荼摔倒在地，绳索折断了齐景公的牙齿。徐珂《清稗类钞》卷三十五记载清人对此典的名士式的化用："'酒酣或化庄生蝶，饭后甘为孺子牛'，某名士（钱季重）自撰之联，盖夫子自道也。某嗜饮，醉辄寝。起，则导其幼子嬉戏于庭，自为牛，而使幼子为牧童，曳之使行，蹒跚庭中，不稍拂其意。世之为儿孙作马牛者，固甚伙矣，然每不自承，若如某名士之能自道者，固绝无仅有也。"郭沫若从洪亮吉《北江诗话》卷一引述钱季重的这联柱帖，认为"但这一典故一落到鲁迅的手里，却完全变了质。在这里，真正是腐朽出神奇了。"[1]孺子牛的典故，一经鲁迅点化，就闪烁着历史哲学的亮光：为了反抗黑暗，伸张正义，即便受到千夫所指，也敢于横眉冷对；

---

[1] 郭沫若：《孺子牛的质变》，1962 年 1 月 16 日《人民日报》。

其宗旨就是埋下头来，无怨无悔地当民众的牛。憎而敢于担当，爱而知所皈依，一种伟大的人格信仰于此表达得掷地有声，令人"高山仰止，景行行止"。

鲁迅的硬骨头精神之内涵，充溢着"不信邪、不怕鬼"的浩然正气，敢于戳穿谣言，撕下假面，抵挡暗箭，痛打落水狗，维护人类正义和自己的人格尊严。他的社会批评、文明批评立足于现实，揭示现实这个"可诅咒的时候、可诅咒的地方"，以一种"禁止说笑"的信条，扼杀人的自由意志和生命力，并且导致"专制使人们变成冷嘲"。因而鲁迅大声疾呼："世上如果还有真要活下去的人们，就先该敢说，敢笑，敢哭，敢怒，敢骂，敢打，在这可诅咒的地方击退了可诅咒的时代！"（《华盖集·忽然想到（五）》）敢说、敢笑、敢哭、敢怒、敢骂、敢打这"六敢"，是生命发扬的盛宴，是人性张扬的旗帜。这不是红纸条上写的"泰山石敢当"，比起《三侠五义》"敢作敢当，这才是汉子呢"，更重视社会正义和精神自主。他发扬的是《摩罗诗力说》所称赞的屈原《天问》"怀疑自遂古之初直至百物之琐末，放言无惮，为前人所不敢言"；而反对的是国民性的卑怯，"遇见强者，不敢反抗，便以'中庸'这些话来粉饰，聊以自慰"（《华盖集·通信》），从而堂堂正正地颂扬："真的猛士，敢于直面惨淡的人生，敢于正视淋漓的鲜血。"（《华盖集续编·记念刘和珍君》）这就是鲁迅为何悲愤地写下的"忍看朋辈成新鬼，怒向刀丛觅小诗"了。在一忍一怒间的硬骨头精神，是置生死于度外，敢于与刀丛新鬼打照面而在人生格调上毫无退缩。鲁迅尽管勘破生死，但"执着现在"，作为一个执着的"现在主义者"，无论爱与憎，都要坚持，有韧劲，不懈怠："无论爱什么，——饭，异性，国，民族，人类等等，——只有纠缠如毒蛇，执着如怨鬼，二六时中，没有已时者有望。"（《华盖集·杂感》）他不惜被人看作毒蛇、怨鬼，也要破除"无特操"的乡愿哲学，提倡锲而不舍的战斗者的韧劲。

非常罕见和难得的，是鲁迅硬骨头精神之独特形式，为了弘扬骨气，竟然独具心裁地与鬼共舞。萧红回忆，鬼到底是有的没有的？传说上有人见过，还跟鬼说过话，还有人被鬼在后边追赶过，吊死鬼一见了人就贴在墙上，但没有一个人捉住一个鬼给大家看看。鲁迅先生讲了他看见过鬼的故事给大家听"是在绍兴……"鲁迅先生说，"三十年前……"鲁迅笑说："鬼也是怕踢的，踢他一脚就立刻变成人了。"鲁迅与之共舞的鬼，最驰名的是"无常"和"女吊"。周作人认为，《无常》《女吊》是鲁迅的"绝妙的好文章"。《无常》写道：无常戴着纸糊的高帽子，一种特别乐器"目连瞎头"，好像喇叭，细而长，可有七八尺，大约是鬼物所爱听的罢，吹起来，Nhatu，nhatu，nhatututuu 地响。他出来了，雪白的一条莽汉，粉面朱唇，眉黑如漆，蹙着，不知道是在笑还是在哭。但他一出台就须打一百零八个嚏，同时也放一百零八个屁，这才自述他的履历。尔后更加蹙紧双眉，捏定破芭蕉扇，脸向着地，鸭子浮水似的跳舞起来。鲁迅如此与鬼共舞，在审美人类学的戏拟、嘲弄和逆向颠覆中，使鬼类与人类相互映照，复调地折射了一种以谐趣消解黑暗秩序，以丑怪消解神圣的虚伪，以自己的高帽子拱翻了冠冕堂皇，因而也可以说是独特形态的"美伟强力"的人。

《女吊》开头，就张扬一种民俗狂欢式的复仇精神："大概是明末的王思任说的罢：'会稽乃报仇雪耻之乡，非藏垢纳污之地！'这对于我们绍兴人很有光彩，我也很喜欢听到，或引用这两句话。"这就把他的硬骨头精神，与古越文化基因相联系。联系更深的是越地的民间意气和趣味。鲁迅的笔锋伸向一种"民俗活化石"，甚至是"女鬼活化石"。"鬼"也有化石吗？鲁迅重在由活化石中升腾出一种感天动地的民间冤气，动人魂魄，由此创造了"一个带复仇性的，比别的一切鬼魂更美，更强的鬼魂"，以鬼的复仇，显示人的"生命"的尊严，鬼类的复仇是人类尊严的折射。有了这篇压卷之作，就不妨说，鲁迅文学画廊中最有特色的形象素质，可以简约为从狂人到鬼魂。鬼本该连着"黑暗"和"死"，鲁迅却从中激活强悍的生命，由此建构了现代中国文学上无可重复的意义方式和意义深度。鲁迅描写"跳女吊"，是凝聚着他全部的生命力的："自然先有悲凉的喇叭；少顷，门幕一掀，她出场了。大红衫子，黑色长背心，长发蓬松，颈挂两条纸锭，垂头，垂手，弯弯曲曲的走一个全台，内行人说：这是走了一个'心'字。为什么要走'心'字呢？我不明白。"鬼在心上行，声响、颜色、装束、步法，样样都在叩击人心。穿红衫的只有这"吊神"，她投缳之际就准备做厉鬼复仇，红色较有阳气，易于和生人相接近。然而，"她将披着的头发向后一抖"，这一抖，比川剧的变脸还要使人感到震撼："人这才看清了脸孔：石灰一样白的圆脸，漆黑的浓眉，乌黑的眼眶，猩红的嘴唇。……下嘴角应该略略向上，使嘴巴成为三角形：这也不是丑模样。假使半夜之后，在薄暗中，远处隐约着一位这样的粉面朱唇，就是现在的我，也许会跑过去看的，但自然，却未必就被诱惑得上吊。她两肩微耸，四顾，倾听，似惊，似喜，似怒，终于发出悲哀的声音，慢慢地唱道：'奴奴本身杨家女，呵呀，苦呀，天哪！……'"在这幅绝妙的肖像画上，色彩构成了阅读的第一感觉：煞白，漆黑，猩红。鬼本是黑色调的或蓝色调的，鲁迅却赋予女吊粉白和猩红，张扬了她"生命"的刚烈和无畏。鲁迅说："我的反抗，却不过是与黑暗捣乱。"（《两地书·二四》）冤屈而求释放，释放而至狂欢，鲁迅以跳女吊，发出了"与黑暗捣乱"的绝叫。鲁迅童年就喜欢画有"没有头而'以乳为目，以脐为口'，还要'执干戚而舞'的刑天"的《山海经》，感受那种无头做鬼做神也要复仇的痛感和快感；在临近人生终点的时候又作《女吊》，圆了他一个生死莫忘的梦，从而将中国的回忆散文推向一座壁立千仞的奇峰。鲁迅童年痴迷《山海经》与晚年得意于写《女吊》，二者之心，是一窍相通的。

对于鲁迅硬骨头精神的特质的理解，我们还要回到鲁迅的莫逆之交瞿秋白的 1933 年。鲁迅曾经手书清朝金石篆刻家，钱塘何溱

（号瓦琴）的名句"人生得一知己足矣 斯世当以同怀视之"，赠予瞿秋白。1933年瞿秋白选取鲁迅1918—1932年所写的文章七十四篇，为《鲁迅杂感选集》，并作一万五千字的《序言》，探讨"鲁迅是谁？"并且从神话引出这个命题：

> 神话里有这么一段故事：亚尔霸·龙迦的公主莱亚·西尔维亚被战神马尔斯强奸了，生下一胎双生儿子：一个是罗谟鲁斯，一个是莱谟斯；他们俩兄弟一出娘胎就丢在荒山里，如果不是一只母狼喂他们奶吃，也许早就饿死了；后来罗谟鲁斯居然创造了罗马城，……

是的，鲁迅是莱谟斯，是野兽的奶汁所喂养大的，是封建宗法社会的逆子，是绅士阶级的贰臣，而同时也是一些罗曼蒂克的革命家的诤友！他从他自己的道路回到了狼的怀抱。

这是一位知己莫逆者近距离感受鲁迅的精神气质所得出的真知灼见。这是一条吃狼的乳汁长大，又创造了罗马城的狼种。这对于认识鲁迅硬骨头精神的特质，对于他抗争嘲讽的野性不驯的强悍文风，都是触及要害的。瞿氏序言的前面，首列鲁迅在《坟》中的这段话："自己背着因袭的重担，肩住了黑暗的闸门，放他们到宽阔光明的地方去。"此言表现鲁迅的铁肩膀、硬骨头的作为，在于扛着死城里黑暗的闸门，使青年一代得以自由地寻找另一个宽阔空间的光明，也具有经典性，是切中肯綮的。从增田涉说鲁迅是"中国文艺界庞然的斯芬克斯"，到瞿秋白说"鲁迅是莱谟斯，是野兽的奶汁所喂养大的"，这是对鲁迅精神特质认识上前进了一大步。鲁迅写无常，气质近于斯芬克斯；写女吊，气质就近于莱谟斯了。

出诸如此铁肩膀、硬骨头，在那"风沙扑面，狼虎成群"的时代，鲁迅选择杂文作为其战斗风骨的形式载体，这就是他文体选择的价值观和伦理学。他认为："生存的小品文，必须是匕首，是投枪，能和读者一同杀出一条生存的血路的东西；但自然，它也能给人愉快和休息，然而这并不是'小摆设'，更不是抚慰和麻痹，它给人的愉快和休息是休养，是劳作和战斗之前的准备。"（《南腔北调集·小品文的危机》）请注意，匕首、投枪、杀出一条生存的血路，是强调战斗性；愉快、休息，是兼顾趣味性、愉悦性；小摆设、抚慰、麻痹，是消磨意气的第三性。鲁迅思考杂文的文体功能是弃绝第三性，而兼及前两个方面的，前二者不能没有主次，但也不能有其一而无其二。兼及二者，方能刚而能韧，避免脆而易折。当然，由于民族危机已是风雨如磐，磐是大石头，不仅是黑暗，而且是沉重，所以鲁迅之风，重在百折不挠上。对于杂文，又做如此观："况且现在是多么切迫的时候，作者的任务，是在对于有害的事物，立刻给以反响或抗争，是感应的神经，是攻守的手足。潜心于他的鸿篇巨制，为未来的文化设想，固然是很好的，但为现在抗争，却也正是为现在和未来的战斗的作者，因为失掉了现在，也就没有了未来。"（《且介亭杂文·序言》）这里又提出小品和巨著、现在和未来的论题，鲁迅属于现在、抗争，而以此开拓未来。因而他终生坚持写杂文，实际上也是终生坚持富有批判性的硬骨头精神。骨头之硬，是为了对付那"风雨如磐"的压顶而至的"磐"字的。

于此，不能不涉及鲁迅并不忌讳的《死》。《死》中有七条"拟遗嘱"，于实话实说之间，蕴藏着一种耿介、坚韧的人格气质。谈丧事的处置、亲属的生活态度、孩子的前程以及人际关系的处理，旷达处多有耿介的深刻。尤其是临死不宽恕怨敌的作风，告诫"损着别人的牙眼，却反对报复，主张宽容的人，万勿和他接近"。因而鲁迅说："我的怨敌可谓多矣，……让他们怨恨去，我也一个都不宽恕。"乃是因为在鲁迅的心目中，怨敌的品格不值得饶恕，自己也不需要以饶恕博取不虞的毁誉，在"恕道"、"直道"和"枉道"之间选择的结果，觉得不如激激烈烈、又大大方方地申述着一个生也战斗、死也不放弃战斗的战斗者的性情更为可取，这是他是"狼的乳汁养大"的缘故。说死其实也是说人生,在人生极点处说人生,也就带有更多的彻悟和决断,使其遗言带有"恶"的启示录的意味。

鲁迅的硬骨头精神,不仅用以对付敌人,而且也用以解剖自己,颇有点"刮骨疗毒"之概。比如"黑暗"、"虚无",是人们多少忌讳的词语,鲁迅却联系自己,作为本体论问题来讨论。这就有点"打铁还需自身硬"的意思了。鲁迅将认识自我放在关键的位置,往往不惜痛下利刃。他反省:"我的作品,太黑暗了,因为我只觉得'黑暗与虚无'乃是'实有'。"实有竟是"黑洞",似乎在沉船上首先救出自我,莫使自我遗失,于是"却偏要向这些作绝望的抗战,所以很多偏激的声音。……我终于不能证实:惟黑暗与虚无乃是实有。所以我想,在青年,须是有不平而不悲观,常抗战而亦自卫,荆棘非践不可,固然不得不践,但若无须必践,即不必随便去践,这就是我所以主张'壕堑战'的原因,其实也无非想多留下几个战士,以得更多的战绩"《两地书(四)》。黑暗与虚无,是如此空虚,又是如此强大,它吞噬一切,又吞噬得如此无形,那就只能用"壕堑战"来应对,既保护自己,又不离战场。他学关云长刮骨疗毒,却嘲笑许褚赤膊上阵,这就是鲁迅的"三国学"。

这样一种战斗意志,加上这样一种非"三国"战法,使鲁迅困扰于做狼,还是做牛的尴尬选择。他一方面强调狼的强悍:"我总还想对于根深蒂固的所谓旧文明,施行袭击,令其动摇,冀于将来有万一之希望"(《两地书(八)》);一方面他对于因此而受伤,"我是总如野兽一样,受了伤,就回头钻入草莽,舐掉血迹,至多也不过呻吟几声的"(《致曹聚仁》)。这都令人觉得他是狼的乳汁养大的,不愿被驯化为狗,而且与狗为敌,一见叭儿狗、癞皮狗,甚至落水狗,就不留情面地撕咬。

但他有时又像一头牛,不仅有诗为证:俯首甘为孺子牛,而且他说:"我常常说,我的文章不是涌出来的,是挤出来的。听的人往往误解为谦逊,其实是真情。……譬如一匹疲牛罢,明知不堪大用的了，但废物何妨利用呢，所以张家要我耕一弓地，可以的；李家要我挨一转磨，也可以的；赵家要我在他店前站一刻，在我背上帖出广告道：敝店备有肥牛，出售上等消毒滋养牛乳。我虽然深知道自己是怎么瘦，又是公的，并没有乳，然而想到他们为张罗生意起见，情有可原，只要出售的不是毒药，也就不说什么了。但倘若用得我太苦，是不行的，我还要自己觅草吃，要喘气的工夫；要专指我为某家的牛，将我关在他的牛牢内，也不行的，我有时也许还要给别家挨几转磨。如果连肉都要出卖，那自然更不行，理由自明，无须细说。倘遇到上述的三不行，我就跑，或者索性躺在荒山里。即使因此忽而从深刻变为浅薄，从战士化为畜生，吓我以康有为，比我以梁启超，也都满不在乎，还是我跑我的，我躺我的，决不出来再上当。"(《华盖集续编补编·＜阿 Q 正传＞的成因》)硬骨头难以赢得好命运。怎么办？这头精瘦的公牛耕地、转磨、站台，也够可怜巴巴了，但它的办法是保持"三不行"的底线，以便为自己思想行为的独立性保留必要的余地。

牛有牛命，做牛就要准备被挤乳。于是鲁迅又说出"被挤"的意见："这'挤'字是挤牛乳之'挤'；这'挤牛乳'是专来说明'挤'字的，并非故意将我的作品比作牛乳，希冀装在玻璃瓶里，送进什么'艺术之宫'。"这种狼的乳汁、牛的乳汁，并不希望"装在玻璃瓶里，送进什么'艺术之宫'"，因此他对举世趋慕的诺贝尔奖也处之淡然，敬谢不敏："诺贝尔赏金，梁启超自然不配，我也不配，要拿这钱，还欠努力。……倘这事成功而从此不再动笔，对不起人；倘再写，也许变了翰林文字，一无可观了。还是照旧的没有名誉而穷之为好罢。"(《致台静农》)这就是在草莽中舐着自己的血迹，尽管深知自己是瘦公牛，并没有乳，有时也不逃避站在店前做推销牛乳的广告，却不愿戴上一顶纸糊的假冠或珠光宝气的王冠的缘故。"翰林文字，一无可观"，这种思维具有反传统的野性。鲁迅的伟大是特别的，旷世无二的。

这种硬骨头精神，是植根于民族自信和文化自信之上的，尽管这种自信承受着民族"被殖民"的沉重压力。鲁迅严正地指出，我们有并不失掉自信力的中国人在："我们从古以来，就有埋头苦干的人，有拚命硬干的人，有为民请命的人，有舍身求法的人，……虽是等于为帝王将相作家谱的所谓'正史'，也往往掩不住他们的光耀，这就是中国的脊梁。"（《且介亭杂文·中国人失掉自信力了吗》）脊梁本身也是硬骨头，而且对整体的硬骨头发挥着支柱的功能。至今作为中国的筋骨和脊梁的人们依然有确信，不自欺，前仆后继地追求民族的新生。自信力是"礼失则求诸野"，状元宰相的文章不足为据，要亲自去看地底下才会分明。当鲁迅脚踏着大地的时候，骨头硬而腰板直，心灵为此仰起头来，迎接着穿透阴霾的阳光。

四、鲁迅情怀

以鲁迅的阅历和智慧，他的人格应是丰富多彩的复合存在，存在着雅俗、新旧、隐显、本末的许多层面。论鲁迅而只讲一端，难以穷及他对民族精神的博大赠予。因而论及鲁迅的硬骨头精神，就必须顾及他趣味广泛的人文情怀。骨头可以安身立命，情怀可以滋润生命，二者相互为用，使鲁迅世界恍若"从山阴道上行，山川自相映发，使人应接不暇"。或如鲁迅的《野草》，写了那么多的生死恶梦、好坏地狱，却也有《好的故事》："我仿佛记得曾坐小船经过山阴道，两岸边的乌桕，新禾，野花，鸡，狗，丛树和枯树，茅屋，塔，伽蓝，农夫和村妇，村女，晒着的衣裳，和尚，蓑笠，天，云，竹，……都倒影在澄碧的小河中，随着每一打桨，各各夹带了闪烁的日光，并水里的萍藻游鱼，一同荡漾。"他把自己童年记忆，在波光云影、自然人物生物的交织中，摇晃成为一个美轮美奂的理想界的万花筒。由鲁迅的情怀可知，硬骨头并非目的，硬骨头是为了实现"好的故事"。

进入鲁迅的心灵深处，就发现那里存在着丰富的好奇和温柔。所谓"无情未必真豪杰，怜子如何不丈夫"，所谓"十年携手共艰危，以沫相濡亦可哀"，所谓"岂有豪情似旧时，花开花落两由之"，所谓"渡尽劫波兄弟在，相逢一笑泯恩仇"，汩汩渗出浓浓的亲情、友情、国际情。无以表达之，只好借助于旧体诗，从而把旧体诗酿成一壶甘醇的绍兴花雕。鲁迅把旧体诗这一曾被新文学提倡者弃之如敝屣的传统文体，修复成为浓重的情感表达的私人空间。

在鲁迅的精神世界里，文学、人与自然界之间，存在着相互映照之美。我们不应忽略这种融众美于一美的效应。如鲁迅所言："外国的平易地讲述学术文艺的书，往往夹杂些闲话或笑谈，使文章增添活气，读者感到格外的兴趣，不易于疲倦。但中国的有些译本，却将这些删去，单留下艰难的讲学语，使他复近于教科书。这正如折花者；除尽枝叶，单留花朵，折花固然是折花，然而花枝的活气却灭尽了。人们到了失去余裕心，或不自觉地满抱了不留余地心时，这民族的将来恐怕就可虑。"（《华盖集·忽然想到》）鲁迅欣赏文学上的"余裕心"，折花留叶，保存其活气。他认为，这种特别的文学情怀，关乎民族的将来。哎呀乎，又有谁曾经把这类文学情趣的细节，与民族的命脉关联在一起？这就是鲁迅，充满活气的鲁迅。

为此，鲁迅坚持文学应该接上地气，从地气中获取活气。他反对某些人"只想在文学上成仙"，指出他们想"超时代其实就是逃避，倘自己没有正视现实的勇气，又要挂革命的招牌，便自觉地或不自觉地必然地要走入那一条路的。身在现世，怎么离去？这是和说自己用手提着耳朵，就可以离开地球者一样地欺人。""提耳离地"的漫画，可发一笑。还有另一类不顾国情、文情的提耳离地，鲁迅为此不惜反抗汹汹然的文化潮流，对革命文学者当作宝贝的美国辛克来儿所谓"一切文艺是宣传"不以为然。鲁迅以退为进，退一步承认"一切文艺，是宣传，只要你一给人看"，接着进一步指出："但我以为当先求内容的充实和技巧的上达，不必忙于挂招牌。……一说'技巧'，革命文学家是又要讨厌的。但我以为一切文艺固是宣传，而一切宣传却并非全是文艺，这正如一切花皆有色（我将白也算作色），而凡颜色未必都是花一样。革命之所以于口号，标语，布告，电报，教科书……之外，要用文艺者，就因为它是文艺。"花与色的比喻相当妙，色可炫目，花有活气，二者不能等同。鲁迅是珍惜天地人间的活气的。

在鲁迅的心目中，文艺的本质不在招牌，"技巧"也关乎本质。以招牌为本质，是自我吹气球，自我空心化。技巧上达，才能在不同流派的竞争中获胜。1932 年鲁迅在"左联"的机关刊物《北斗·文艺月刊》发表《答北斗杂志社问》谈文学创作方法，首先强调"留心各样的事情，多看看，不看到一点就写"，注重文学发生学上的源泉；又以个人心得，谈论人物典型的创造："模特儿不用一个一定的人，看得多了，凑合起来的。"这些都表明他的创作方法是写实的，为人生的。文章在左联机关刊物上发表，对于纠正革命文学的"浪漫蒂克"风气，释放了正能量。这印证了他在《我怎么做起小说来》中的创作经验谈："所写的事迹，大抵有一点见过或听到过的缘由，但决不全用这事实，只是采取一端，加以改造，或生发开去，到足以几乎完全发表我的意思为止。人物的模特儿也一样，没有专用过一个人，往往嘴在浙江，脸在北京，衣服在山西，是一个拼凑起来的脚色。"异地取来的嘴、脸、衣，不是"拼凑"成傀儡，关键还要吹进一口活气。鲁迅并没有由于某些左倾批评家宣布"阿Q 时代早已死去"，连同"《阿 Q 正传》的技巧也已死去"，而改变自己的初衷，反而以自己行之有效的心得，针砭"左倾幼稚病"的概念先行，浮泛不实。

他的小说都有深切的社会观察，精心的艺术剪裁，写人物力求一笔一画都勾魂摄魄，让你漫步街头，都感觉到他的身影阴魂。《孔乙己》这篇小说好就好在它采取一种孩童酒店雇员的眼光，在世态炎凉中透出一丝暖色的光线，审视一种经书磨人的当不成君子、却并非小人的残破人生，为八股取士的制度人物唱了一曲哀婉的挽歌。笔尖流淌着儿童的天真无邪的俏皮和怜悯，如"风乍起，吹皱一池春水"。由《狂人日记》的惊世骇俗，到《孔乙己》的委婉精妙，显示了鲁迅文学世界的出手不凡和渊深莫测。宋朝释普济《五灯会元》卷二十云："叶落知秋，举一明三。"鲁迅捡起故乡街市中有如随风飘落的一叶陈旧人生的碎片，夹在狂飙突起的《新青年》卷页之间，由此审视着父辈做不成士大夫的卑微命运，行文运笔充满着悲悯之情。科举制度于 1905 年取消，十四年后鲁迅以一片落叶，祭奠和告别那个把聪明才智装在金丝织绣的套子中的时代。

在鲁迅向我们走来的时候，他连通的地气，使他携带着具有浓郁的民间缘分和民俗情结的文化行李。这些行李中，最令人难忘的，莫过于"无常"和"女吊"，一个把死亡与诙谐联系起来的男鬼，一个死了之后也忘不了反抗复仇的女鬼。哪怕是阴风拂拂，也钦佩无常大哥的逗乐，以及女吊小妹的震撼。鲁迅的行李中不仅有鬼，而且有人。他从浙东地方戏班的角色中，专门挑出"二丑"来进行精神分析，使权门帮闲的嘴脸被勾画得充满喜剧味。"二丑"即"二花脸"的角色，"他有点上等人模样，也懂些琴棋书画，也来得行令猜谜，但倚靠的是权门，凌蔑的是百姓，有谁被压迫了，他就来冷笑几声，畅快一下，有谁被陷害了，他又去吓唬一下，吆喝几声。不过他的态度又并不常常如此的，大抵一面又回过脸来，向台下的看客指出他公子的缺点，摇着头装起鬼脸道：你看这家伙，这回可要倒霉哩！"这就是别看他逢场作戏，拨弄的却是一种居心叵测的小算盘。因为"他明知道自己所靠的是冰山，一定不能长久，他将来还要到别家帮闲，所以当受着豢养，分着余炎的时候，也得装着和这贵公子并非一伙"。鲁迅撷取民间艺术中勾魂摄魄的创造，认为"这二花脸，乃是小百姓看透了这一种人，提出精华来，制定了的脚色"，并做了进一步的引申："世间只要有权门，一定有恶势力，有恶势力，就一定有二花脸，而且有二花脸艺术。"（《准风月谈·二丑艺术》）这就是鲁迅"论时事不留面子，砭锢弊常取类型"的手法的绝妙运用，使人们对某类冠冕堂皇、装模作样的帮闲人物，越看越像。鲁迅写鬼而可爱，写人而可厌，在他的调侃中，简直是人不如鬼。不如鬼的人，也就枉其为人了。鲁迅曾经用过"苇索"的笔名，苇索乃是上古传说中，神荼、郁垒用来缚鬼以饲虎的绳索。鲁迅的缚鬼术，是很高明的，在剽悍的、流氓的、洋气的、卑贱的、江湖的、虚伪的形形色色人物的头上腰间挥舞着苇索，或擒或纵，煞是好看。《金瓶梅》用了许多篇幅描绘应伯爵这类混混清客，岂曾料鲁迅笔下的"二五"，与之异曲同工。

把童年记忆与盛年的审视相交融，是鲁迅审美情怀的过人之处。如此情怀既得童年的天真，又有盛年的深刻，深刻的天真是一种天才的创造。童年混迹于乡村古镇，使鲁迅得天独厚地拥有异常珍贵的童年经验，这就是瞿秋白所说的"狼的乳汁"。鲁迅以此为气质，创造审美世界的"罗马城"："例如《朝花夕拾》所引《目连救母》里的无常鬼的自传，说是因为同情一个鬼魂，暂放还阳半日，不料被阎罗责罚，从此不再宽纵了：'那怕你铜墙铁壁！那怕你皇亲国戚！……'何等有人情，又何等知过，何等守法，又何等果决，我们的文学家做得出来么？这是真的农民和手业工人的作品，由他们闲中扮演。借目连的巡行来贯串许多故事，除《小尼姑下山》外，和刻本的《目连救母记》是完全不同的。其中有一段《武松打虎》，是甲乙两人，一强一弱，扮着戏玩。先是甲扮武松，乙扮老虎，被甲打得要命，乙埋怨他了，甲道：'你是老虎，不打，不是给你咬死了？'乙只得要求互换，却又被甲咬得要命，一说怨话，甲便道：'你是武松，不咬，不是给你打死了？'我想：比起希腊的伊索，俄国的梭罗古勃的寓言来，这是毫无逊色的。"（《且介亭杂文·门外文谈》）目连巡行中的"武松打虎"解构了《水浒传》经典中的"武松打虎", 民间赋予老虎以武松一样的话语权, 从而完成了"反英雄主义"的民族狂欢。鲁迅以国际标准重回童年记忆, 又以人类学的眼光看文学, 或者说, 他的开拓指向文学人类学。

由平桥村到赵庄看社戏, 成了鲁迅梦魂萦绕的童年记忆。社戏虽是全文的内核, 但正面描写也只是寥寥数笔, 写得多的孩童观感, 纯属写意笔墨。鲁迅以出格的方式处理此中的虚与实, 使得社戏内核上虚化, 看戏过程的外缘上实化。只是"看见台上有一个黑的长胡子的背上插着四张旗, 捏着长枪, 和一群赤膊的人正打仗。双喜说, 那就是有名的铁头老生, 能连翻八十四个筋斗, 他日里亲自数过的。"没有铁头老生翻筋斗, 却走出一个小旦来, 咿咿呀呀地唱。"然而我最愿意看的是一个人蒙了白布, 两手在头上捧着一支棒似的蛇头的蛇精, 其次是套了黄布衣跳老虎。", "忽而一个红衫的小丑被绑在台柱子上, 给一个花白胡子的用马鞭打起来了, 大家才又振作精神的笑着看。在这一夜里, 我以为这实在要算是最好的一折。"这是绍剧《五美图》中的一折《游园吊打》, 写唐朝奸相卢杞之子卢廷宝, 夜闯定国公朱文广的后花园, 强抢其女朱绣凤, 被定国公拿下吊打。但是这令人"振作精神的笑着看"的一折的剧情, 甚至连剧名, 都没有实实在在的交代, 鲁迅就让老旦终于出台, "老旦本来是我所最怕的东西, 尤其是怕他坐下了唱"。如此措辞, 写社戏心不在焉, 使描写的内核虚化了。

鲁迅的真正趣味是借看戏而写戏外的人生, 身处令人头昏脑眩的都市世界, 而神驰乡村少年的淳朴、豪爽和精神上无拘无束的世界, 写成了一首清新动人的乡土抒情诗。鲁迅刻骨铭心的是坐船去看社戏的一路航程, 以及两个人际关系的细节。一路航程是: 坐着小伙伴有说有笑地摇着的航船去看社戏, "两岸的豆麦和河底的水草所发散出来的清香, 夹杂在水气中扑面的吹来; 月色便朦胧在这水气里。淡黑的起伏的连山, 仿佛是踊跃的铁的兽脊似的, 都远远的向船尾跑去了, 但我却还以为船慢"。回程中, "他们一面议论着戏子，或骂，或笑，一面加紧的摇船。这一次船头的激水声更其响亮了，那航船，就像一条大白鱼背着一群孩子在浪花里蹿，连夜渔的几个老渔父，也停了艇子看着喝采起来"。记住的两个细节，一个是摇船疲乏，要偷一点罗汉豆来煮吃，阿发比较一下说："偷我们的罢，我们的大得多呢。"双喜以为再多偷，倘给阿发的娘知道是要哭骂的，于是各人便到六一公公的田里又各偷了一大捧。偷盗本来是不义的行为，但一班乡村少年却把它变得义气干云。第二个细节是：第二天被六一公公发现，只因"我"夸他的罗汉豆好吃，就非常感激起来，将大拇指一翘，得意地说道，"这真是大市镇里出来的读过书的人才识货！"还送上罗汉豆，对母亲极口夸奖"我"，说"小小年纪便有见识，将来一定要中状元。姑奶奶，你的福气是可以写包票的了。"从自己的东西被别人偷中感到满意，以夸大其词的阿谀奉承，来表达一颗淳朴的心。鲁迅写出如此透明清澈的人情伦理，实在令人神往不已。就包括小说结尾说："但我吃了豆，却并没有昨夜的豆那么好。真的，一直到现在，我实在再没有吃到那夜似的好豆，——也不再看到那夜似的好戏了。"如此触及心弦的童年记忆，使味觉联系着童心，也令人往往心有同感焉。

　　鲁迅不谈幽默而自得幽默之三昧，是一个乐滋滋的好开辛辣的玩笑的智者。玩笑而出以辛辣，就是让你在辛辣中提神醒脑。他在历史题材写作中，使用的"油滑"，是"辛辣的油滑"，而非甜腻的油滑。历史材料既已积满灰尘，加点辛辣的油滑，可以使之受刺激而醒来。鲁迅在《故事新编》序言提及"不免时有油滑之处"的表现手法，批评"油滑"，又放不下"油滑"，油而滑之者十三年，从1922年到1935年时断时续。缘何如此？其实这是鲁迅汲取我国古代戏曲文学和民间文学的趣味，使历史小说时空发生变形、扭曲、错置而点化出来的新的文学体式。鲁迅自小耳濡目染的绍兴"目连戏"就在目连冥间救母的主体故事之间，穿插了许多世俗讽喻性的小故事，如《泥水匠打墙》《张蛮打爹》《武松打虎》之类。鲁迅认为这些插曲"比起希腊的伊索，俄国的梭罗古勃的寓言来，这是毫无逊色的"，反问"我们的文学家做得出来么？"鲁迅在反问"我们的文学家"，也在反问自己。民间杂艺既然可以毫无拘束地以俗世故事插断佛教故事，造成圣凡互涉和杂糅，那么以现世人事对神话传说、历史故事，进行互涉和杂糅，不也是大有可为吗？这种现世的互涉和杂糅，对于神话和历史中的大人先生们，难免造成挑逗、尴尬和煞风景，形成了一种穿行时空的诡异的讽刺。由此，鲁迅甚至设想，长篇小说也可以由作者变成为社会批评的直剖明示的尖利的武器的。（冯雪峰《鲁迅论及其他·鲁迅先生计划而未完成的著作》）正由于这种明剖明示的社会批评的介入，遂使小说原本按部就班的笔法滑动起来，也就形成了鲁迅式的"辛辣的油滑"。

《故事新编》汲取和发展了这种时代错乱、古今杂糅的表现手法，在同一篇作品中交织着两个叙事系统：主体是神话、传说和历史的；副体是当代人的语言、行为。两个时空不同的系统相互干涉，对视而怔忡，对笑而忸怩，对谈而狂纵，如此频繁的穿越，仿佛古人走错了时空屋子，一切既陌生又熟悉，于怪异中隐含着历史悖谬感，因而产生了若即若离、似迎似拒的间离效果，散发着颠倒迷离的喜剧性趣味，把传统的历史演义循规循矩的表现形式打破了。千年前像模像样的行为，引发千年后另一个空间的笑声；或者千年后的插科打诨，引发千年前的大人物皱起眉头，一切竟然如此匪夷所思。因此捷克汉学家普实克说："鲁迅的作品是一种极为杰出的典范，说明现代美学准则如何丰富了本国文学的传统原则，并产生了一种新的独特的结合体。这种手法在鲁迅以其新的、现代手法处理历史题材的《故事新编》中反映出来。他以冷嘲热讽的幽默笔调剥去了历史人物的传统荣誉，扯掉了浪漫主义历史观加在他们头上的光圈，使他们脚踏实地地回到今天的世界上来。他把事实放在与之不相称的时代背景中去，使之脱离原来的历史环境，以便从新的角度来观察他们。以这种手法写成的历史小说，使鲁迅成为现代世界文学上这种新流派的一位大师。"[1] 他的话有一点讲岔了，并非什么外来的"现代美学准则如何丰富了本国文学的传统原则"，而是民间杂艺的独特表现形态，被转化为现代性的叙事手腕，从而使《故事新编》强化了文明批评和社会批评的锋芒，在某种程度上使小说杂文化了。

比如读《奔月》，最喜的是读到嫦娥柳眉一扬，嘴里咕噜着"谁家是一年到头只吃乌鸦肉的炸酱面"，太太的娇贵和善射英雄的末路，尽在这里幽默地表现出来了。不过这回打猎所获除了三只乌鸦之外，还有一只射碎了的麻雀，可以安慰一句："不过今天倒还好，另外还射了一匹麻雀，可以给你做菜的。"这都是充满童心，又别具匠心的错乱时空的叙事安排。鲁迅这样谈论过《西游记》："孙行者神通广大，不单会变鸟兽虫鱼，也会变庙宇，眼睛变窗户，嘴巴变庙门，只有尾巴没处安放，就变了一枝旗竿，竖在庙后面。但那有只竖一枝旗竿的的呢？它的被二郎神看出来的破绽就在此。"（《花边文学·化名新法》）鲁迅自幼就从《西游记》中感受到的猴尾变旗竿的幽默，在这里竟化作嫦娥厌吃乌鸦肉炸酱面了。幽默中不失童心，诚为妙笔。就像与鲁迅尚未谋面，就写信问鲁迅"喜不喜欢壁虎"的萧红，才会心窍玲珑，写出《生死场》《呼兰河传》。《故事新编》中的所谓"油滑"，就是鲁迅喜欢的壁虎。

鲁迅的豁达处在于不仅拿古人开涮，而且也拿自己开涮，开涮及于自己，心底就有了驱逐黑暗的大光明。鲁迅不以"青年导师"，而以"寻路人"自况，不须摆何种功架，不须他人抬轿子，风餐露宿地把人生旅程的每一站，都当成需要继续走下去的新起点。如《写在＜坟＞后面》所言："的确时时解剖别人，然而更多的是更无情面地解剖我自己。"因而较易与读者共享悲欢，心灵相通。他

---

[1] ［捷克］普实克夫妇：《鲁迅》，《鲁迅研究年刊》1979 年号。

认为路"在寻求中",从而把自己定位为"中间物":"自己却正苦于背了这些古老的鬼魂,摆脱不开,时常感到一种使人气闷的沉重。就是思想上,也何尝不中些庄周韩非的毒,时而很随便,时而很峻急。孔孟的书我读得最早,最熟,然而倒似乎和我不相干。大半也因为懒惰罢,往往自己宽解,以为一切事物,在转变中,是总有多少中间物的。动植之间,无脊椎和脊椎动物之间,都有中间物;或者简直可以说,在进化的链子上,一切都是中间物。"中间物的概念把传统与现代之间的转型,看作一个持续的、而非截然中断或突变的过程,把每个个体思想看成新旧参差交织而充满蜕变痛苦的复杂境界,因为它在 20 世纪中国思想史上具有独特的深刻性。

鲁迅勘破了自己的名分,失落了自己的故家。他把这些勘破了的,失落了的,都当成可以随风飘逝的碎片,散落在小说杂文中加以解剖。他对自己的解剖,在小说中采取的是斯芬克斯做"人"之谜语的神秘策略。鲁迅幼年时曾取名长庚,1931 年以"长庚"为笔名。《在酒楼上》这篇小说,却把一个偷鸡贼称为长庚,可见鲁迅把小名、笔名、行迹的枝枝节节,放在解剖台上在解剖同辈知识者同时,也解剖自己。《孤独者》也用了鲁迅自己的容貌来形容魏连殳:"原来他是一个短小瘦削的人,长方脸,蓬松的头发和浓黑的须眉占了一脸的小半,只见两眼在黑气里发光。"连鲁迅故乡绍兴、山阴,也变通为"S 城"、"山阳"。将故乡一分为二,以便一人在 S 城,一人在山阳,荡开一定距离,咀嚼着魏连殳的生命和灵魂。《伤逝》写到"会馆里的被遗忘在偏僻里的破屋",令人联想到鲁迅 1912 年5 月至 1919 年 11 月居住的北京宣武门外南半截胡同的绍兴会馆。前四年住其中的藤花馆,其后移入补树书屋,"依然是这样的破窗,这样的窗外的半枯的槐树和老紫藤,这样的窗前的方桌,这样的败壁,这样的靠壁的板床"。只是没有像《呐喊·自序》那样,写上"相传是往昔曾在院子里的槐树上缢死过一个女人的,现在槐树已经高不可攀了",以便安排初恋时的子君,"她又带了窗外的半枯的槐树的新叶来，使我看见，还有挂在铁似的老干上的一房一房的紫白的藤花"。紫藤花成了他们恋爱梦的证物。从这些写与未写中，可见鲁迅对青春的格外关爱。

在叙述者与被叙述者一同解剖上，《铸剑》的处理策略显得很特别。《越绝书》曰："昔越王勾践有宝剑五，闻于天下。……欧冶子因天地之精，悉其伎巧，一曰纯钧，二曰湛卢，三曰莫耶，四曰豪曹，五曰巨阙。"[1] 以此，古越精神是蕴含着一种剑文化精神，在这一点上，《铸剑》与《女吊》一类作品相通。《铸剑》中的黑色人，被塑造得怪异、深刻、神秘，简直就是"剑精"。其肖像描写东鳞西爪，落笔极其老辣，"黑须黑眼睛，瘦得如铁"，"瘦得颧骨、眼圈骨、眉棱骨都高高地突出来"，"眼光像两点磷火"，"声音像鸱鸮"，"炭火也正旺，映着那黑色人变成红黑，如铁的烧到微红"。这些集合起来，就是肖像勾勒的"鲁迅式"。黑色人自称："臣名叫宴之敖者；生长汶汶乡。少无职业；晚遇明师，教臣把戏，是一个孩子的头。这把戏一个人玩不起来，必须在金龙之前，摆一个金鼎，注满清水，用兽炭煎熬。于是放下孩子的头去，一到水沸，这头便随波上下，跳舞百端，且发妙音，欢喜歌唱。这歌舞为一人所见，便解愁释闷，为万民所见，便天下太平。"黑色人正是凭着这份怪异的自我广告，唱着"哈哈爱兮爱乎爱乎！／爱青剑兮一个仇人自屠。／夥颐连翩兮多少一夫。／一夫爱青剑兮呜呼不孤。／头换头兮两个仇人自屠。／一夫则无兮爱乎呜呼！／爱乎呜呼兮呜呼阿呼，／阿呼呜呼兮呜呼呜呼！"的尖利的歌声，携着向眉间尺借来的头颅，走进王宫，表演沸鼎人头歌舞，从而把国王的头和自己的头以利剑切下，在鼎中与眉间尺的头相互撕咬，终至三头莫辨彼此，只好合葬为"三王墓"。鲁迅在致增田涉的信中提道："在《铸剑》里，我以为没有什么难懂的地方。但要注意的，是那里面的歌，意思都不明显，因为是奇怪的人和头颅唱出来的歌，我们这种普通

---

[1]　[唐]李善注《文选》卷五左太冲《吴都赋》注引《越绝书》。

人是难以理解的。"另一函中又说:"第三首歌,的确是伟丽雄壮,但'堂哉皇哉兮嗳嗳唷'之中的'嗳嗳唷',是用在猥亵小调的声音。"以如此既认真又油滑的笔墨,描绘为世间无二的纯青如冰的宝剑复仇。黑色人似"骚体"、非"骚体",又夹杂着猥亵小调声音之歌的莫测高深,以及三头在沸鼎中撕咬的惨烈而怪异,可以说,鲁迅是以斯芬克斯的谜一般的方式,表达莱谟斯一样的狼的乳汁养大者的社会正义的复仇精神。这里透出的古越文化的剑精神,是寒光闪闪的。

所谓"宴之敖者",即"被家中日本女人之出放者",隐喻日本弟妇挑拨周氏兄弟失和,鲁迅曾以此作为自己的笔名。1924年9月鲁迅作《俟堂专文杂集》题记云:"曩尝欲著《越中专录》(按:鲁迅拟编的绍兴地区古砖拓本集),颇锐意蒐集乡邦专甓及拓本,而资力薄劣,俱不易致,以十余年之勤,所得仅古专二十余及打本少许而已。迁徙以后,忽遭寇劫,孑身逭逋,止携大同十一年者一枚出,余悉委盗窟中。日月除矣,意兴亦尽,纂述之事,渺焉何期?聊集燹余,以为永念哉!甲子八月廿三日,宴之敖者手记。"《铸剑》中黑色人以"宴之敖者"为名号,称得上是鲁迅以拆字法设造的一个斯芬克斯的谜。黑色人就带着这个谜一般的名号,投入向暴君复仇的斗争中了。

鲁迅的自我解剖,是在社会思潮演进中,以自己的师辈、先贤、同辈的人生轨迹,作为参照的。在近代知识者思想人生曲线的悖谬中,鲁迅看到了一条潜在的宿命性的通则:"原是拉车前进的好身手,腿肚大,臂膊也粗,这回还是请他拉,拉还是拉,然而是拉车屁股向后。"因而鲁迅将他们的灵魂呼上祭台,祭词曰:"这里只好用古文,'呜呼哀哉,尚飨'了。"(《花边文学·趋时和复古》)鲁迅以康有为、严复、章太炎、刘半农四位知名知识者作为典型,进行精神解剖,在褒贬之间,是站在激进的趋时者或战斗者的立场的。他终生都没有改变"野兽的奶汁所喂养大"的莱谟斯的野性气质,在他那个为中华民族争生存权、为中国民众争发展权的年代,以硬骨头精神称著。

然而鲁迅在解剖同辈知识者和自己的时候，总是涌起一种反思苍凉，自添暖色的情怀。《在酒楼上》孤独地酒楼凭窗，却见废园中"几株老梅竟斗雪开着满树的繁花，仿佛毫不以深冬为意；倒塌的亭子边还有一株山茶树，从晴绿的密叶里显出十几朵红花来，赫赫的在雪中明得如火，愤怒而且傲慢"。萧红回忆鲁迅去世前不久，在病中，不看报，不看书，只是安静地躺着。但有一张小画是鲁迅放在床边上不断看着的。那张画，鲁迅未生病时，和许多画一道拿给大家看过的，小得和纸烟包里抽出来的那画片差不多。那上边画着一个穿大长裙子飞散着头发的女人在大风里边跑，在她旁边的地面上还有小小的红玫瑰的花朵。记得是一张苏联某画家着色的木刻。鲁迅有很多画，为什么只选了这张放在枕边？许广平也不知道鲁迅先生为什么常常看这小画。（萧红《回忆鲁迅先生》）这里的情调，又从"狼的乳汁养大的莱谟斯"，返回"谜一般的斯芬克斯了"。

可以说，鲁迅的存在，具有斯芬克斯和莱谟斯的双重性，他半是斯芬克斯，半是莱谟斯。只有既理解其莱谟斯的野性，又把握其斯芬克斯的谜，才能读懂"全鲁迅"，而非"半鲁迅"。这是被鲁迅视为知音的一中一日学者近距离感受到的结果。增田涉从学术著作翻译的角度，感受到"庞然的斯芬克斯"之谜，而瞿秋白从"五四"到 20 世纪 30 年代的杂感的角度，感受到莱谟斯"是野兽的奶汁所喂养大的"。二者的综合，成就了鲁迅"伟大的复杂"。更何况鲁迅给我们留下的远不止这两项，从更广泛的视野中进一步考察他的眼光、智慧、骨头和情怀，就只能令人联想到鲁迅所言"心事浩茫连广宇"，"敢有歌吟动地哀"了。鲁迅也就由此成了"难以穷尽的鲁迅"了。

2014 年 9 月 24 日

附：今天的中国仍然需要鲁迅吗？

苏原 香港中通社记者

不同的人眼中有不同的鲁迅。

在中国现代文学史和思想史上，鲁迅是一个独特的存在：推崇者视其为文化和思想的"旗帜"，甚至是"民族英雄"；反对者则认为鲁迅的文字并不"入流"，指其"心理阴暗"、"刻薄、爱骂人"等等。

新中国成立后的相当长一段时期，鲁迅在中国内地的文化思想界享受着崇高的地位，成为一种精神标杆。然而近年来，不断有质疑鲁迅及其作品的声音出现，甚至将鲁迅的作品从中学教科书中删除。

那么，今天的中国还需要鲁迅吗？

日前在澳门大学举行的"鲁迅与百年新文学"研讨会上，来自内地及港澳的约四十名专家学者对此做出了肯定的回答。

此次研讨会由澳门大学校长赵伟倡议和支持召开。作为一名计算机及信息科学的著名学者，赵伟主张澳门大学"亮出鲁迅的旗帜"。

中国文学研究专家、澳门大学讲座教授杨义在会上做了题为"重

回鲁迅"的演讲,他认为,鲁迅是 20 世纪中国最深刻的一位思想文学巨人,其精神特质和思想方法留给今天许多启示:

第一是鲁迅的眼光。表现出中国现代史上第一流的思想洞察力、历史洞察力和社会洞察力。

第二是鲁迅智慧。鲁迅使中国人对自身本质的认识达到了一个新的历史深度,正是这种充满奇痛奇快的历史深度,给一个世纪的改革事业注入了前行不息、类乎"过客"的精神驱动力。

第三是鲁迅骨头。鲁迅是大智大勇的启蒙斗士。

第四是鲁迅情怀。鲁迅的文学世界渊深莫测,出手不凡。行文运笔充满着悲悯之情,呈现出精神求索的独特深度。

杨义教授为此次研讨会还奉献了三卷《鲁迅作品精华(选评本)》,选录鲁迅作品 220 余篇,对其进行有根柢、有趣味的独到点评。杨义称,这实际上是为五四运动前后的半个世纪中国文化精髓谱系做注。

杨义指出,鲁迅是中国现代文学鼻祖,他的作品是民族文学的精华。在当今的商品经济时代,我们的社会更需要鲁迅这种精神风骨。而从大国振兴的角度,中国文化界也需要对鲁迅进行全面、现代化的解读。

三联书店原总编辑李昕认为,鲁迅虽然不是"神",但他仍然是思想巨人、文化巨人、文学巨人。尤其是,他以文学形式建立了一个中华民族的思想宝库。这样的文学家，在中国文学史上是十分罕见的。

李昕对社会上一些贬低鲁迅、诟病鲁迅、回避鲁迅的现象感到痛心。他说，今天的中国社会和民众，是特别需要鲁迅的。经过几十年的社会变革，中国社会的文化价值体系面临重建，而"鲁迅是可以为我们提供丰富的精神养料的思想家。他对于国民性的批判，对中国传统文化的分析和评论，在今天仍然有启蒙意义"。

著名学者田本相提交给大会的论文《鲁迅和胡适的现代性比较》中也指出，鲁迅在新时期被一些人在不同性质、不同程度上误解、歪曲、贬低甚至攻击，其结果是严重阻隔、损害了鲁迅同人民，尤其是同青年一代的精神联系，这是中国文化战线上的重大损失。

对此，田本相在文章中强调："在今天，我们更需要鲁迅，更需要发扬鲁迅的精神。这正是鲁迅研究者的责任。"

田本相的观点得到与会者的共鸣。

第一节　以小说参与历史发展

　　任何一个民族在历史转折的紧要关头，都需要巨人。它需要巨人来参与和鼎助自己的转折，也需要巨人来思考和记录自己的转折。鲁迅，是我国革命由旧民主主义转换到新民主主义的历史关头，用文学、用小说来思考时代的要求，记录时代的步音，参与和鼎助时代发展的旷代巨人。时代在他的小说上刻下深深的印痕，他的小说也反过来在时代上刻下深深的印痕。"五四"时期文学对历史的推动作用是如此明显，以至历史学家在论述"五四"运动的伟大意义的时候，不能不提到以鲁迅为代表的新文学运动。

　　俄国的车尔尼雪夫斯基是一个善于从历史发展的角度，去考察和估价文学的价值和作用的革命民主主义批评家。他认为，莱辛是德国新文学之父，主要是由于他以自觉的思想和才华横溢的文学创作，体现了"文学参与历史"的法则。他又认为，果戈理应当算是俄国散文文学之父，因为他使俄国散文

中国现代小说之父——鲁迅

文学在整个文学中占据和保持着巨大优势，他是俄国文学可以自豪的唯一学派的领袖，第一个使得俄国文学坚决追求内容，而且是顺着坚定的批判倾向追求内容。[1]任何一个心地纯洁、实事求是而又没有民族自卑感的人都会觉得，鲁迅是在中国新民主主义革命的开端期，卓越地完成了莱辛在德国、果戈理在俄国的双重历史使命和文学使命的，把他称为中国现代小说之父，只不过是承认了一个不能不承认的历史事实。

鲁迅是"五四"时期为复兴祖国文学而被呼唤出来的第一代作家的卓越代表，他的肩上担负着沉重的文学使命和历史使命。他的《呐喊·自序》，记录了"五四"前夜发生在北京宣武门外绍兴会馆的一个在中国小说史上具有历史意义的场面：

> 那时偶或来谈的是一个老朋友金心异（即钱玄同），将手提的大皮夹放在破桌上，脱下长衫，对面坐下了，因为怕狗，似乎心房还在怦怦的跳动。
>
> ……
>
> 我懂得他的意思了，他们正办《新青年》，然而那时仿佛不特没有人来赞同，并且没有人来反对，我想，他们许是感到寂寞了，但是说：
>
> "假如一间铁屋子，是绝无窗户而万难破毁的，里面有许多熟睡的人们，不久都要闷死了，然而是从昏睡入死灭，并不感到就死的悲哀。现在你大嚷起来，惊起了较为清醒的几个人，使这不幸的少数者来受无可挽救的临终的苦楚，你倒以为对得起他们么？"
>
> "然而几个人既然起来，你不能说决没有毁坏这铁屋

---

[1] 参看《莱辛，他的时代，他的一生与活动》和《俄国文学果戈理时期概观》，收入上海译文出版社《车尔尼雪夫斯基论文学》中卷和上卷。

的希望。"

　　是的，我虽然自有我的确信，然而说到希望是在于将来，决不能以我之必无的证明，来折服了他之所谓可有，于是我终于答应他也做文章了，这便是最初的一篇《狂人日记》。从此以后，便一发而不可收，……

　　在补树书屋这番历史性谈话中，我们看到一个即将挺身而出的文学巨人是如何严肃地思考着民族的苦难和民族的前途。他并不乐观，他的谈话反映着在民族灾难重重的时期，一个最清醒而又最深刻的头脑的浓重忧郁情绪。中国自近代以来，已经两度失去走入世界进步大门的机会，一次是戊戌政变，堵绝了走日本明治维新道路的大门；再一次是辛亥革命后政局逆转，毁灭了走法、美式民主共和国道路的理想。旧的必须崩毁，这是毫无疑义的，出路又在何方，这是民族巨人再度思考时为之痛苦、焦灼和忧虑的问题。鲁迅本是辛亥革命的志士，但这场革命在随后翻云覆雨的政治黑潮中，似乎成了虚妄的徒劳无功的事情了。"我觉得仿佛久没有所谓中华民国。""我觉得革命以前，我是做奴隶，革命以后不多久，就受了奴隶的骗，变成他们的奴隶了。""我觉得什么都要从新做过。"[1] 他承担着民族的可怕的痛苦，他是一个被三翻四覆的历史湍流冲入"铁屋"，而又在"铁屋"中从不曾停止过其敏锐观察和深刻思索的哲人。因此，当他在时代转折的关头以文学参与社会历史发展的时候，他的小说给我们民族带来了弥足珍贵的新因素：忧愤深广的总倾向，沉郁宏达的总格调。

　　鲁迅（1881—1936）原名周树人，字豫才，生于浙江绍兴一个逐渐没落的士大夫家庭。"鲁迅"是他 1918 年为《新青年》撰写《狂人日记》时始用的笔名，即是说"鲁迅"这个笔名是与中国现代小

---

[1]　鲁迅：《华盖集·忽然想到（三）》。

说"岁月幸同庚"的。鲁迅作为中国现代小说的第一个开拓者，是具备充分的条件，具备生活上、思想上和艺术上的深厚基础的。他少年时代就结识农村少年，与他们建立了平等和真挚的友谊，呼吸了乡野的清新气息。随着家道坠入困顿，作为一个破落户子弟，深深地感受到旧家族制度的弊端和世态炎凉。后来又受过资产阶级革命高潮的鼓舞和这种革命失败的刺激，以哲人的敏感和深刻，体验了民族的苦难和社会的黑暗。因此他为新文学运动所写的每一篇白话小说，都带有深厚浓郁的生活色味，为当时一班初出茅庐的大学生作家所难以企及。小说艺术修养上的准备，也有其宏博与独到之处。少受诗书经传的教育，稍长又嗜读杂览、小说及野史笔记。留学日本期间，广泛接纳和介绍了外国文学思潮，翻译了一些俄国和东、北欧小说，既推崇拜伦、雪莱等浪漫主义诗人"立意在反抗，指归在动作"的"撒旦精神"，又钦佩果戈理"以不可见之泪痕悲色，振其邦人"的现实主义小说。[1] 他在杭州、绍兴任教和在教育部任职期间（包括创作白话小说的一段时期），即搜辑、钻研和整理了大量古小说资料，自 1920 年起在大学主讲中国小说史课程。因此他写出的白话小说，能见深厚根柢，兼备中外文学之长，既能表现深切，格式特别，又能迅速圆熟，自成大家。他抛弃了旧小说家陈腐委琐之习，排除了某些新小说作者轻浮趋时之风，处处显示一种独出机杼的大家风范，有力地掌握了初期现代小说时代化和民族化相结合的主动权。

尤其可贵的是鲁迅小说所体现的那种异常强健、睿智和深刻的理性。如果说在艺术天才上可以和鲁迅媲美的世界文学巨匠有一批人，那么在以光辉的理性参与民族和人民的历史发展上堪与鲁迅相轩轾的世界文学巨匠就寥寥无几了。因此，鲁迅作为一个积极的思想家，一个不懈的真理追求者的理性锻炼，乃是他从事新文学开拓

---

[1] 鲁迅：《坟·摩罗诗力说》。

事业的准备中最值得注意的、最有历史价值的一项了。他东渡日本不久，便立下了"我以我血荐轩辕"的宏大志向，逐渐成为一个把灵魂和血肉与民族的命运紧密联系的思想探索者。1902 年就学弘文学院期间，便开始思考与民族积弱相联系的国民性弱点问题。由于他的神经兴奋点始终为民族命运问题所占据，1906 年初在仙台医学专门学校看到记录日俄战争的幻灯画片中的华人图像，痛感国人的愚弱麻木，认为"第一要著，是在改变他们的精神，而善于改变精神的是，我那时以为当然要推文艺"[1]，遂决定中止学医，改治文艺。可见，他迈进文学领域的第一步，就想以文学警醒民族的酣梦，走上振兴之途。但是，由于维新派的启蒙运动已衰，革命派只是热心于带种族主义色彩的政治革命，他们拟办的《新生》杂志尚未给民族带来"新的生命"便遽然流产了。他与周作人合译的《域外小说集》只售出寥寥的册数，堆在货栈中的存书和纸版也被一把大火化成灰烬。这自然给他带来寂寞的悲哀。然而，在辛亥革命高潮中，鲁迅似乎又在捕捉"发社会之蒙覆，振勇毅之精神"[2]的历史机缘，于是他迈出了文学生涯的第二步，用文言写了第一篇创作小说《怀旧》。小说描写革命军即临芜市的传闻，引起塾师秃先生的惶恐，他与芜市首富金耀宗密谋对策，企图备饭劳师，临时应变。作品关注民族命运和革命成败，似乎在提醒革命党人，要注意豪绅阶级化装潜入，挖空革命的根基。但是，这篇小说于 1913 年发表在《小说月报》第四卷第一号上，只博得该刊编者恽铁樵对文章笔致的赞扬性评点，它那种深刻的思想并没有受到理解和重视。在民族厄运中，文学的命运是如此凄凉。民国初年那股昏天黑地的政治社会旋风，多情地助长了洋场浪子小说的浊流，无情地扑灭了革命志士小说的理性光焰。鲁迅在清末和民初，两次挥动理性的琴拨，奏响文学的

---

[1]　鲁迅：《呐喊·自序》。

[2]　鲁迅：《集外集拾遗补编·＜越铎＞出世辞》。

琴心，但是犹如独处大漠旷野，得不到应有的回音。这就说明，文学要以强健的理性参与社会和历史发展，必须具备特定的客观社会"情势"。鲁迅拟办《新生》杂志和发表《怀旧》的时候，均缺乏这种情势，所以通归失败了。我们甚至可以设想，如果中国历史不是处在清末民初这种可怜的黯淡状态，鲁迅也许不须到三十七岁的中年以后，才成为一个举世瞩目的小说家吧。可是不须为此遗憾，理性往往是在追求和挫折的反复颠扑之中变得强健、坚韧和深刻的。鲁迅创作白话小说之前，在绍兴会馆补树书屋与钱玄同那番酬对应答，既反映了理性在往日受挫的悲哀，也反映了理性在今日重放光辉时的高度成熟。"五四"前夜的急进民主主义的启蒙运动和新文化运动，已经为他以小说艺术有力地参与社会历史的发展，准备了必要的客观社会情势。

诚若我们所知，鲁迅是"五四"新文学运动由文体革命进入思想革命阶段的首倡者。他的小说因而显示了文学革命与思想革命相结合的实绩。鲁迅的小说为数不多：《呐喊》于 1923 年 8 月由北京新潮社出版，收小说十五篇；《彷徨》于 1926 年 8 月由北京北新书局出版，收小说十一篇；《故事新编》于 1936 年 1 月由上海文化生活出版社出版，除了把《呐喊》中的《不周山》改名《补天》移入外，另收小说七篇。即是说，他在近二十年间只创作了三十三篇小说。这确实是令人惊叹不已的奇迹，他以不及某些著名的多产作家一两年收获的作品数，竟建立了小说史上千古不磨的功勋。这又是毋庸置疑的事实，一代又一代会思考的中国人从他的小说中看到了古老的父母之邦的土地、空气和灵魂，看到了自己的影子和社会的血脉，探求着历史的遗迹何在，时代是否前进，从而获得智慧的启迪和审美的愉悦。人们于是把惊叹化作由衷的钦佩，他们读到的不是普普通通的小说，他们感到有一种比普普通通的小说更为不能释然于胸的东西在，他们似乎在读着一部记录着对黑暗的愤懑和对光明的渴慕的民族启示录。其实鲁迅也是不把小说当作纯粹的小说来写的，他说过："在中国，小说不算文学，做小说的也决不能称为文学家，所以并没有人想在这一条道路上出世。我也并没有要将小说抬进'文苑'里的意思，不过想利用他的力量，来改良社会。"[1]他是具有以小说参与历史发展的自觉性的，他把自己撰写小说当作整个进步潮流的一翼，这样形容道："有时候仍不免呐喊几声，聊以慰藉那在寂寞里奔驰的猛士，使他不惮于前驱。"[2]

《狂人日记》发表于1918年5月《新青年》第四卷第五号，是中国现代小说史的开篇之作，也是鲁迅在时代转折关头，以小说参与历史发展的宣言。它的写法具有非常奇特的创新性，它笔笔写的是狂人的狂态，但笔笔有力地触动读者思考时代、社会、人生之真谛的心弦。它悲怆激越，满纸愤懑，无异是中国革命一个伟大的转折点上反封建的先驱者时代郁闷的艺术象征。表面上，它写了狂人的日常起居，在街上受人围观注视，在家中延医受诊，关在小屋里大叫大闹。作者早年曾治医学，一年半以前又照管过因神经错乱由山西逃至北京的姨表兄弟，因此他运用现实主义的笔法来刻画狂人不稳定的精神状态和无逻辑的心理状态时，贴切逼真，得心应手。狂人的精神状态是神经过分纤敏，到处疑神疑鬼。他从天上的月光疑到赵家狗的眼光，从过路的赵贵翁的脸色疑到进门的中医生的举止。狂人的联想又是紊乱无逻辑的，从古书记载的著名暴君桀纣的残忍，联想到不久前传闻的革命党人徐锡麟被杀被吃，从狼子村捉住恶人杀了来吃，联想到自己的大哥可能把妹子的肉做了羹饭，捕风捉影，想入非非，张冠李戴，把一个迫害狂患者的心理表现得淋漓尽致。

然而，鲁迅不是为写狂人而写狂人，不是为闲人提供谈资，或为医家开列病案。卷首附识所云"今撮录一篇，以供医家研究"，

---

[1] 鲁迅：《南腔北调集·我怎么做起小说来》。

[2] 鲁迅：《呐喊·自序》。

乃是戏拟当时笔记小说作者的陋习以作的反语。鲁迅曾经向挚友披露过自己创作的思想动机:"《狂人日记》实为拙作,……偶阅《通鉴》,乃悟中国人尚是食人民族,因成此篇。此种发见,关系亦甚大,而知者尚寥寥也。"[1] 鲁迅的目的很明确,他要把这种"知者寥寥"的属于思想先驱的独特"发见",通过小说形式晓示全国。鲁迅所以用一个迫害狂患者作为这种思想"发见"的负载物,一方面固然因为揭示"礼义之邦"尚是"食人民族",是惊世骇俗的,难免被封建卫道士和蒙昧未化的人视为狂悖;另一方面又因为狂人具有不稳定的精神状态和逻辑紊乱的思维方式,便于作者打破时间和空间的界限,熔上下古今于一炉,聚东西南北于一幅,自然而又曲折地暗示出对历史和现实、社会和人生的丰富而深刻思考。它从历史的纵剖面道破了旧中国是一个"四千年时时吃人的地方",所谓霸王之主、开国之君、忠义之臣、执刑之卒,均被押上正义法庭审判;而这种吃人的惨剧若恢恢天网,笼罩社会,从赵贵翁到大哥,从医生到路人,"自己想吃人,又怕被别人吃,都用着疑心极深的眼光,面面相觑"。吃人的场面又是如此凶残暴戾:"易子而食",长幼在劫;"食肉寝皮",无所不施。小说对几千年历史和当前社会的罪恶面做了总体批判,它诚然是一篇反封建的檄文,"意在暴露家族制度和礼教的弊害"[2],不过应该记住,它提供的不是旧制度罪恶面的一枝一节,而是一幅综合古往今来,囊括东西南北的写意化的总图。

由于鲁迅是一个经历过时代的曲折而阅世很深的作家,他揭示吃人的旧制度不仅是凶残的,而且是奸诈的,在新的时代潮流冲击面前又是惊悸不安的。他提供的吃人的旧制度具有多重性格:"狮子似的凶心,兔子的怯弱,狐狸的狡猾……"所谓"狐狸的狡猾",指的是吃人的制度善于伪装,有种种骗人的"老谱"。小说揭露了

---

[1] 鲁迅:《致许寿裳(1918 年 8 月 20 日)》,《鲁迅全集》第 11 卷。

[2] 鲁迅:《且介亭杂文二集·〈中国新文学大系〉小说二集序》。

大哥的"翻天妙手，与众不同"的制造舆论的诀窍，医生的"不要乱想"，"静静的养几天，就好了"的抚慰受害者的论调，以及相貌模糊的青年的"从来如此便对"的维护旧秩序的理论。它戳穿了这类"吃人有理"的老谱的底细："他话中全是毒，笑中全是刀，他们的牙齿，全是白厉厉的排着，这就是吃人的家伙"，"不但唇边还抹着人油，而且心里满装着吃人的意思"。正因为看透了吃人社会凶残与虚伪的两面，小说写下一段深刻的名言："我翻开历史一查，这历史没有年代，歪歪斜斜的每叶上都写着'仁义道德'几个字。我横竖睡不着，仔细看了半夜，才从字缝里看出字来，满本都写着两个字是'吃人'！"然而吃人社会终将崩溃，耳闻新时代到来的跫然足音，它已显出"兔子的怯弱"。前面提到，鲁迅在钱玄同邀他为《新青年》撰稿的那番谈话中，曾一度认为旧社会这间"铁屋子"似乎是"绝无窗户而万难破毁"的。但这种似乎悲观的想法于此有了明显的变迁：

> 屋里面全是黑沉沉的。横梁和椽子都在头上发抖；抖了一会，就大起来，堆在我身上。
>
> 万分沉重，动弹不得；他的意思是要我死。我晓得他的沉重是假的，便挣扎出来，出了一身汗。可是偏要说，
>
> "你们立刻改了，从真心改起！你们要晓得将来是容不得吃人的人，……"

小说披露了时代的转机，旧的行将崩毁，新的开始萌动。吃人社会这间"黑屋"已在发抖，它虽然尚有"万分沉重"的压力，但这种沉重已带有虚假性。作者数月后说过："人类眼前，早已闪出曙光。"[1] 他写小说的时候，也隐约感到这一点，他预言将来是"真

---

[1] 鲁迅：《我之节烈观》，载1918年8月《新青年》第5卷第2号，收入《坟》。

的人"的世界，"将来容不得吃人的人，活在世上"。理想虽嫌朦胧，但追求甚是固执，"偏要说"一个"偏"字，就点出这种固执来。它警告吃人的人："你们要不改，自己也会吃尽。即使生得多，也会给真的人除灭了，同猎人打完狼子一样！——同虫子一样！"小说最后喊出"救救孩子"的呼声，相信历史的进化，寄希望于尚属弱者，但心地纯洁、代表着将来的"孩子"身上。

《狂人日记》以悲怆的格调和写意的笔墨，概括和寄托着我们民族的血泪和希望，它抨击的是全部旧历史和整个旧社会的吃人本质和传家老谱。它具有最充足的"五四"时代的时代性；狂人并非一般的典型性格，它是象征性的，是整个"五四"时代先驱者愤激思潮的艺术象征。它从时代思潮中吸取源泉，又反过来推进时代思潮的发展，我们从"语颇错杂无伦次，又多荒唐之言"的日记中，感受到的是充满着批判与追求，深思与战取的一首气魄宏大、热情奔放的时代思潮交响乐。因此，它旋经发表，即在思想界和文学界引起广泛的反响。《新潮》杂志著文称誉"疯子是我们的老师"，"我们带着孩子，跟着疯子走，——走向光明去"[1]。四川反孔斗士吴虞写了论文《吃人与礼教》，说："我觉得他这日记，把吃人的内容和仁义道德的表面看得清清楚楚。那些戴着礼教假面具吃人的滑头伎俩，都被他把黑幕揭破了。"[2] 这篇小说酿成了一股社会思潮，诚如徐炳昶在《礼是什么？》中指出的："鲁迅先生《狂人日记》上有'仁义道德均将吃人'之说，其后'吃人的礼教'一名词，遂常见于报纸上面。"

时代的转折，从本质上说，是一种历史批判。不对旧的民族历史做批判性总结，便难以对新的民族历史做自觉性开拓。鲁迅小说对我国资产阶级领导革命的最辉煌的一页——辛亥革命所作的艺术

[1]　孟真（傅斯年）：《一段疯话》，载 1919 年 4 月《新潮》第 1 卷第 4 号。
[2]　吴虞：《吃人与礼教》，载 1919 年 11 月《新青年》第 6 卷第 6 号。

批判，宣布了资产阶级领导革命的时代一逝不返，反映了作家以先驱者的姿态参与我们民族开拓新时代的伟大工程。1919 年 5 月，在李大钊轮值主编的《新青年》第六卷第五号即马克思主义研究专号上，耐人寻味地连载了鲁迅的小说《药》，在我国文学史上第一次以生动的艺术形象剖析了资产阶级革命派的两重性本质。小说描写茶馆主人华老栓以辛苦积蓄起来的钱买回人血馒头，为独根独苗的儿子小栓治痨病。但是，这种迷信疗法无法挽回华小栓的生命，反给华家带来断绝香火的悲哀。小说沉郁地写出了宗法制城镇的蠢昧风习，但它旨不在反迷信，旨不在提供民俗史料，而是要启迪有志于改造社会的人们去思考民族和人民的命运。因此煞费艺术匠心地安排了染红馒头的血是革命者夏瑜的血。夏瑜抱救国救民之志，进行反清革命，被族人出卖入狱，依然大义凛然，宣传革命道理，可悲的是他的慷慨宣传成了茶馆闲客的谈笑资料，血沥屠刀，蘸上馒头，又成了他为之献身的下层市民治病的神药。

《药》采取双重情节组合的结构方式，把意义判若天壤的两个故事，一个华小栓愚昧而可悲地死的故事，一个夏瑜壮烈而寂寞地死的故事，交织在一起，大大地增强了艺术的概括力和暗示性。它从不同的层次对辛亥革命前后社会阶级结构做立体性的透视，从而深刻地揭示了辛亥革命失败的根本原因，在于资产阶级革命派严重脱离社会下层的广大民众，他们没有把夏瑜式的民主主义理想信仰变成华老栓一流下层民众的理想信仰，必然导致华老栓用夏瑜的鲜血蠢昧地为单传儿子治病的悲剧。它解剖了革命的主体力量，从而以不可抗拒的艺术说服力告诉人们：今后的革命再也不能走夏瑜式单枪匹马的道路，它必须唤起民众，组成浩浩荡荡的革命阵容。鲁迅写小说，爱用《百家姓》开头的赵、钱二姓，但他在这里特地挑选处于《百家姓》二十姓以后的华、夏二姓，而华、夏又为中华民族的代称，这就隐喻着他要探索中华民族的命运，以“药”为题，也暗示人们去思考救国良方。辛亥革命始成即败，是众所共睹的现实，民初即有革命志士为之扼腕太息，南社作家也写过小说对此发出旧梦破灭的浩叹。鲁迅的伟大在于他不去修补旧梦，而是走出旧梦，另寻新路。他与辛亥志士交谊甚笃，对夏瑜式的烈士难免有真挚的怀念，但是他爱历史真理甚于爱友朋，或者说他正因为惋惜先烈的血而去追求历史的真理。《药》的结尾，在夏瑜的坟头安排了一个红白相间的小小花圈，既表达了对烈士的怀念，又表达了对革命前途的某种乐观，但小说终究没有让献花圈的人们出场，它留下了一片带暗示性的空白，莫非作者想引导人们和他一道，去思索，去追寻新时代的革命领导力量吗？

《阿Q正传》凡九章，分章连载于1921年12月至1922年2月的《晨报副刊》上，署名巴人。它是鲁迅对辛亥革命做批判性历史总结的最杰出的作品，也是鲁迅解剖"国民性"、塑造不朽的人物典型的最杰出的作品。小说描写了辛亥革命前后江南乡村小镇未庄的一个无业无产的赤贫者阿Q，展现了他在赵太爷的巴掌下，失去了姓赵的资格；在赵秀才的竹杠下，失去求婚和出卖劳力的机会；于辛亥革命中，又在假洋鬼子的哭丧棒下，失去革命的幸运；在把总老爷的屠刀下，失去生存的权利的悲惨生活遭际。阿Q无土地，无家室，一身褴褛，寄居在土谷祠中，专门替人打短工，"割麦便割麦，春米便春米，撑船便撑船"，从他的经济地位和谋生手段着眼，说他是雇农，或者是落后雇农典型，是不甚离谱的。小说关心他的生计，关心他的苦难，关心他的命运，做到了这一点，我们已经钦佩这位伟大作家对劳动人民深厚的人道主义同情了。但是，这并非鲁迅的艺术专注点，仅仅理解这些，未免同鲁迅的艺术苦心有隔膜之嫌。鲁迅一再地提醒人们，他写这篇小说，"实不以滑稽或哀怜为目的"[1]。他在三十年代以别的笔名写的一篇杂文还透露："鲁

---

[1] 鲁迅：《致王乔南（1930年10月3日）》，《鲁迅全集》第12卷。

迅作的一篇《阿Q正传》，大约是想暴露国民的弱点。"[1] 对于他的创作意图讲得更为清楚的，是俄译本《〈阿Q正传〉序》："我也只得依了自己的觉察，孤寂地姑且将这些写出，作为在我的眼里所经过的中国的人生"，并竭力摸索，"要画出这样沉默的国民的魂灵来"。换言之，他塑造阿Q这个具有无比强大的艺术生命的典型性格，并在小说中显示"个人历史"和"社会历史"的发展变化的高度一致性，从而摄录下辛亥革命前后中国的人心史和民族的苦难史。

出色的艺术典型无疑是一种丰富人类精神文化的巨大发现。阿Q已经成为具有世界意义的成功典型。他的性格展现得最为充分的一点是精神胜利法，阿Q性几乎成了精神胜利法的代名词。他不顾严峻的现实，只听轻飘的好话，在残酷的经济剥削面前毫不省悟，却沾沾自喜于别人戴给他的"真能做"的高帽子。他忘却烦恼的今天，专门夸耀无所凭依的昨天和明天，连姓氏籍贯均无法说清，便吹摅"我们先前——比你阔的多啦！"连妻室尚无着落，便宣称"我的儿子会阔得多啦！"他不以实际的行动去改变挨打受气、备受欺凌的处境，却自欺欺人地想出"我总算被儿子打了，现在的世界真不象样……"一类于事无补的道理，把失败的记录改作"优胜纪略"的翻案文章。他蠢昧无知，见识浅陋，连圆圈都画不圆，却硬是冒充见多识广，既鄙薄城里人把"长凳"叫作"条凳"，煎鱼加上切细的葱丝，有违未庄的经验；又嘲笑未庄人少有进城，未见世面，自以为见识兼融城乡，高出城里人和乡下人了。他无论对自己的历史和将来，现实和追求，物质和精神，都有一套灵活方便的精神胜利法，能在瞬息之间把现实上的弱者地位荒谬地化作幻想中的强者地位。这种精神胜利法，在小说中自然是以阿Q的经历和阿Q的方式表现出来的，但是作者以这个具体雇农的阿Q来表现之，也

---

[1]　鲁迅：《伪自由书·再谈保留》。

是饶具苦心的。鲁迅这个伟大的启蒙主义作家，极为关心下层劳动民众的精神状态和觉悟程度，因为上层统治者的顽冥不化，向外屈膝称臣，向内作威作福，已是难以谏诤，无可救药了；但是下层劳动者的蒙昧未开，忍从屈辱，安于现状，则是妨碍改造社会的革命运动至为可怕的习惯势力。同时，受帝国主义列强欺凌的中华民族在当时国际环境中的地位，与受践踏的阿 Q 在未庄环境中的地位，有着某种相通之处，因此写一阿 Q，在一定的程度上可以如缩影一般象征中华民族在近代的苦难历史。而且中国在近代七八十年间蒙受了鸦片战争、甲午中日战争，和八国联军侵华战争等等奇耻大辱，在统治阶层中形成了从残酷的失败中寻找荒唐的"胜利"，自欺欺人而不思变革自强的病态心理，竟如瘟疫一样传染给苦难重重的下层民众，因此，写一个慈禧太后尚不足以表达的东西，却只须写一个卑微的阿 Q，就能够透视整个民族中无孔不入的病态心理特点了。鲁迅曾带着涩味的幽默说，他就觉得那 Q 字上面的小辫子好玩。[1] 辫子本是清代的"国粹"，鲁迅是把精神胜利法作为应该摒弃的"国粹"来描写和解剖的。以精神胜利法为基本性格特征的阿 Q，乃是由他那个时代整整一代人的苦难生活和充分发展的缺点构成的典型画像。诚若沈雁冰所说："阿 Q 是'乏'的中国人的结晶"，"我们不断地在社会的各方面遇见'阿 Q 相'的人物：我们有时自己反省，常常疑惑自己身中也免不了带着一些'阿 Q 相'的分子。但或者是由于'解减饰非'的心理，我又觉得'阿 Q 相'未必全然是中国民族所特具，似乎这也是人类的普遍弱点的一种。"[2] 沈雁冰的推断是有道理的，阿 Q 式的精神文化现象确实概括了人类社会一种带有巨大普遍性的心理结构。当不平等、不合理、不协调的

---

[1] 周遐寿：《鲁迅小说里的人物》，北京：人民文学出版社，1957 年，第 46 页。

[2] 沈雁冰：《读〈呐喊〉》，载 1923 年 10 月《文学周报》第 91 期；《鲁迅论》，载 1927 年 11 月《小说月报》第 18 卷第 11 期。

社会现象顽固地存在着，而人们一时又无法改变这种不平等、不合理、不协调的时候，便有可能陷入无可奈何的自嘲之中，在心造的幻影中求得暂时的心理平衡。一位美国学者印证了这一点，认为阿Q不仅是"中国人中的'每一个'（everyman）"，而且"也是全世界人中的'每一个'（everyman）"[1]。

阿Q典型塑造的另一个显著特点，是把人物置于重大的历史事件中描写，从而对辛亥革命做出了比《药》更为严峻的现实主义批判。辛亥革命在未庄做了些什么呢？假洋鬼子和赵秀才消息灵通，相约去革命，砸碎了静修庵一块"皇帝万岁万万岁"的龙牌，随手抄走了观音娘娘座前的一个宣德炉。小说以象征之笔点出了这场革命的眼睛，这里没有发生真正的社会阶级变动，只是换了一块陈旧的招牌，饱了几个贪婪的私囊。而在辛亥革命中，出于阶级复仇的原始冲动，第一个在未庄街头喊出"造反"呼声的阿Q，被假洋鬼子拒斥在革命的门外，又被"咸与维新"的新政权冤杀在法场上。阿Q的革命冲动是非常原始的，没有受过民主主义洗礼的，无非是从个人欲望出发，"要什么就是什么"，报复几个平日结仇的人，夺回一些以往被剥削去的财物。阿Q原本对革命党并无理解和同情，他既无革命的宏伟目标，又找不到革命的组织力量，他革命的方式除了在未庄街头呼几声口号，唱几句旧戏，说几句大话之外，就是在土谷祠中做一场酣梦，醒后去投靠他一向视之为"邪气"而加以深恶痛绝的假洋鬼子。说实在话，这不过是阿Q的精神胜利法以"革命"的方式表演一番罢了，这场革命并没有使阿Q性格变成"两个"。阿Q不能不革命的苦难的奴隶地位，和他缺乏起码革命觉悟的奴性思想之间的矛盾，是阿Q悲剧最深刻的根源之一。阿Q被假洋鬼子驱逐出来后，心底涌起忧愁："洋先生不准他革命，他再没有别的路；从此决不能望有白盔白甲的人来叫他，他所有的

[1] 威廉·A. 莱尔：*Lu Hsun's Vision of Reality*，美国加利福尼亚大学出版社。

抱负，志向，希望，前程，全被一笔勾销了。"这是鲁迅小说中至为沉痛的语言了，也是常常获得"优胜"的阿Q唯一不能凭幻想解脱的忧愁。农民解放是中国革命的根本所在，辛亥革命没有解决这个历史课题。农民的出路何在？——这是鲁迅在中国革命编年史上画下的巨大的历史性问号。以小说参与历史发展的鲁迅，开始思考中国民主革命如何前进的问题，它不应再是假洋鬼子式，也不能简单地换作阿Q式，而应该是第三种更新的方式。《阿Q正传》的杰出之处就在这里，它描写了阿Q这样一个毫无政治气质的人物，却在历史的理性天平上准确无误地衡量出辛亥革命这场资产阶级最值得夸耀的政治革命的铢两；又由于阿Q性格具有巨大的普遍性和典型性，概括了我们自己的内心和周围世界中很难完全排除掉的一种独特的心理逻辑，这个卑不足道的角色已经走进世界艺术典型的最前列，与吉诃德先生、哈姆雷特王子并肩而立，且毫无愧色。《阿Q正传》是折射了一个特定历史时期我们民族的命运和民族性格的具有社会史诗性的文学，它已经成为一部"必读的民族典籍"。

从《狂人日记》到《阿Q正传》的一系列小说，对旧中国的社会结构和心理结构的现实主义探索的深度，对旧文化、旧道德、旧习惯的革命民主主义批判的深度，均代表了我们民族在"五四"时代的智慧水平，甚至超过了当时几乎所有的思想家，包括哲学体系和社会理想比他进步的思想家。在新民主主义革命时代的后两个十年中，也许有一些小说家著述丰富，成就斐然，甚至在某些具体的领域超过了鲁迅，但是在中华民族历史发展的地位上，至今尚找不出第二个小说家足以同鲁迅相比。他是这样一个小说家，以文学的巨人成为历史的巨人。

第二节　开创一个伟大的文学主潮

在文学与社会的联系上，鲁迅以小说参与历史的发展本身，就开创了一个伟大的传统。这个传统有永久的价值，但它主要是处理文学与时代的关系，对于文学自身的发展，它带有外在规律的性质。同时，鲁迅还开创另一个伟大的传统，他在以小说参与历史发展的过程中，为我国现代文学确立了一个最强有力的"学派"，确立了现代文学的现实主义主潮。在这方面，涉及到作家的创作方法，涉及到文学主潮与各流派之间的相互关系，因此对于文学自身的发展，它带有内在规律的性质。我国小说自从清末启蒙思潮兴盛和书刊出版业繁荣以后，相互联系、相互影响、相互呼应更为频繁了，因此比起以往宗法制社会中作家在相互隔绝的状态里的独立创作，是带有更为明显的社会联系性了。这种社会联系性增强了的小说，必然这样或那样地产生一种寻找和确立主潮的要求。中国近代小说在寻找主潮中曾经走过两步，一步是梁启超走的，他想把小说和维新派政治联系起来，但由于这种政治行将过时，这种联系又不注意小说自身的发展规律，所以失败了。第二步是苏曼殊走的，他想把小说和作家落拓哀感的情怀联系起来，这种联系比较注意小说自身的发展规律，但由于政治社会空气的恶化，污染了作家的情感襟怀，这一步也失败了。梁启超的一步是踏空的，苏曼殊的一步是疲懒的，他们虽有意于寻找，但未能有效地确立我国近代小说的健康的、有生命力的艺术主潮。清末民初的小说尽管有这样那样的换新现象，可是依然成为我国小说史上比较黯淡，或极为黯淡的时期，一个重要的属于文学本身的原因，就在于不能确立一个健康的、有生命力的艺术主潮。

鲁迅小说的出现，给我国小说史带来了新的光明。鲁迅说过，我国小说"自从十八世纪末的《红楼梦》以后，实在也没有产生什么较伟大的作品"[1]。鲁迅小说创造性地为我国小说的发展，确立了一个健康的、真正有生命力的主潮，打破了我国小说发展史上这种

---

[1]　鲁迅：《且介亭杂文·〈草鞋脚〉（英译中国短篇小说集）小引》。

相当长的时间内的不景气，实在可以称为"文起百年之衰"。他所确立的这种主潮，就是正视人生，并带有革命气息的现实主义。他的《狂人日记》出现于1918年，上距梁启超的《新中国未来记》十六年，苏曼殊的《断鸿零雁记》六年。也就是说，他在不到二十年的时间，把中国近代小说寻找主潮的第三步，划时代地转变为中国现代小说确立主潮的第一步。他既促进了我国传统小说艺术发生根本性的革新，又对外来的文学影响进行深刻的民族化改造，还使我国现代小说在草创期就产生了一批难能可贵的高度成熟化的作品。他为中国小说的发展带来的如此健全的新方向，如此丰富的新成分，如此旺盛的新生命，为梁启超所不可比拟，为苏曼殊所望尘莫及。梁启超的探索，为清末谴责小说的盛行所抵销，苏曼殊的探索，为民初鸳鸯蝴蝶派小说的泛滥所淹没。鲁迅小说所代表的文学主潮，却愈来愈汹涌澎湃，形成一泻千里的发展势头。这种主潮影响了我国二十年代前期诸小说流派的发展趋势和历史命运：叶绍钧所代表的人生派小说逐渐与现实主义主潮合流；王鲁彦、许钦文、台静农等人的乡土写实派小说自始就受了这种主潮的影响；风行一时的浪漫抒情派小说为期不久就发生分化和变迁，连它的代表性作家郁达夫也从感情上接近鲁迅，发展为文学主张上赞同现实主义[1]，而且他也试作《出奔》这种现实主义作品了。因此，鲁迅成为三十年代文坛的领袖和旗帜，并非谁人凭空地抬他出来当偶像，恰恰相反，这是中国现代文学发展的必然要求，是时代对一个开创了文学主潮的艺术巨匠的合理酬谢。由于鲁迅小说为现代文学做了如此举足轻重的贡献，我们称鲁迅是现代小说的主潮作家，而不是一般流派作家。

这种现实主义小说主潮，是以中国古典现实主义和西方近代现实主义在"五四"时代的历史交错点作为艺术背景和艺术渊源的。

[1] 明显的一例就是他对许地山的《铁鱼的鳃》等小说的现实主义倾向的热情肯定。

鲁迅非常重视我国古典小说的现实主义传统，尤其是对《儒林外史》和《红楼梦》的现实主义本质有独到的理解和真切的领会。他认为《儒林外史》的艺术精义在于"烛幽索隐，物无遁形"，"使彼世相，如在目前"。《红楼梦》的艺术要点在"敢于如实描写，并无讳饰"，"正因写实，转成新鲜"[1]。这是我们至今所见到的对这两部古典名著的现实主义的极精粹论述。这种民族文学的现实主义，培育了鲁迅最为基本的艺术理解能力、审美表现能力和语言驱遣能力。同时，鲁迅反复地说过，他写小说"大约所仰仗的全在先前看过的百来篇外国作品和一点医学上的知识"；"我所取法的，大抵是外国的作家"[2]。他甚至颇为具体地谈到外国小说直接刺激了他的创作冲动："我看到一些外国的小说，尤其是俄国，波兰和巴尔干诸小国的，才明白了世界上也有这许多和我们的劳苦大众同一运命的人，而有些作家正在为此而呼号，而战斗。而历年所见的农村之类的景况，也更加分明地再现于我的眼前。偶然得到一个可写文章的机会，我便将所谓上流社会的堕落和下层社会的不幸，陆续用短篇小说的形式发表出来了。"[3]19 世纪末和 20 世纪初，近代现实主义在西欧被一批前现代派和现代派作家所鄙弃，这种近代现实主义的重心已经东移，俄国和挪威的一批作家使之大放异彩。鲁迅是自觉地上承俄国和东欧诸小国的现实主义大潮，并且在东亚大陆竖起现实主义大旗的。外国的现实主义小说不仅丰富了鲁迅小说的表现手法，而且深刻地影响着鲁迅的创作方向和审美理想。中外现实主义传统在鲁迅小说中发生一种自觉而又独特的交错，这种交错涉及到小说的艺术追求和艺术表现的几乎所有的领域。应该强调，色彩不同的艺术成分的交错点，往往是艺术史的转折点。我国小说与唐代

---

[1] 鲁迅：《中国小说史略》第二十三、二十四篇，《中国小说的历史的变迁》第六讲。

[2] 鲁迅：《南腔北调集·我怎么做起小说来》，《书信集·致董永舒（1933 年 8 月 13 日）》。

[3] 鲁迅：《集外集拾遗·英译本（短篇小说选集）自序》。

诗人的文心相交错，产生了具有浓郁的艺术意境的唐人传奇；与说话人的口才相交错，产生了善描人情世态的宋元话本；而说话人代代相传的口才，与文人学士的史传文学素养的交错，又产生了气魄宏伟的章回小说。可以说，一种新艺术体式的产生，往往出自不同艺术因素的交错；一部艺术体式的变迁史，在相当大的分量上是不同艺术因素的交错史。但是在我国文学史上，虽然也有某些中外文学（如印度佛教文学）的交错点，但是大量存在的是相对稳定，或渐趋凝固的文人文学和新鲜、活泼，又难免粗糙的民间文学的交错点。我国数千年的文学传统与诸多国别、诸多流派的文学一次规模空前、深刻程度也空前的艺术大交错，发生在"五四"时代。因此，鲁迅小说所代表现实主义小说主潮，全面地创造性地把我国小说的艺术方向、审美理想和艺术表现力提高到新的时代高度。

与人民血肉相联、气息相通的文学，是最有前途的文学。这个主潮之所以能够在我国现代小说史上占据主潮的位置，就是因为它以人民作为取之不竭、用之不尽的伟大源泉。鲁迅是我国现代文学中把平凡而真实的农民，连同他们褴褛的衣着、悲哀的面容和痛苦的灵魂一道请进高贵的文学殿堂的第一人。他以一颗先驱者炽热的心，写下了占中国人口绝大多数的农民的苦难生活史的第一卷。《风波》载于 1920 年 9 月《新青年》第八卷第一号，是鲁迅第一篇写农民的杰作，陈独秀说"鲁迅兄做的小说，我实在五体投地的佩服"[1]，就是针对这篇作品而发的。小说以1917年张勋扶植清废帝溥仪复辟为背景，以质实老到的文笔描绘这起短命的政治丑剧在江南水乡引起的一场带戏剧性的风波。农民出身的船工七斤在辛亥革命时被强行剪去辫子，皇帝坐龙庭的消息传来后，作为封建势力代表人物的茂源酒店主人赵七爷借机报复，以失去辫子理当杀头为借口，大发淫威，吓得七斤一家"仿佛受了死刑宣告似的"。辫子，

---

[1] 陈独秀：《致周作人（1920 年 8 月 22 日）》。

本是中国人民当清朝贵族的奴隶的标志，而辛亥革命以后，这条辫子依然可能比人们的脑袋值钱，可见人们的地位依然是奴隶的地位了。辛亥革命并没有被除笼罩在村民头上的封建魔影，赵七爷这样的乡绅依然称霸乡里，他的一句话几乎成了这个偏僻乡村裁定人们吉凶祸福的法律。风波过后，赵七爷重新盘起辫子，蛰伏起来；七斤也无意追究这场使他丧魂落魄的风波的根由，在这些乡民的心目中，只要失去辫子不致连累脑袋，谁坐龙庭的问题比不上女儿摔破一个瓷碗更值得关心。这种社会政治结构和社会心理状态，只能使中国农民代代相承地在穷困生活和野蛮习俗的泥潭中苦苦挣扎。小说结尾摄下了七斤的女儿六斤按照祖传老例裹脚，却不能不一瘸一拐地捧着补了十八个铜钉的旧碗帮做家务的特写镜头，它富有象征性地启示人们：一部充满着血和泪的农村社会生活史还在不堪设想地继续着。鲁迅是在北京目睹张勋复辟，并脱离教育部到东城避难的，但他不写北京的巷战兵祸，不写个人的外感内伤，却把自己一支金不换的毛笔伸向山川悠远的江南水乡，可见他对农村的劳苦大众怀有一副赤心热肠，对其苦难和命运是无日不在关注着的。他正是牢牢地把握住北京的张勋复辟和江南七斤的命运这两极，提供了一种带社会整体性的艺术真实，从而成功地把农民问题与一部近代中国的政治史、革命史联系在一起了。

假若说《风波》把握空间的跨度，横向地展示社会的整体性，那么随之写成的《故乡》则把握时间的跨度，纵向地展示社会的历史性，展现和探索农民命运的过去、现在和将来。《故乡》发表于1921年5月《新青年》第九卷第一号，它以时间的流逝，徐徐地展开一幅近代中国农村破产的画卷。作者以抒情的笔调写下对童年挚友闰土的回忆："深蓝的天空中挂着一轮金黄的圆月，下面是海边的沙地，都种着一望无际的碧绿的西瓜，其间有一个十一二岁的少年，项带银圈，手捏一把钢叉，向一匹猹尽力的刺去，那猹却将身一扭，反从他的胯下逃走了。"恋乡之情，往往令人把故乡诗化，而故乡的一切诗、一切美，都收在这幅人与自然交融的神异的画面上了。小说追想过去，不是引导人们沉湎过去，而是引导人们正视现实。半封建半殖民地的近代中国现实，是残酷地毁掉一切诗和美，制造惨绝人寰的悲剧的。在苦难生活中煎熬了二十年的闰土，已经失去了少年时候的勇敢、聪明、纯朴、真挚的性格，已经埋葬了西瓜地上手捏钢叉的小英雄形象。当他再度出现的时候，已经仿佛石像一般，脸上刻满皱纹，连最深的愁苦也不能使这些皱纹动一动。他用增长了一倍的身材去承担生活的重担，他已经向尊尊卑卑的封建等级制度低下了头。他向准备搬家进京的老朋友所要的杂物，暗示了他的人生，也暗示了他的信仰：长桌、椅子、抬秤、草灰，说明他默默负起愈益沉重的家累，把行将榨干的血汗继续榨到土地上去；香炉、烛台，说明他在血汗入土的同时，希望灵魂升天，人世幸福求之不得转而向神鬼世界寻求灵魂的安慰。小说采取类似电影蒙太奇的手法，把少年闰土和饱尝艰辛的中年闰土这两组镜头有机地组接起来，产生了一种连贯、呼应、对比、暗示的综合效果，深刻地显示了这位勤苦农民的悲剧命运和他灵魂中令人战栗的变化，使人惊心动魄地体味到：多子，饥荒，苛捐，兵，匪，官绅，把闰土磨难成一个木偶人了。闰土的形象是苦难深重的中国农民的出色画像，茹苦含辛，质实勤恳，如大地一般厚重，如大地一般生产食粮，如大地一般任人践踏。他是用来作为作者生于斯、长于斯的故乡的表象的。作者追思往昔、谛视当今，是为了探索未来。他希望下一代"应有新的生活，为我们所未经生活过的"生活。他对此忧心如焚，疑虑重重，但是作为先驱者，他深刻地揭示人生哲理，教导人们脚踏实地地开拓未来："这正如地上的路；其实地上本没有路，走的人多了，也便成了路。"《故乡》字里行间，密布着鲁迅的层层感情丝缕，是他极为充分意义上的至情文学。他以对中国农民的深厚感情为发达的根系，使其现实主义扎根并进而繁衍于中国大地。

　　《祝福》发表于 1924 年 3 月《东方杂志》二十一卷六号，收入《彷徨》为首篇。它描写的是以勤劳朴实的农村劳动妇女为主角的一出平凡而悲惨的社会悲剧。从小说的时间、空间幅度着眼，它综合了《风波》侧重于空间的横向展开，和《故乡》侧重于时间的纵向展开的双重特点，形成了一个纵横交错的时空网。即是说，它在更为广阔和复杂的社会背景中，展开了一个农村妇女屡受欺凌和戕害的苦难生活史。祥林嫂勤劳、善良、安分，她人生的目的只想用勤苦的劳动，换取奴隶般的起码生活权利。为了逃避婆婆把她卖掉，隐瞒新寡的身份，逃到鲁镇帮佣。她以不惜力气的劳动，换来生活上可怜的满足。但是，不久婆婆就毁灭了她这种可怜的满足，把她劫回，以人身买卖的方式把她逼嫁到深山野墺里。她甚至想以死反抗这种强加的命运，在香案上撞得头破血流，但最后还是屈从命运，与勤劳能干的贺老六共持家计。谁想这种"好运"也没有交多久，贺老六积劳成疾，死于伤寒，她独撑家门，无力照管儿子阿毛，致使阿毛也被狼叼去了。丧夫失子本是她的不幸，反而成为她人格上的污点，她重到鲁家帮工，却被鲁四老爷视为伤风败俗的女人，不许她染指祭祀大典。柳妈又向她渲染再醮女人在地狱受刑的恐怖，使她用历来积存的最后一文工钱，给土地庙捐了一条"给千人踏，万人跨"的门槛。但是捐门槛依然赎不了她的灵魂的罪孽，她负着难以愈合的灵魂创伤离开鲁家，沦为乞丐，最终倒毙在风雪交加的街头。

　　《祝福》是描写病态社会中正常悲剧的典范之作。悲剧的形成和发展，完全是按照这个社会的正常秩序进行的。小说不是以特地设计的个别奸险邪恶的人物，而是以社会关系中的内在矛盾必然性作为推动悲剧情节发展的动力的。讲理学的监生鲁四老爷，俨然是封建势力的道德化身，所谓"事理通达"，表示他是按照最规矩的封建教条办事的；所谓"心气和平"，表明他并非格外奸诈凶残之徒。对于再醮重寡的祥林嫂，他用"伤风败俗"来评价她的生存，用"谬种"来论定她的死亡，均是从程朱理学的"道德心性"演绎而来，完全符合当时中国乡村小镇根深蒂固的占统治地位的伦理观念。连柳妈渲染地狱恐怖，也并非由于她心地歹毒，而是出自她对鬼神的虔信，她的思想和鲁四老爷的"不净观"一脉相通。因此鲁家把她归入"善女人"，以示跟祥林嫂的区别，"有其主必有其仆"，写柳妈也是为了写鲁四老爷们的社会。即便是鲁镇的人们，对于祥林嫂痴心复述不幸的故事表示冷淡、嘲笑，把它咀嚼赏鉴成渣滓之后，更加以烦厌和唾弃，尽管气氛略嫌阴冷一点，但也是封建宗法制社会所造成的人与人之间淡漠关系的表现，如鲁迅所指出："在我自己，总仿佛觉得我们人人之间各有一道高墙，将各个分离，使大家的心无从相印。"[1]正是在封建宗法制社会正常的秩序中，一个善良的生命被套上无以洗刷的罪名，带着滴血的人生和滴血的灵魂走进地狱。小说把社会秩序写得愈正常，它揭露悲剧的症结就愈带普遍性和深刻性。作家对人的灵魂和命运的关心，也就显得愈为深沉和痛切。人们从祥林嫂被劫回并卖进深山，看到夫权与族权的交结；从再醮重寡的祥林嫂被视为不祥之物以致连奴隶也做不成，看到道统与权势的交结；从柳妈宣扬阴司把再婚女人锯成两半的酷刑，又看到夫权与神权的交结。因此，鲁镇社会成了以政权、族权、神权、夫权为四大支柱的中国封建宗法社会的缩影。祥林嫂受苦难、受宰割、受歧视、受唾弃的命运，成了封建宗法社会中千百万处于奴隶地位的农村劳动妇女的命运写照。自《风波》至《祝福》的农民题材小说，深刻地揭示了一部中国人民的苦难生活史，同时也就是一部中国封建宗法制度的罪恶史。作家把对中国劳动人民真挚深沉的爱，化作焚烧着重重叠叠地压在人民身上的历史的、社会的、思想的黑暗势力的愤火。他的小说以平凡的社会生活题材，带整体性地反映了一个特定的历史时期我们民族绝大多数

---

[1]　鲁迅：《集外集·俄文译本〈阿Q正传〉序》。

劳动人民的生活、命运和性格，散发着思想上的崇高魅力和艺术上的史诗魅力，为我国现代小说的现实主义主潮树立起第一面光辉的旗帜。

鲁迅小说不仅写出了我们民族在一个停滞不前的时代惨痛的社会生活史，而且写出了我们民族在一个新旧交替的时代复杂的社会意识史。"五四"时期进步的知识分子是作为启蒙的先锋出现于思想文化界的，影响所及，知识分子题材成为"五四"小说的热门。鲁迅写农民不以滑稽和哀怜为目的，他写知识分子同样是不以感伤和顾影自怜为基点的。他比同代作家站得高，眼光如炬，身手不凡，在有限篇什中写了知识分子的诸多类型，几乎囊括了"五四"前后知识阶层新新旧旧的全部构成，于热门题材显示了主潮作家的风度。

他写了三代五个类型的知识分子。第一类型有《孔乙己》中的丁举人、《祝福》中的鲁四老爷和《离婚》中的七大人。他们着墨不多，但作为千年封建古国居统治地位的社会意识的代表，他们宛若幢幢阴影死死地笼罩着中国宗法制城乡。与他们同属一代而分属不同类型的有《孔乙己》的主人公和《白光》中的陈士成。他们还奴从于占统治地位的封建文化意识，但封建取士制度把他们视若渣滓而失信寡情地唾弃了。写这代知识分子的小说，最出色的是《孔乙己》。它发表于1919年4月《新青年》六卷四号，全文不到三千字，笔墨极为精粹。在鲁镇咸亨酒店曲尺形柜台外面，孔乙己是站着喝酒而穿长衫的唯一的人。他是一个屡试不中秀才的老童生，青白脸色，乱蓬蓬的花白胡子，高大的身材穿着脏破的长衫，似乎十多年没有补，也没有洗。他最突出的特点，是对人说话，总是满口"之乎者也"，教人半懂不懂的。闲人们拿他当作取笑的材料，哄笑着，店内外充满了快活的空气，"可是没有他，别人也便这么过"。封建教育使他"不会营生"，"好喝懒做"，愈过愈穷愁落泊了。但他的品行比别的顾客好，从不拖欠酒钱，曾热心地教店伙计认字，把茴香分给围观的小孩吃，迂腐难掩其善良。后来他偷丁举人的东西，被打折了腿，默默地死去后，留给店掌柜的记忆中的是他还欠十九个钱的酒资。孔乙己作为喜剧性的悲剧人物，其性格不是单一的，既有迂腐、卑琐的一面，也不乏善良、正直的一面。封建制度既养成他身上陈腐的东西，又蔑视和摧残他身上有价值的东西。小说通过孔乙己这个备受科举制度毒害和摧残的清末下层知识分子的形象塑造，有力地揭露和控诉了封建教育和科举制度的吃人罪恶，它展示了一具科举制度殉葬者的尸首，从而宣判了封建社会意识的穷途末路。

第二代的知识分子也有两种类型，一种类型是《肥皂》中的四铭和《高老夫子》中的高尔础。他们是"昌明国粹"，力挽颓风的伪道学，是新思潮冲击下的封建怪胎。他们处在新思潮较盛的都市，比起风气闭塞的乡镇中的鲁四老爷们，道德上既不能表里如一，气度上也不能平和从容。他们已不能充当历史正剧的人物，只好扮演历史喜剧的角色。在他们的虚伪、卑劣、浮躁和气急败坏中，隐隐地传出封建社会意识的崩裂声。属于另一类型的有《头发的故事》中的 N 先生，《在酒楼上》的吕纬甫和《孤独者》中的魏连殳。他们被辛亥革命推上社会意识的浪头，又被辛亥革命的失败淹没在社会意识的水底。中国的资产阶级意识斗不过封建意识，它的追随者面临信仰危机，孤独潦倒，骂世嘲俗，狷介乖张，终至疲惫颓唐，甚而违志逆行了。这个阶级意识缺乏它在欧美的英雄气概，并没有把它的信仰者变成精神界的卢梭和政治界的拿破仑，却把他们变作来回绕圈子的蜂蝇，亲造包裹自己的独头茧。《孤独者》以峻急的格调，记录了这种信仰危机所发出的一声"惨伤里夹杂着愤怒和悲哀"的噑叫。主人公魏连殳曾经孤独地奋斗过，他谈说"家庭应该破坏"，反对封建族权，被目为"吃洋教"的"新党"。他乐于接待失业、失意的人，认为"孩子总是好的"，"他们全是天真"，不乏平民意识和进化论见解。因为他爱发些没有顾忌的议论，招致流言的诬陷，丢掉中学教员的饭碗。半年赋闲，门可罗雀，典书过日，几至于求乞了。社会的黑暗扭曲了他的灵魂，他在绝望中折断傲骨，"躬行我先前所憎恶，所反对的一切，拒斥我先前所崇仰，所主张的一切了"。他当了军阀的顾问，在热闹场中钻营，在荒唐的应酬中失眠、吐血，冷酷地践踏着自己的灵魂，践踏着自己的病躯。作者对魏连殳的孤独反抗和坎坷遭际怀有同情，他甚至把自己和自己痛悼的故友范爱农的某些经历、气质和思想旧痕，写到魏连殳的身上，既当了同代人灵魂的伟大审问者，又是把自己的灵魂自觉地接受审问的伟大犯人。他在揭露黑暗社会对进步知识分子横加迫害的同时，揭示了资产阶级意识难以改造老大的中国，并终归失败的历史必然性。

集中描写第三代第五类知识分子，即"五四"以后的知识青年心灵的，是《伤逝》。这是一首以男主人公的手记方式写成的悲情缱绻的悼亡诗。涓生、子君是凭借"五四"时期颇为盛行的个性解放思潮冲出封建家庭门坎的。子君不顾家庭的阻挠和社会的非议，勇敢地说："我是我自己的，他们谁也没有干涉我的权利！"这种个性解放的呼声是决绝的，但在封建意识层层厚积的中国现实中，又是过分天真的。它可以使青年成为双双飞舞的蜻蜓，却不能使青年成为搏击长空的雄鹰，只须社会这个"坏孩子"系以细线，便可以尽情地玩弄和虐待之。家庭、婚姻、知识分子等等，都不是独立自在、自我封闭的天地，必然受到整个社会的制约。他们缺乏更开阔的眼界和更先进的理想，只能在小家庭中寻找慰藉，不能开拓新的生活方式和人生道路。子君只好留连于两盆小草花、四只小油鸡和一只花白的叭儿狗；涓生也只好与之灯下对坐，强装笑容作"怀旧谭"。于是失业、贫困这些旧社会势力施予的打击，与他们精神空虚、夫妻隔阂，互相交织，内外夹攻，使他们既失去了精神上的骄傲，又失去了物质上的依靠，彻底地毁掉了他们的爱情生活。最后，涓生只好把希望寄托在他们的分离，毁掉作为个性解放思潮之结晶的家庭，以"救出自己"。因而使子君在"她父亲的烈日一般的严威和旁人的赛过冰霜的冷眼"下凄然死去。小说抨击了旧的社会制度、家族制度和伦理观念残酷地毁灭了初步觉醒的青年一代的青春、幸福和美好的追求，揭示了不同社会解放相结合的个性解放思潮的狭隘、孤单、脆弱，缺乏坚实的基础和没有远大的前途。然而，涓生、子君毕竟是鲁迅的晚辈，他们是比魏连殳们更有青春朝气的。作者不愿援用嘲讽魏连殳佩剑戎装的尸体的故例，他让子君死去，从而宣布了封建性社会的罪恶和狭隘的个性解放思潮的破产，又让涓生活下来，进而探索新的生活方式和人生道路。

鲁迅写知识分子的小说是一篇一境界的，没有当时同类题材作品常见的雷同现象。尽管他没有写到当时已开始出现的具有初步共产主义思想的知识分子，但是比起同代作家，他已经更为系统和深刻地展开了我国新、旧民主主义革命交替时期的社会意识结构及其发展历程，遂使其小说的现实主义富有深邃的历史感。擅写知识分子题材的小说，且风靡一时的郁达夫称赞鲁迅："当我们看到一部分时，他看到了全般，当我们着急于要抓住现实时，他把握了古今未来。"[1] 鲁迅正是以这种哲人眼力和史诗性艺术概括能力，为现代文学主潮灌注充沛的底气的。我们愈是深入地分析他的小说中的农民形象和知识分子形象的系列，就愈能真切地体会到，这是一部带哲理和诗情的"历史"，一部忧愤深广而又真实生动地描写我们民族在一个新旧交替时代的社会生活和社会意识的"历史"。

作为一种具有高度概括和表现生活的能力的创作方法，鲁迅小说的现实主义是开放型的，而不是封闭型的。现实主义早在19世纪30年代，就在西欧形成流派，距鲁迅开创中国现代小说新局面，已有近百年的历史。倘若鲁迅不顾及近百年来世界文学发展的新成果，像宗教徒一样恪守基督遗训，他就只能是一个平庸的艺匠。他

---

[1] 转引自增田涉：《鲁迅的印象》。

必须打破旧现实主义比较封闭的体系，发明和创造出一种新的现实主义的合金。在这方面，鲁迅提倡和坚持著名的"拿来主义"。他遵循新民主主义时代对文学的要求，坚持现实主义的态度和原则，"真诚地，深入地，大胆地看取人生并且写出他的血和肉来"[1]，同时积极地汲取和消化其他艺术流派的有益成分，丰富自己的表现手法和艺术境界。他对此具有"汉唐气魄"，具有大国风度和大家风范，"凡取用外来事物的时候，就如将彼俘来一样，自由驱使，绝不介怀"[2]。什么叫主潮？主潮就是以我为主，兼纳他派。如果门户之见太深，狭隘地拒斥他派，那么它就只能称流派，不能称主潮。自然，它不能最大限度地适应时代要求，为某一支派所淹没，也是有"潮"无"主"，不能称主潮的。

对于现实主义以外的文学流派，鲁迅小说主要是汲取和融合了有利于驰骋想象、抒写理想以及有利于浓缩生活、暗示哲理的浪漫主义和象征主义的合理因素。鲁迅接触象征主义的作品为时甚早，留日期间，即注意到俄国安特莱夫以象征手法抗议沙俄战争的中篇小说《红笑》，且"曾经译过几页，那豫告，就登在初版的《域外小说集》上"[3]。鲁迅的《狂人日记》除了受过果戈理的《狂人日记》的启发之外，也受过安特莱夫这部中篇的象征手法的某些影响。值得注意的是，鲁迅在创作小说的黄金时期，逐渐形成了汲收象征主义合理成分的自觉观念。1921年9月，他在《黯淡的烟霭里》译者附记中说："安特莱夫的创作里，又都含着严肃的现实性以及深刻和纤细，使象征印象主义与写实主义相调和。俄国作家中，没有一个人能如他的创作一般，消融了内面世界与外面表现之差，而现出灵肉一致的境地。他的著作是虽然很有象征印象气息，而仍然不

---

[1] 鲁迅：《坟·论睁了眼看》。

[2] 鲁迅：《坟·看镜有感》。

[3] 鲁迅：《集外集·关于〈关于红笑〉》。

失其现实性的。"[1]1924 年秋，他翻译日本厨川白村的文论集《苦闷的象征》，并以之为教材，在大学讲授文艺理论，可见他对厨川白村在文艺问题上的"独到的见地和深切的会心"是有所赞同的。他指出，该书的主旨，"也极分明，用作者自己的话来说，就是'生命力受了压抑而生的苦闷懊恼乃是文艺的根柢。而其表现法乃是广义的象征主义'。但是'所谓象征主义者，决非单是前世纪末法兰西诗坛的一派所曾经标榜的主义，凡有一切文艺，古往今来，是无不在这样的意义上，用着象征主义的表现法的'"。[2] 这些议论虽然是针对具体作家作品而发的，但细细体味就不难捕捉到鲁迅汲取象征主义的特殊角度：他不是把它当成前世纪末的特定文学流派而完整地继承下来的，而是作为古今通用的一种文艺表现法而予以摄取的；他又不是把这种表现法孤立地绝对化地运用的，而是把它消融、调和在现实主义的创作基调之中，使之不致削弱，反而有助于加强现实主义的真实性和严肃性。

鲁迅小说运用象征手法较引人注目的，《狂人日记》之外，当是《长明灯》。它以吉光屯那盏从"梁武帝点起的，一直传下来，没有熄过"的，"火光绿莹莹"的长明灯，象征代代沿袭的阴森可怖的封建传统。而"疯子"则固执地要熄灭长明灯，遇到阻挠和迫害的时候，甚至喊出"我放火"的呼声，这个形象无疑是反封建传统的叛逆力量的象征，可以归入《狂人日记》中狂人的类型。但是，小说写吉光屯的禁忌，写灰五婶茶馆的谈风，写四爷客厅上的密谋，都绘下了中国封建宗法制社会的真实的形影和气息，即是说，小说把战斗的象征性和严肃的真实性加以调和了。在鲁迅手中，象征手法已经成为写实手法的补充和升华。不少被视为冷隽地写实的小说，细加吟味，每常感到它在扑散着迷人的象征的诗情。倘若我

---

[1] 鲁迅：《黯淡的烟霭·译者附记》，《鲁迅全集》第 10 卷《译文序跋集》。

[2] 鲁迅：《苦闷的象征·引言》，收入《译文序跋集》。

们对象征做广义的理解，不把它当作特定的流派，而当作古今惯用的文学手法，就不难发现，鲁迅有时把他对人生极深的阅历和对时代极精彩的思考，凝结成为一种耐人咀嚼的象征意象。据《呐喊》自序，《药》结尾写夏瑜坟上的花环，是听了先驱者的"将令"所用的"曲笔"。曲笔之"曲"，在于象征，冷寂的坟地上安置着显眼的花圈，它令人寻思革命的往昔，遐想革命的未来。《祝福》中祥林嫂给土地庙捐的门槛，是作为她的"替身"，按迷信的说法，"赎了这一世的罪名，免得死去受苦"的。可是这根门槛也成了她人间苦难生活的"化身"，作为一种象征的意象，暗示着她负着万难赎脱的罪名，无尽无止地在人间受苦，"给千人踏，万人跨"。《在酒楼上》的吕纬甫说："我在少年时，看见蜂子或蝇子停在一个地方，给什么来一吓，即刻飞去了，但是飞了一个小圈子，便又回来停在原地点，便以为这实在很可笑，也可怜。可不料现在我自己也飞回来了，不过绕了一点小圈子。"表面上，看吕纬甫这段话是指他离开故乡外出谋生，又返回故乡办理无聊的家事这种绕圈子的行踪的。但在鲁迅笔下，却蕴藏着深刻的人生哲理。吕纬甫年轻时"到城隍庙去拔神像的胡子"，"连日议论改革中国的方法"，颇为敏捷精悍，一别十年，他受时局逆转和革命退潮的反复播弄，为安慰母亲而千里迢迢移葬亡弟尸骨，为谋生而教读"子曰诗云"和《女儿经》，变得消沉颓唐，而重归故辙了。用蜂蝇转圈子来隐括软弱、动摇、妥协的知识分子的人生道路，是准确形象，又发人深省的。鲁迅小说中有诗，这类象征的意象就是诗中之眼，精辟警策，又浑朴自然。把象征的意象天衣无缝地消融在绵密的客观摹写之中，以象征主义流派所提供的一些可资取法的表现技巧，作为现实主义文学描写的补充和发挥，是鲁迅具有深厚精到的艺术功力的表现之一。

　　鲁迅小说的审美特征存在一个发展历程，不仅在横的展开的，而且在纵的发展上，他的小说现实主义均是开放型的。《呐喊》激越而粗犷，《彷徨》深沉而圆熟，皆属成熟的现实主义艺术，尽管其间不同程度地存在浪漫主义和象征主义的因素。《故事新编》格调为之一变，奇诡而诙谐，带有比《呐喊》《彷徨》更浓郁的浪漫与怪异色彩。这本小说集表明，在鲁迅一系列现实主义小说之旁，存在着别开生面的浪漫主义复调。鲁迅对浪漫主义的探索，早于象征主义。1903 年编译的历史小说《斯巴达之魂》，以热情奔放的文笔描写二千年前古希腊斯巴达儿女在抗击侵略者的战争中"一履战地，不胜则死"的英雄气概。如同《怀旧》是《呐喊》《彷徨》的先声一样，《斯巴达之魂》取材古代，寄托激情，是《故事新编》的滥觞。随着阅历的加深和民族灾难的加重，鲁迅的现实主义理性渐次盖过其浪漫主义激情，但这种激情并未萎缩，宛若千里伏流，在其创作中时见露头和涌现。《故事新编》的写作，延续十余年，成了鲁迅抒写主观情绪、寄托理想情怀的艺术处所。其中当以《铸剑》最为出色。这篇小说原名《眉间尺》，刊于 1927 年 4 至 5 月《莽原》半月刊第二卷第八、九两期。眉间尺的父亲为国王铸剑，献上雌剑之后，即遭杀害。母亲把眉间尺抚育成人，嘱他佩上雄剑，诛君复仇。正在难于得手之际，黑色人宴之敖者负起眉间尺的复仇事业，携着他的头和剑，以给国王献技解愁为由，深入宫廷，机智地劈下暴君之头，并自刎以谢眉间尺的信任。小说取材于相传魏曹丕著的《列异传》和晋干宝著的《搜神记》，点染生发，使传说人物栩栩如生。它有时借用生活细节来状写人物的性格，如写眉间尺夜闻咬锅盖的老鼠落入水缸，由烦恼而生庆幸，还用芦柴玩弄它，把它按到水底，但见它淹得半死，又由憎恶转为怜悯。这就逼真细致地写出了眉间尺恨仇敌而又未脱孩子气的复杂性格，为他后来在闹市中急于行刺国王，又担心误伤旁人的犹豫失措的行为张本。小说又借助神奇的想象来渲染场面的气氛，如写黑色人在王宫中表演绝技，口唱常人难解的咒语般的歌，指挥沸鼎中的人头上下翻腾，左右回旋，做最神奇的团舞，从而使气氛紧张而神秘，表演者却显得机智而从容。这种现实主义和浪漫主义、理性主义和神秘主义互相渗透的写法，使小说的格调既沉实又奇幻，既峻急又舒展，既峭拔又诙谐，反映了作者丰富的艺术手段和深厚的艺术潜力。正是在多种艺术因素相互交融之中，作者赋予小说以强烈的现实战斗精神，通过黑色人和眉间尺弑杀暴君的英勇行为，表达了一种"予及汝偕亡"的战斗意志，在大革命的危急关头吹起了一阵嘹亮的艺术法螺。

鲁迅小说以其与人民的深刻联系和史诗般的表现力，为中国现实主义文学提供了卓越的典范。他汲取外国文学和本民族文学的多样性影响，使现实主义创作方法孵化出新的审美原则和艺术功能，为现实主义的更新和拓展开辟了广阔道路。尽管鲁迅处在新时代的开端期，小说创作为数不丰，只走了革命现实主义发展途中的第一步，但中国现代小说发展的历史愈来愈充分地证明，他所开创的现实主义的小说主潮，是进步的，健全的，具有强大的生命力并逐渐掌握文学发展的主动权的。

第三节　小说艺术的大突破

鲁迅主要的不是小说理论家，而是小说实践家。他是以一批精美的小说艺术品，开创和确立我国现代小说的现实主义主潮的。他说过，我"只有一枝笔，名曰'金不换'"，"是我从小用惯，每枝五分的便宜笔"[1]。如果说，雨果是以一部粗犷热烈的剧作，在人声鼎沸的巴黎剧场掀起了浪漫主义流派的旋风，那么鲁迅则是以一支便宜的"金不换"毛笔，在市声寥落的北京寓所打开了现实主义主潮的闸门。作为"五四"时期为复兴祖国文学而被呼唤出来的第一代小说家的卓越代表，他面临着双重的历史重任：既要以现实主义的创作方法，引导小说艺术真实地表现当代中国的生活，又要创造

---

[1]　鲁迅：《南腔北调集·答杨邨人先生公开信的公开信》。

性地吸取中外文学的养分，尤其是西方近代小说的成功经验，突破我国旧小说濒于凝固化的艺术格局和表现方式，为现代小说的发展做破土奠基工作。难能可贵的是，中国现代小说从他开始垦荒，又在他的手中成熟。他的大多数小说不仅具有强烈的时代精神和浓郁的史诗特色，而且具有一种严峻而舒展，单纯而浑厚的大家风范，一种难以企及、不可代替的审美特质。在他那支价仅五分的毛笔底下，发生了价值连城的小说艺术大突破。毋庸置疑，他的小说的审美特征，可以列为现代小说美学研究的最重要的课题之一。

这种艺术大突破，首先是从短篇小说的艺术格局开始的。小说格局是作家能动地把握生活，并使之转化为完整的艺术机体的一种宏观手段，是联结作品内容和表达方法的基本纽带。我国古典短篇小说（话本、拟话本）基本上是按照勾栏瓦舍讲故事人的口气逐事铺陈，讲究故事首尾完整的。这种单一的结构纽带在日趋复杂的近现代生活面前，就显得极为老化而缺乏弹性了。不加突破，就严重地束缚作家的艺术个性，束缚作家对生活的理性剪裁和丰富多彩的艺术表达。从胡适的《论短篇小说》开始的一系列小说论文，都着力攻打旧小说的呆板格局。这就说明，艺术格局的突破，已经成为"五四"时期小说艺术总突破的一个焦点。一代短篇小说的新格局是以鲁迅小说肇其端的。

与旧小说的僵化了的艺术格局形成鲜明的对照，鲁迅小说格局最显著的特点是别开生面，具有高度的不重复性。他尊重生活的多样性和人们艺术趣味的多样性，在艺术格局上不重复他人，也不重复自己，他的天才就表现在不落俗套和层出不穷的创造上。他借鉴西方小说，创作了几近三分之二的"横切面式"的小说（如《孔乙己》《风波》等）；又融汇中西小说之长，创作了几近三分之一的"纵切面式"的小说（如《孤独者》《采薇》等）；还创作了一些时空错乱、无从谈论"切面"的小说（如《狂人日记》等）。诚如茅盾所说："在中国新文坛上，鲁迅君常常是创造'新形式'的先锋，《呐喊》里的十多篇小说几乎一篇有一篇的新形式，而这些新形式又莫不给青年作者以极大的影响，欣然有多数人跟上去试验。"[1] 正由于他的小说格局篇与篇之间存在大幅度的差异感和多种类的创造性，他为数不多的小说展开了一个有若沧海一般开阔、深沉、气象万千的艺术世界。在这个艺术世界中，鲁迅有时以内心独白的形式，抑扬顿挫地播出主人公的心声（《伤逝》），有时以"我"的感受，层层深入地展示生活的进程及其社会意义（《故乡》）；善于单刀直入，一针见血地剖示人物的性格和灵魂（《阿Q正传》），也善于双线纠缠，明暗相衬地揭示社会的双重悲剧（《药》）；能够准确地抓住雷鸣电闪的一瞬，显示人物心灵的光辉（《一件小事》），也能够从容纡徐地自平平而起，以平平而收，刻画近乎无事的悲剧（《离婚》）；具有巨大的艺术魄力，在短短的篇幅中铺展阔大的生活场面，然后如钱塘潮涌，迭迭推进，掀起高潮（《理水》），又具有强烈的喜剧敏感，抓住一个富有讽刺力的场面，让人物处在张惶窘迫的矛盾之中，进行速战速决的揭露（《起死》），如此等等，难以尽述。这种艺术格局的解放，带动了整个小说的表现形式的解放，为小说流派的分头发展初步准备了艺术形式上的条件。尽管鲁迅主要是写缜密严谨的客观写实体和亦庄亦谐的社会讽刺体小说，对人生派和乡土写实派小说的兴起做了直接的推动：但他也写了一些结构自由的主观抒情体小说，并非与浪漫抒情派全然无缘；而且他还写了一批双层次艺术构成的历史演义体小说，在三十年代历史小说繁荣之时尚能独树一帜。现代短篇小说的不少类型体式都可以从鲁迅小说中寻见源头，发现佳作，是与鲁迅小说艺术格局的高度不重复性有着密切关系的。

---

[1]　沈雁冰：《读〈呐喊〉》。

但是，这种高度不重复性的小说格局，依然存在着共同的内在的美学特色，这就是精粹，警拔，和富于首创精神。精粹是一种了不起的艺术才华，对于短篇小说尤其如此。鲁迅小说由于他对社会和时代精髓的深刻了解而得其"精"，由于他敏锐的社会透视力和卓越的艺术概括力而达其"粹"。精粹的小说格局是反映着作家对社会生活的独特的理性把握的。一颗人血馒头剖示了旧民主主义革命失败的历史症结，一条辫子搅起了闭塞水乡的一场轩然大波，一块肥皂打开了道貌岸然地挽救世风的伪君子的狭邪心性，没有鲁迅那刚健、深沉的理性作为裁剪生活素材的艺术剪刀的枢轴，是不可能产生《药》《风波》和《肥皂》那样精粹的双线式、独幕剧式，或者横断面式的艺术格局的。同时，这种精粹的小说格局又是同作家精湛的中西文学修养相联系的。《呐喊》《彷徨》收小说凡二十五篇（不计《不周山》），采用西方小说常见的第一人称描写角度的有十二篇。其中具有最精粹而又完整的艺术格局的是《孔乙己》。它以酒店柜台旁一个纯朴的学徒（"我"）为剪裁的基点，去芜存精，疏密有致，在小小的篇幅中多角度、多层次地展示主人公的性格，真是篇幅小如蠡壳，意蕴大如沧海。这就难怪作者怀着舐犊之爱，把《孔乙己》列为《呐喊》中最喜欢的一篇了。[1]《祝福》的生活容量和篇幅均大于《孔乙己》，但依然是精粹的杰作。它以"我"的回忆来剪裁祥林嫂的一生，选取了三个最有代表性的画面，做到了集中和精炼。但是单凭个人的回忆难以做到丰满，作者一支神来之笔，借一个卫老婆子穿针引线，既交代了祥林嫂的身世来历、波折坎坷，又使画面变得生动活泼、真切自然。自结构原则而言，"我"与卫老婆子处于对立的两极，一以制其简练，一以达其丰满。巴金说："鲁迅先生的短篇集《呐喊》和《彷徨》以及他翻译的好些短篇小说都可以说是我的启蒙先生。"他极为推崇鲁迅小说的单纯、

---

[1]　参看孙伏园：《鲁迅先生二三事·〈孔乙己〉》。

精粹："他那篇《孔乙己》写得多么好！不过两千几百字。还有《故乡》和《祝福》，都是用第一人称写的。"[1] 在单纯的布局中，响彻了人生、哲理与诗的浑厚和弦，这是鲁迅小说格局艺术的美学特征之一。

鲁迅小说的格局还追求平凡与警拔的结合。他谋篇布局讲究朴实自然，少见遽然逆转之笔，兀然旁生之枝，一切像生活那样平平常常，像直述散文那样自自然然，神工鬼斧，不落雕琢的痕迹。但是读他的小说，心境殊难平静，乍读会心微笑，复读而感慨不已。原因是多方面的，但不应排除布局上的原因。他的小说布局不是单版印刷，而是诸色叠印，把性格志趣相反的人物或含义相去颇远的情节、场面别具匠心地交织在一起，互相映照，互相生发。《药》把华老栓对嗣子痼疾施以迷信治疗的风俗故事，叠印在革命志士慷慨就义的基本底色上；《风波》把赵七爷报复七斤酒后失礼的私仇事件，叠印在张勋复辟的基本底色上；《幸福的家庭》把青年作者杜撰家庭乐园的创作迷途，叠印在经济拮据、嘈杂烦恼的家庭处境的基本底色上；《理水》把大禹踏勘山川、治水利民的大志伟行，叠印在文化山学者不顾民生艰危，空谈谬理，水利局同僚固守成法，又乘难渔利的基本底色上。这种布局把性质不同的情节之"线"和背景之"面"，同步叠现，引起"艺术发酵"，使那些司空见惯的生活琐事产生了令人拍案惊奇的社会意义和艺术效果。假若把它同那些只会表面地连缀故事的小说相比较，后者只是量的相加，偏于刺激读者的低级的好奇心；前者则产生质的飞跃，在浓郁的诗的境界之中唤醒读者深沉的理性。这就是鲁迅小说的警拔布局，是他的布局艺术的更高一级的美学特征，是他的小说使喜剧因素和悲剧因素浑然相融，或者多重悲剧因素浑然相叠的结构形式手段。如果说鲁迅在精粹的布局中，已经发挥了短篇小说"只顷刻间，

---

[1] 巴金：《谈我的短篇小说》,《巴金文集》第14卷，第456、458页。

而仍可借一斑略知全豹，以一目尽传精神"的艺术作用，那么他在追求布局的警拔之时，就达到了"以一篇短的小说而成为时代精神所居的大宫阙"这种在短篇小说中"极其少见"的艺术境界。[1]

鲁迅在小说表现手法上，重视白描。这是"五四"风气，是对民国初年鸳鸯蝴蝶派小说繁缛靡艳的文风的反拨。钱玄同就钦佩古诗名篇《孔雀东南飞》等，"纯为白描，不用一典，而作诗者之情感，诗中人之状况，皆如一一活现于纸上"[2]。刘半农也注意到"白描"之难能可贵。[3] 鲁迅则给白描下了一个精到的界说："'白描'却并没有秘诀。如果要说有，也不过是和障眼法反一调：有真意，去粉饰，少做作，勿卖弄而已。"[4] 但是，不能认为这就是鲁迅笔法的精髓，他尊重白描，又不满足于白描，在笔法上有更深远的追求。他这样谈论创作经验："要极省俭的画出一个人的特点，最好是画他的眼睛"，"倘若画了全副的头发，即使细得逼真，也毫无意思"[5]。如果一定要说鲁迅小说用了白描笔法，那么它并不是一般地去掉粉饰和卖弄的朴素的白描，而是如古人评论小说名作时所说的"入化入骨"的白描，具有"点睛之妙"的白描。[6] 也就是说，它是更高一级的"点睛白描"。《故乡》写闰土的肖像，很简略，也很能抓住特点：先前紫色的圆脸，已变作灰黄，皱纹很深，眼睛的周围肿得通红，先前红活圆实的手也粗笨开裂得像是松树皮了。这种描写，已经洗净了旧小说对人物肖像做笼统含糊的比喻那类陈词滥调了。它也不像某些西方小说那样工笔细描，而是注重传神写照，勾勒岁月的流逝在人物身上留下的最有特点的刻痕，使我们毫无障碍地从

[1] 鲁迅：《三闲集·〈近代世界短篇小说集〉小引》。

[2] 钱玄同：《寄陈独秀》，载 1917 年 3 月《新青年》第 3 卷第 1 号。

[3] 刘半农：《我之文学改良观》，载 1917 年 5 月《新青年》第 3 卷第 3 号。

[4] 鲁迅：《南腔北调集·作文秘诀》。

[5] 鲁迅：《南腔北调集·我怎么做起小说来》。

[6] 参看张竹坡评点本《金瓶梅》第三十四回批语，第三十五回回首总评。

中感受到生活对闰土的沉重压迫和悲惨磨难。然而作者的笔法并不就此止住，它继续深入，直至勾出人物的灵魂。接下去，闰土的脸上现出欢喜和凄凉的神情，动着嘴唇，却没有作声，终于恭敬地叫出一声："老爷！……"这一声称谓包含着何等深刻的人生悲剧和心灵悲剧。《儒林外史》第四十四回写汤六老爷称他显赫的叔父为"老爷"，讽刺了豪绅阶级的奴才丑态；《故乡》写闰土对他的童年挚友称"老爷"，反映了中国宗法制农村的等级制度和等级观念，给一个朴实的农民的心灵蒙上了一层浓密的阴雾。相似的一声称谓，鲁迅传达出比吴敬梓更为令人震动的悲愤。这种"点睛白描"，以其每一笔触，每一线条，简捷地触及社会的底蕴和心灵的奥秘，确实是鲁迅对我国小说描写手法的重大发展。

点睛白描的艺术手法，融汇了外国文学的精密性和本民族文学的含蓄感和神韵感。鲁迅一再地肯定外国文学的精密，主张借以弥补我国语言表达的不足。对于本民族文学，他赞扬《水浒》第九回雪景描写的"神韵"，钦佩《儒林外史》的"旨微而语婉"，批评清末谴责小说的"笔无藏锋"[1]。鲁迅把二者的长处融为一体，以行文的精密性克服含蓄、神韵中容易出现的含糊和虚玄，又以行文的含蓄、神韵来排除精密性中容易产生的繁琐和呆板。因此，他的文笔达到了一个新的境界，简练而又能够显示事物的微妙差异，准确而又流动着浓郁的诗一般的精神韵致，虚实相生，情思并至，于藏锋敛锷处显得极有分寸，于凝神聚气处显得极有斤两。《药》中的夏四奶奶和《祝福》中的祥林嫂，都是孤老无依的妇辈，都负着丧子的悲哀，以缺乏精密性的文笔来写她们，是容易混同的，但作者体物传神极为周到和深至。他写夏四奶奶上坟，"忽然见到华大妈坐在地上看她，便有些踌躇，惨白的脸上，现出些羞愧的颜色；但终于硬着头皮，走到左边一坐坟前，放下了篮子"。脸色惨白自然

---

[1] 参看鲁迅《花边文学·大雪纷飞》《中国小说的历史的变迁》等。

是由于失子的悲哀；但她对儿子的革命行为不理解，所以见了生人就感到踌躇和羞愧；可是母爱之心毕竟占了上风，于是硬着头皮走到坟前。作者敏捷地捕捉住人物瞬间的表情变化，寥寥数语，便形神兼备地刻画出这个老妇人的复杂心理状态。夏四奶奶虽有极深的悲哀，但她的灵魂尚能承荷，因此她的心理是通过一连串微妙的表情变化和动作变化，流露出来的；祥林嫂的悲哀已超过了灵魂的负载，用表情动作的变化来表达就有轻浮肤浅之嫌了。于是作者便换了一副笔墨：祥林嫂"脸上瘦削不堪，黄中带黑，而且消尽了先前悲哀的神色，仿佛是木刻似的；只有那眼珠间或一轮，还可以表示她是一个活物"。祥林嫂历受的人生悲剧和灵魂悲剧，已非血肉之躯所能承受，作者一支神来之笔，以她木刻似的消尽悲哀的脸色，表示她最深最重的悲哀。她已失去了人生的一切希望，灵魂死寂，眼睛也就没有精采，但是阴司中还有她的阿毛，阴司中还有她母子重聚的希望，所以一询及阴司的有无，她死寂的灵魂又觉醒了，"她那没有精采的眼睛忽然发光了"。就是这个阴司，也有酷刑在等待她，把她锯成两片，分给两个丈夫，所以她的眼光是夹杂着希望和恐惧的。这就是鲁迅的"点睛白描"手法，它从一个有特点的人物眼睛中写出了一个大千世界，而且写出了这个大千世界的细微差异。

这种点睛白描又是与深挚的抒情结合在一起的。鲁迅自称是"散文式的人"[1]，其实他的散文文学却饶有诗的丰采和情致。不少小说洋溢着浓重的抒情气氛和诗一般悲郁的色调，堪称沉痛的人生之诗。他的点睛白描使深挚的抒情有所附丽，归于浑厚；深挚抒情反过来使点睛白描得到升华，化为隽永。即使是客观地描写麻木愚鲁的村夫农妇，描写深哀至痛的人生悲剧的作品，鲁迅也在准确地把握人物性格及其心境的同时，恰当地插进一些深沉蕴藉，才华洋溢

---

[1]　鲁迅：《书信集·致山本初枝（1935年1月17日）》。

的抒情之笔。《阿Q正传》对主人公的心理传神写照，亦庄亦谐，但写到阿Q失业后，求食无门，走出未庄的时候，笔调倏然一变："村外多是水田，满眼是新秧的嫩绿，夹着几个圆形的活动的黑点，便是耕田的农夫。"这种优美的抒情使人的眼睛为之一亮，和前后描写的灰暗阴凄的色调形成鲜明的对比，确实达到了陆机《文赋》所谓"立片言而居要，乃一篇之警策"的艺术效果。小说写到阿Q被绑赴刑场，在临刑前的一刹那，脑里卷起思想的旋风，幻见一只饿狼永是不远不近地跟他走，以鬼火一般幽幽然可怕的眼光，穿透他的皮肉，咀嚼他皮肉以外的东西（指灵魂）。作者以象征诗一般的文笔，抒写一个麻木的灵魂在行将毁灭之际迸发出醒悟的思想火花，笔势突兀劲拔，洋溢着沉痛的哲理和诗情。《阿Q正传》这两度抒情，火候把握得极为准确。生活走向绝境，和生命行将毁灭，应是下层民众猛然觉醒的两种关口，阿Q在前一个关口没有觉醒，在后一个关口已经没有进一步觉醒的机会了。鲁迅批判国民的病态心理，并没有失去对民族灵魂觉醒的憧憬和追求，他对抒情火候的这种认真而准确的选择，使我们真切地体味到，这种抒情的背后是隐藏着一颗期待民众和民族觉醒的拳拳之心的。因此，鲁迅小说的抒情既切合作品人物的感情，也隐藏着作者的爱与怜、哀与怒、批评而又期待的真挚感情，是这些感情的深沉而和谐的和弦。

抒情性最浓的，当推《呐喊》《彷徨》中十余篇以第一人称写成的小说。深挚的抒情和精彩的点睛白描相融合，产生了鲁迅小说中令人心醉神摇的意境。他的小说中意境最深最浓者，有《故乡》《孔乙己》《在酒楼上》《祝福》《孤独者》和《伤逝》，皆第一人称小说。意境本是我国诗歌艺术的基本审美范畴，对于小说来说，它是形、神、情、理的统一，是小说作为一个艺术完整体向读者的心灵世界发言。外国小说如莫泊桑的《项链》、契诃夫的《草原》，也有浓郁的诗的意境，这反映了各国审美趣味的共同趋势。我国向有"诗国"之称，小说受诗的渗透从而产生意境，始于唐代。唐人传奇往往作为应举的士人送给达官显贵的"行卷"，因而追求"文备众体，可见史才、诗笔、议论"[1]，这便为诗笔侵入小说打开了大门。鲁迅对唐人传奇的意境有深切的理解，认为它的"文笔是精细，曲折的"，叙事"大抵具有首尾和波澜"[2]，有完整的"意想"。鲁迅在创作上自觉地继承这种艺术传统，以一批构思完整、诗趣浓郁、意境成熟的艺术精品贡献于世界文学之林。诚如巴人所说："我们试读鲁迅先生所选的《唐宋传奇》，和鲁迅先生创作小说，终觉得其间的风格有一脉相通之处。"[3]《故乡》是鲁迅小说意境的榜首之作，是一曲至为精纯的交响乐，通篇诗意朴茂，情韵会通，若借用司空图《诗品》中的术语来表述，其意境便是"悲慨"。这种"悲慨"意境是由几经转折的情调组成，因此又显得雄浑而沉着。譬如回忆童年与闰土交往的情景，宛若秋空一般明丽，春泉一般清澈；在豆腐西施出现时，那种纡徐从容的抒情笔调便被打破，旋律中布满烦躁和不安的音符。篇末坐在离乡的航船时，通过种种联想，把全篇的各种复杂情绪缠绕纠结于一起，或哀或痛，或悲或愤，如水至三峡，冲撞激荡，终于奔夺而出夔门，拥出一轮希望的明月，境界顿然开阔，得唐人传奇"余韵悠然"之美。而所有这些复杂的情调都统一在对闰土身世的"悲"和对旧中国乡村破产的"慨"之中，这种艺术意境浸染和刺激读者的心灵，具有沁人心脾的艺术魅力。"五四"以后，爱情小说多如牛毛，但是像《伤逝》那样美如百合的作品，为数不多。《伤逝》和《故乡》一样，可以称之为"抒情诗体小说"，不过它比《故乡》少了一点"慨"，而多了一点痛悔和悔后的追求，不妨称其意境为"悲远"。它工于发端："如果我能够，我要写下我的悔恨和悲哀，为子君，为自己。"精粹洗练，发人深

---

[1] ［宋］赵彦卫：《云麓漫钞》。

[2] 鲁迅：《且介亭杂文二集·六朝小说和唐代传奇文有怎样的区别？》。

[3] 巴人：《鲁迅的创作方法》，收入《鲁迅的创作方法及其他》。

省，而又大气包举，笼罩全篇。整篇小说环绕这个基调，于回忆中交织着缠绵婉曲的复杂感情，或则洋溢着幸福的甜味，或则渗透着失业的忧虑，或则充满着情侣逝去的痛悔，或则闪烁着于迷惘之中另求新路的理性火光。《故乡》和《伤逝》的结尾都讲希望和追求，但前者包含着对中国封建宗法制的农村社会的强烈控诉，后者夹杂着对知识分子狭隘的个性解放思想的自责和扬弃，对读者的审美感受显示了微妙的差别，山壮水妍，皆可悦目赏心。鲁迅那些意境浓郁的小说，每篇有每篇的风神，每篇有每篇的品格，毫无单调之感，绝无类同之疵。《孔乙己》的圆润含蓄，《在酒楼上》的徐缓萧疏，《祝福》的雄浑深邃，《孤独者》的险峻峭拔，皆各有千秋，自成境界。即以意境而言，他也有大家风度，任你如何揣摩，也揣摩不出单调和贫乏来。他的艺术表现的才能和手腕，具有丰饶性和充实性，没有黏着不变的片面性和偏狭性。

鲁迅小说卓越的描写和表现手腕，是以其充满生命力的文学语言作为细胞，以其深刻、凝练、富有表现力且又富有艺术个性的"文体"作为凭借的。[1] 文体之争，是"五四"新文学与旧文学两军对垒的第一个要塞。一班旧派文人迷恋古文骸骨，以为文言文是"宇宙古今之至美"，其神圣地位是不容动摇的。他们公然否认白话文能够建立起活泼优美的文体，认为"欲求文体之活泼，乃莫善于用文言。——世间难状之物，人心难写之情，类非日用语言所能是用，胥赖此柔韧繁复之文言，以供喷薄。若泥于白话而反自矜活泼，是真好为捧心之妆，适以自翘其丑也"[2]。鲁迅是在小说战线，首先攻克敌营要塞的主将。他在《我怎么做起小说来》一文中，当之无愧地接受了批评家赠予的"文体家"（stylist）的称号。他的文

---

[1] 汉语"文体"一词有二义，一为语文体式，如《隋书·经籍志》云："世有浇淳，时移治乱，文体迁变，邪正或殊。"一为文章语言的总体风格，如钟嵘《诗品》卷中云："（陶潜诗）文体省静，殆无长语。"本文所取是后一义。

[2] 瞿宣颖：《文体说》，载 1925 年《甲寅周刊》第 1 卷第 6 号。

体既是僵化了的文言文的对立物，又是古典白话小说的语言经过脱胎换骨之改造的新生体。他这样谈论自己开创新文体的甘苦："没有法子，现在只好采说书而去其油滑，听闲谈而去其散漫，博取民众的口语而存其比较的大家能懂的字句，成为四不象的白话。这白话是活的，活的缘故，就因为有些是要从活的民众的口头取来，有些是要从此注入活的民众里面去。"[1] 鲁迅作为推进我国小说语言现代化的先驱者，是以活的民众口语为基准，博取古今，兼收中外，融会雅俗的。他不仅为现代小说语言奠定基础，而且昭示了现代小说语言继续发展的广阔道路。他具有恢宏的"开基气概"，这就产生了他的小说文体的崇高和刚健的气质。

对于一个伟大作家的文体，不能单纯地做修辞学上的探讨，因为它融合了时代的气象和作家艺术气质，形成文艺学、修辞学，以至社会学、心理学的综合研究课题。别林斯基认为："可以算作语言优点的，只有正确、简练、流畅，这是纵然一个最庸碌的庸才，也可以从按部就班的艰苦锤炼中取得的。可是文体，——这是才能本身，思想本身，文体是思想的浮雕性，可感性；在文体里表现着整个的人；文体和个性、性格一样，永远是独创的。因此，任何伟大作家都有自己的文体。"[2] 这就是说，文体是比艺术语言特色更高一级的审美范畴，是一个伟大作家为其他作家所无以替代的独特的语言风格体系。鲁迅小说文体的一个要点，在于一个异常高明的"曲"字。他以独到的眼光深刻地观人阅世，而又要把由此得到的博大精深的阅历和思想完美地容纳在篇幅简短的小说之中，必然矢志追求一种盘曲错综的文章风格，以便着墨不多，神采自现，曲尽人情事理。他以深刻的社会阅历和强大的思想能力作为小说曲笔的神髓，从而使文字精练、深刻，状物写情富有浮雕感和传神力，形

---

[1] 鲁迅：《二心集·关于翻译的通信》。

[2] ［俄］别林斯基：《别林斯基论文学》第 234 页。

成独具风骨的遒劲文风和刚健文气。这就是鲁迅文体。这种文体的特点在于内力充实，元气精锐，恰如拧紧的发条，能推动读者的思想齿轮，进行丰富的人生联想和哲理探求。

鲁迅小说文体之"曲"，首先表现在锤字炼句，凝练精深，一笔兼写诸端，每个语言单位都饱含人生的酸甜苦辣，每套语言组织都暗示着人物的过去未来。他写人物肖像，无论土谷祠住客头上的疮疤，酒店曲尺柜台外面长衫主顾的衣着；他写人物心理，无论祥林嫂失去爱子的悲哀，四铭买回肥皂时内心的卑劣；他写生活场面，无论临河土场的一次晚饭，水乡夜晚的一场社戏，都是词极朴实，意极深远，入生活关系之精微，发前人思虑所不及，其婉曲深邃的笔致，令人愈咀嚼愈有味道。这种"曲"，足以从人物的表皮，洞见其隐藏很深的心肝。《肥皂》是揭露卫道之徒的肮脏灵魂的，但它写的却是一桩看似平淡的家庭琐事：四铭买回一块葵绿异香的肥皂，以备太太洗涤身子之用。小说让他用层层脂粉把自己涂饰起来，骂洋学堂误人子弟，骂剪发的女学生搅乱天下，骂新文化败坏道德，并在移风文社的聚会上大讲"忠孝大节"，俨然以挽救社会风气为己任。小说没有正面点穿他的虚伪，却于反面着墨，写街上流氓调戏女丐的话："你只要去买两块肥皂来，咯吱咯吱遍身洗一洗，好得很哩！"再写四铭把这句话传到家中，最后让激怒了的太太的骂语和臭味相投的何道统的笑声，把四铭买肥皂的举动和街上流氓的话曲折而又确凿地联系起来。原来他买回肥皂就是为了实验"咯吱咯吱遍身洗一洗"，和街上流氓相比，他的灵魂是同样肮脏的，只不过多了一张"道学"的皮。曲笔用得极为圆熟，取得了"无一贬词，而情伪毕露"的讽刺效果。《采薇》的结尾，以曲笔写一街谈巷语，反照出多种人情世态。伯夷、叔齐绝粮七日，"天遣白鹿乳之"，在汉代刘向《列士传》早有记载，但小说不把这则逸闻敷衍成夷齐的行事，给小说添加几分浪漫传奇的色彩，而是用了曲笔，把它移至小丙君的女仆阿金姐的口中，谓夷、齐不识上天抬举，喝了鹿奶还贪吃鹿肉，终于受天谴而饿死了。这种曲笔既戳破了消极遁世的行为的可悲，夷齐遁世，死后依然难得清静，犹遭世人鞭尸之谈；又揭示了人情世态的可怕，阿金姐受主人的指使，奚落夷齐，致使他们绝食而死，却不知引咎自责，反而编织海外奇谈去玷污他们的人格，同时它还有意无意地暗示了某些瞒和骗的古籍记载，无非是撷拾长舌妇一流人的口实。这种富有弦外之音，笔外之意的曲笔，能够经受人们多角度的探讨，能够引发人们多方向的思索。可以说，鲁迅文体的第一个特征是言曲旨远，一笔多意，既能毕现世相，又能深蕴哲理的。具有这种特征的文体，使人愈加寻味，愈觉其层次丰富，神韵幽深，有时寥寥数语所达到的艺术境界是直笔铺陈费去九牛二虎之力也难以达到的。

进一步发挥言曲旨远的功能，鲁迅小说把悲喜、冷热、抑扬、奇正这些对立的艺术因素和感情色彩统一在完美和谐的画面之中，融合在单纯、洗练的行文之内，从而产生他的小说文体的第二个特征，即具有双重折射的艺术性能。在"五四"小说家中，文体至为出色的是鲁迅和冰心。冰心的文体宛若透明的水晶，直线透光，柔和清丽，亲切可喜。鲁迅的文体恰似坚硬的钻石，曲线折光，沉郁顿挫，耀眼惊心。因此，冰心的文体宜于抒情散文，宜于温情脉脉的读者；鲁迅的文体宜于小说（尤其是短篇）和杂文，宜于神经坚强而又上下求索人生真谛的读者。在再现复杂的人生和表现作者复杂的思想感情上，鲁迅的文体更有巨匠的气质。正反两极相互折光的奇观，在鲁迅小说的一些题目上就深沉而又微妙地呈现了。"药"是治病的方剂，鲁迅用作小说题目，它的含义就出现了三度转折，志士以血去医治社会的苦难，市民却以他的血去医治嗣子的痼疾，作为革命启蒙思想家的鲁迅则用这个可悲的故事去医治人们麻木不仁的精神状态了。"明天"是希望的象征，鲁迅用作小说题目也有双重的含义，单四嫂子盼望"到了明天，太阳一出"，爱子便可消弭病患，但她盼来的却是爱子夭折，自己唯一的精神支柱的倾倒。鲁迅"不叙单四嫂子没有做到看见儿子的梦"，却调转笔锋写"暗夜变成明天，却仍在这寂静里奔波"，若隐若现地暗示着对一种与单四嫂子意义不同的"明天"的期待。此外如《阿 Q 正传》《祝福》等小说的题目，也是正语反用，在篇题、内容和作者的审美判断之间，产生双重的，或多重的反光折射，深化了作品的主题，使作品散发着一种浓郁的象征的诗情和诗意。

别林斯基说，果戈理艺术才能的伟大优点，在于"紧密地把悲剧因素和喜剧因素融合在一起"[1]。鲁迅是曾经取法于果戈理的，而且由于他能够独出机杼，成熟地运用一种言曲旨远、双重折射的文体，这种悲、喜剧因素的交相融合，便显得更为浓郁和深刻。《阿Q 正传》在这方面所获得的高度成功，已赢得举世称誉。最令人难忘的是阿 Q 在判决他的死刑的罪案上画押的那个场面。他是那样认真，跪伏在地，竭尽平生力气，立志要把圆圈画得圆。但是他那只为人舂米的手捏起笔来只管颤抖，把圆圈画成瓜子模样，因此他懊悔不迭，认为"行状"上多了一个污点。可是他又自我解嘲了，认为孙子才画得很圆的圆圈。行文运笔极有谐趣，极有喜剧色彩，但是阿 Q 斤斤计较的乃是在死刑判决书上画押的"光荣"，是以生命作为代价去换取分文不值的自我欣慰的精神胜利。这种以喜剧笔调所反映出的是人生至哀至痛的悲剧，在貌似轻曼的描写背后，隐藏着作家对人民的命运忧心如焚的悲剧感。作为一种文体特征，这种悲剧因素和喜剧因素的两极折射、交相融合，在鲁迅小说中广泛地存在着，不仅现实题材的作品如此，历史题材的作品也如此。《铸剑》是以历史传说为题材写成的悲剧。眉间尺行刺国王的那一幕，是一幅何等痛切的社会习俗和社会心理的画面啊，我们仿佛看到作

---

[1]　[俄]别林斯基：《同时代短评》，收入时代出版社版《别林斯基选集》第 2 卷，第 315 页。

者带着含泪的笑在鞭打人们的麻木和奴性。干瘪脸少年耍无赖欺负人，人们却围观热闹，附和起哄，失去了起码的正义感；对于眉间尺，人们欺负他年少势单，轻薄地问他"家里可有姊姊"，不曾关心他的悲惨命运；暴君出游，不曾见人群中有憎恨和反抗的情绪，满城议论都以瞻仰君容为荣耀，自夸奴颜媚骨，争做"模范国民"。作者写下了这幅专制国度里奴才相的漫画，包含着多少愤怒、忧虑和轻蔑的感情，但他寄曲笔于平实，采取讽刺和幽默的笔调，运笔所至，处处五味俱备。据说优秀的喜剧大师从来不是自己先笑的，而是不动声色地揭示生活中的喜剧性矛盾，使人笑着前俯后仰；优秀的悲剧大师也一样，他从不首先涕泪滂沱，而是去拨响生活最深处的琴弦，使人灵魂战栗，忧愤不已。鲁迅以喜剧性的琴拨，弹响国都街头的社会习俗和社会心理的琴弦，使之发出了既是眉间尺的悲剧，也是整个国家的悲剧这样一种复杂而浑融的音响。这种悲剧因素和喜剧因素的折射融合，交织着作者的戚与谐、笑与哀、忧与愤等深厚而复杂的理性和感情，成为鲁迅艺术才华最杰出的表现之一，因而也是他的小说文体的双重折光性能的最光辉的体现。

自从六朝文论家刘勰在《文心雕龙》中设"风骨"篇，提倡清峻劲健的文风之后，"风骨"一词逐渐成了我国文论界概括文体阳刚美的一种术语。鲁迅小说文体，总的说来是清峻劲健的，而又于阳刚中交织着柔韧，老辣苍劲，理辞情韵兼到，是一种别具风骨的文体。这是他小说文体的第三个特征。《小说月报》早期编者恽铁樵似乎对此早有觉察，他在1913年发表鲁迅的《怀旧》，特作"附志"指出："实处可致力，空处不能致力，然初步不误，灵机人所固有，非难事也。曾见青年才解握管，便讲词章，卒致满纸饾饤，无有是处，亟宜以此等文章药之。"他想用《怀旧》这种虚实得宜、质实刚劲的风格，救正鸳鸯蝴蝶派流行之时满纸饾饤的文风，不失为一种独到的见解。但这仅是一点萌芽，鲁迅的文体在日后是长足进步，且炉火纯青了。他既追求刚劲峻峭，又极为重视语言组织之间刚柔相济的弹性感，从不把某种笔调片面地滥用，力避辞意浅露，笔无藏锋之弊，力求做到"淡语"要有味，"壮语"要有韵，"秀语"要有骨。《离婚》写大胆泼辣的农村妇女爱姑，因丈夫另有外遇而离弃她，整整闹了三年。但是，当男方请出"和知县大老爷换帖"的七大人来调停的时候，爱姑竟被七大人不痛不痒、亦痛亦痒的几句话和一声由鼻烟刺激出来的喷嚏，弄得如失足落水一般狼狈，终于屈服在一种莫测高深的威严之下。小说接着写道，慰老爷见这场离婚官司已经平息，便心平气和地说："恭喜大吉，总算解了一个结。你们要走了么？不要走，在我家里喝了新年喜酒去：这是难得的。"爱姑回答道："我们不喝了。存着，明年再来喝罢。""是的，不喝了。谢谢慰老爷。"这似乎是最平淡无奇的客套话了。可是，连声致请，"恭喜大吉"的是制造这起看似无事之悲剧的地主老爷；而蒙受损害和打击的爱姑不怒骂，不痛哭，更不去投缳，依然不亏礼数地满口答谢。天下似乎因此太平了，但它是以地主阶级的胜利和农民的屈辱筑成的太平，太平的背面给人一种沉重感和窒息感。鲁迅已经在这种"淡语"中放进了生活哲理的盐，他让我们思考这场悲剧的原因和实质，让我们在"平淡"中发现深刻。和"淡语"处在相反的一极的是"壮语"。《理水》中大禹反驳"水利局"群僚的保守言论那番话，是鲁迅小说人物口中最豪迈的"壮语"之一。作品描写古代英雄大禹为了拯救生民，治理洪水，初婚四日，即奔波于山泽之间，经过实地踏勘和征询百姓意见，主张把先大人鲧"湮"洪水的成法改为疏导，却受到一班意见陈腐的老朽的阻难。小说这样描写议事大厅上的场面：

> 禹微微一笑："我知道的。有人说我的爸爸变了黄熊，也有人说他变了三足鳖，也有人说我在求名，图利。说就

是了。我要说的是我查了山泽的情形，征了百姓的意见，已经看透实情，打定主意，无论如何，非'导'不可！这些同事，也都和我同意的。"

　　他举手向两旁一指。白须发的，花须发的，小白脸的，胖而流着油汗的，胖而不流油汗的官员们，跟着他的指头看过去，只见一排黑瘦的乞丐似的东西，不动，不言，不笑，像铁铸的一样。

　　经过一番激烈的唇枪舌剑的交锋之后，大禹做了果敢的决断，气壮山河，锐不可当。但文章的气势颇忌一泻无余，正如《文心雕龙·定势》篇所说："文之任势，势有刚柔，不必壮言慷慨，乃称势也。"因此小说巧妙地把这股气势轻轻接住。顺着大禹指头的方向，我们看到的是何等鲜明对比的画面：一排是不顾民生疾苦、胖得发愁的保守派，一排是黑瘦得像乞丐一般的实干派。大禹的果敢决断精神的社会性质在这里鲜明地显示出来了，他的决断必然获胜的力量基础也不言自明了。更妙的是，小说不让那些实干派随员一呼百应，而是让他们"不动，不言，不笑，像铁铸的一样"。这就有力地刻画出一种不尚浮词的实干家风度，同时从艺术韵味上着眼，大禹的豪情壮志和他们铁铸般的形象相得益彰，使情景由动入定，引发读者的沉思和想象。"曲终收拨当心画，四弦一声如裂帛，东船西船悄无言，唯见江心秋月白。"小说创造了类似白居易《琵琶行》中所传达的这种艺术意蕴。鲁迅文体的这个优点使我们体会到，"壮语"要有韵，是艺术美感的内在要求。凭空的"壮语"，就像纯酒精，使人不愿和不敢入口；有韵的"壮语"是精酿的茅台酒，使人"若饮醇醪，不觉自醉"。作为一个卓越的小说文体家，鲁迅也是一个卓越的文章家。

　　鲁迅是开一代风气的巨人。在中华民族文学发展史上，巨匠辈出，灿若繁星，而屈原、杜甫、曹雪芹、鲁迅，则是其间四座伟大的纪念碑。他的小说比起前辈的杰作，更富于革命气息和思想光泽，代表着我国小说艺术的一次总突破。他以创立一个小说主潮的坚实成就，推动一个东方文明古国的小说艺术与人民革命事业相汇合，与世界进步文学潮流相汇合。鲁迅这种世界历史性的地位是任何人也代替不了的。

如何推进鲁迅研究

鲁迅研究是我的学术研究的始发点。从1972年北京西南远郊的工厂库房里通读《鲁迅全集》十卷本至今，已经四十多年了。1978年，我考入中国社会科学院研究生院，师从唐弢及王士菁先生，开始系统地研究鲁迅。此后我发表的若干关于鲁迅的文字，创造了个人学术生涯的几个"第一"。1981年上半年的《论鲁迅小说的艺术生命力》，是我在《中国现代文学研究丛刊》发表的第一篇文章；1982年7月的《鲁迅小说的现实主义的本质特征》，是我在《中国社会科学》发表的第一篇文章；1984年4月在陕西人民出版社出版的《鲁迅小说综论》，是我的第一本学术专著。

由此迈出的最初的学术脚步，是我后来研究"中国现代小说史"并孜孜矻矻探寻中国古往今来的文学，乃至整个中国思想文化的本源和本质的第一个驿站。选择这个学术思想出发的驿站，在与鲁迅进行一番思想文化和审美精神的深度对话之后，再整装前行，对古今叙事、歌诗、民族史志、诸子学术进行探源溯流，应该说，多少是储备了弥足珍贵的思想批判能力、审美体验能力和文化还原能力的。当我在审美文化和思想文化上历尽艰辛地探源溯流三十余年之后，再反过头来梳理鲁迅的经典智慧和文化血脉，于是在最近两年陆续推出了《鲁迅文化血脉还原》（安徽教育出版社，2013 年 4 月）、《遥祭汉唐魄力——鲁迅与汉石画像》（《学术月刊》2014 年第 2 期，《新华文摘》2014 年 12 期）和三卷的《鲁迅作品精华（选评本）》（北京三联书店，2014 年 8 月），对我的学术生涯第一驿站的存货进行翻箱倒柜的大清理。清理的结果，使我对鲁迅的思想和文学的存在，油然生出深深的敬佩和感激之情。有此标杆，令人在思想学术上不容稍微懈怠。

　　这三十多年来，鲁迅研究突飞猛进，同辈的和新一代的同行取得了举世瞩目的成绩，给我许多深刻的启发。但是当我携带着古今贯通的知识结构，重返鲁迅之时，依然觉得鲁迅是一口大钟，小叩则小鸣，大叩则大鸣；依然觉得鲁迅研究还存在着不少可以深入开垦的思想、知识、精神文化的园地和土层。不是说鲁迅的文章做尽了，而是应该反思，面对如此博学、深思、特绝的鲁迅，我们知识有限的研究者是否江郎才尽了，还是连才尽的江郎也不如？经过这两年的重新摸索，我感觉到，研究鲁迅应该在"五个维度"上用力，即更深一层地疏通文化血脉，还原鲁迅生命，深化辩证思维，重造文化方式，拓展思想维度。这五个维度，存在着鲁迅思想和形式的原创性，以及这种原创性的文化形态和审美形态。通过疏通鲁迅文化血脉，而不仅仅徘徊于接受外国思潮的研究，可以超越"半鲁迅"研究，回归"全鲁迅"研究。

一、疏通文化血脉

以往的鲁迅研究的显著特点，是侧重于思潮，尤其是外来思潮对鲁迅的影响。这方面取得的重大突破，自不待言，然而以往即便谈论鲁迅与传统文化的关系，也侧重于思潮对这种关系的冲击而产生的变异，这就脱离了文化血脉的根本性了。鲁迅说过："外之既不后于世界之思潮，内之仍弗失固有之血脉，取今复古，别立新宗，人生意义，致之深邃，则国人之自觉至，个性张，沙聚之邦，由是转为人国。"（《坟·文化偏至论》）他是把思潮和血脉并举，而使之相互对质，一个巴掌拍不响，两个巴掌才能拍出文化新宗、人生意义和国人之自觉。思潮离血脉而浮，血脉离思潮而沉。重思潮而轻血脉的研究，只能是"半鲁迅"的研究，只有思潮、血脉并举，才能还鲁迅应有的"深刻的完全"。即便是研究思潮，也要有血脉研究的底子，才能理解鲁迅为何接受思潮，如何接受思潮，而使思潮转换流向和形态。如鲁迅所言："新主义宣传者是放火人么，也须别人有精神的燃料，才会着火；是弹琴人么，别人的心上也须有弦索，才会出声；是发声器么，别人也必须是发声器，才会共鸣。"（《热风·圣武》）血脉是解释思潮为何及如何"着火"、"出声"、"共鸣"的内在根据。

鲁迅的文化血脉既深且广，深入历史，广涉民间，令人有无所不届之感。鲁迅的文化血脉，论其大宗，相当突出的是要从庄子、屈原、嵇康、吴敬梓，从魏晋文章、宋明野史、唐传奇到明清小说，甚至要从绍兴目连戏、《山海经》、金石学和汉代石画像中去寻找，去把握。鲁迅 1907 年作《摩罗诗力说》谓："惟灵均将逝，脑海波起，通于汨罗；返顾高丘，哀其无女，则抽写哀怨，郁为奇文。茫洋在前，顾忌皆去，怼世俗之浑浊，颂己身之修能，怀疑自遂古之初，直至百物之琐末，放言无惮，为前人所不敢言。然中亦多芳菲凄恻之音，而反抗挑战，则终其篇未能见，感动后世，为力非强。"他早年似乎要告别屈原，而趋向摩罗诗派"刚健抗拒破坏挑战之声"。而《汉文学史纲要》则说："战国之世，言道术既有庄周之蔑诗礼，贵虚无，尤以文辞，陵轹诸子。在韵言则有屈原起于楚，被谗放逐，乃作《离骚》。逸响伟辞，卓绝一世。后人惊其文采，相率仿效，以原楚产，故称'楚辞'。"由早年的思潮论文，到中年对文化血脉的历史梳理，鲁迅启动了人格体验和审美认知，敬重之情溢于言表。1924 年，鲁迅移居北平阜成门内西三条胡同，寓室挂有集骚句楹联："望崦嵫而勿迫，恐鹈鴃之先鸣！"崦嵫是神话中日入之山，以之表达时间的紧迫感；鹈鴃即是杜鹃，表达珍惜光阴，争先鸣春的心情。1926 年，《彷徨》卷首题词却录取屈原《离骚》句："朝发轫于苍梧兮，夕余至乎县圃；欲少留此灵琐兮，日忽忽其将暮。吾令羲和弭节兮，望崦嵫而勿迫；路漫漫其修远兮，吾将上下而求索。"这在对真理和正义的上天入地的急切求索中，融合着屈原神话般绚烂邈远的时空意识。在别人看到奇幻缤纷之处，鲁迅撷取其精神脉络。他以屈原的求索意志，来充实自己的彷徨处境，其间的文化血脉，丰沛淋漓。

在人们印象中，散文比小说浅，但对于鲁迅那些回忆散文不可做如此观。《朝花夕拾》开篇的《狗·猫·鼠》，就是一篇"深的"回忆散文，文笔纵横，老辣深刻，洋溢着以杂文笔法融合文化血脉和现实批判而提升散文的文化容量的创新旨趣。其中心意象为猫，已是文化想象中的猫了。文化血脉之识别，是渗透于文明的体制和氛围，无论意象之巨细的。猫在中国古代似乎不甚得宠，十二生肖有狗、鼠，无猫。检阅经史诸子，《庄子·秋水》说："骐骥骅骝，一日而驰千里，捕鼠不如狸狌。"《礼记·郊特牲》又说："古之君子，使之必报之，迎猫，为其食田鼠也。"这些二千年前的战国文献，以猫捕鼠、食鼠，可知猫在那时已驯化为家猫，但猫进入汉代形成的十二生肖行列的运气，还不如被它捕捉吃掉的老鼠。至于鲁迅本篇提到的"猫鬼"见《北史·独孤信传》，说一老妇于夜间祀猫鬼，杀其人而夺其财，这里的猫已散发着巫婆气息。《新唐书·李义府传》说："时号义府'笑中刀'，又以柔而害物，号曰'人猫'。""人"与"猫"组词，成了阴险的两面派的形象。

鲁迅写祖母夏夜桂荫摇着芭蕉扇纳凉而讲猫故事，其民俗故事及于妇孺，流脉久远，上溯则可以追踪到宋代诗人陆游。陆游《剑南诗稿》卷十五有《赠猫》绝句云："裹盐迎得小狸奴，尽护山房万卷书。惭愧家贫策勋薄，寒无毡坐食无鱼。"对猫的捕鼠功劳相当感激，又如南宋吴自牧《梦粱录》记述，"猫，都人畜之，捕鼠"；陆游借猫来吐露家境的贫寒，连累了猫也挨饿受寒。到了《剑南诗稿》卷三十八，又有《嘲畜猫》诗曰："甚矣翻盆暴，嗟君睡得成。但思鱼餍足，不顾鼠纵横。欲骋衔蝉快，先怜上树轻。胸山在何许，此族最知名。"注云："俗言猫为虎舅，教虎百为，惟不教上树。又谓海师猫为天下第一。"陆游为山阴（今绍兴）人，与鲁迅有同乡之仪。鲁迅幼年听到的故事与这里的"俗言"一脉相承，但鲁迅听到的猫是"虎师傅"，陆游却说是"虎舅"，加了一层亲缘关系。

老祖母摇着芭蕉扇讲故事，却别有滋味："猫是老虎的师父。老虎本来是什么也不会的，就投到猫的门下来。猫就教给它扑的方法，捉的方法，吃的方法，象自己的捉老鼠一样。这些教完了；老虎想，本领都学到了，谁也比不过它了，只有老师的猫还比自己强，要是杀掉猫，自己便是最强的脚色了。它打定主意，就上前去扑猫。猫是早知道它的来意的，一跳，便上了树，老虎却只能眼睁睁地在树下蹲着。它还没有将一切本领传授完，还没有教给它上树。"童年获得的知识，是深刻地烙印在记忆细胞的深处的，可能凝聚成影响一个人终生的精神原型。追寻血脉，是为了叩问现实，由民俗传说进入社会批评。鲁迅仇猫，"现在说起我仇猫的原因来，自己觉得是理由充足，而且光明正大的。一、它的性情就和别的猛兽不同，凡捕食雀、鼠，总不肯一口咬死，定要尽情玩弄，放走，又捉住，捉住，又放走，直待自己玩厌了，这才吃下去，颇与人们的幸灾乐祸，慢慢地折磨弱者的坏脾气相同。二、它不是和狮虎同族的么？可是有这么一副媚态！"（《朝花夕拾·狗·猫·鼠》）他是把猫当作一副媚态，又折磨弱者的人间类型来对待的。他以杂文"砭锢弊常取类型"的方式，将猫社会化和类型化了。

文化血脉是一个庞大的根系，联系着百物神话，联系着圣贤和历代作家，联系着社会现场，联系着民间风俗。对于社会场境，鲁迅更关注的是"示众"场面，尤为刻骨铭心的是那些围观示众的看客。在日本仙台课间看到的幻灯片上的示众场面，无异于在他背上猛击一掌，促使他毅然弃医从文。《呐喊·自序》回忆：仙台医专课堂上放映日俄战争的战事画片，常有同学们拍手喝彩。有一回，画片上竟然绑着替俄国做侦探的中国人，正要被日军砍下头颅来示众，而围着赏鉴这示众的盛举的许多中国人，体格强壮，神情麻木。于是鲁迅"觉得医学并非一件紧要事，凡是愚弱的国民，即使体格如何健全，如何苗壮，也只能做毫无意义的示众的材料和看客，病死多少是不必以为不幸的。所以我们的第一要著，是在改变他们的精神，而善于改变精神的是，我那时以为当然要推文艺，于是想提倡文艺运动了"。五四新文化运动以后，鲁迅在 1923 年 12 月的讲演"娜拉走后怎样"中说："群众，——尤其是中国的，——永远是戏剧的看客。牺牲上场，如果显得慷慨，他们就看了悲壮剧；如果显得觳觫，他们就看了滑稽剧。"他将国民性中的"看客"心态，作为一个文化症结来诊治，思索着解剖和改造国民性，需要"深沉的韧性的战斗"。

示众这种以侮辱犯人的人格而对众人发出警示的刑罚，起源甚早。对历史文献略做梳理就会发现，《吴越春秋·越王无余外传》记载，在上古三代就有了示众："禹三年服毕，哀民，不得已，即天子之位。三载考功，五年政定，周行天下，归还大越。登茅山以朝四方群臣，观示中州诸侯，防风后至，斩以示众，示天下悉属禹也。"在上古，君王以示众的惩罚，来树立自己的权威。到了明代，示众发展成苦刑。《草木子》记朱元璋严于吏治，凡守令贪酷者，许民赴京陈诉。赃至六十两以上者，枭首示众，仍剥皮实草。府、州、县、卫之左特立一庙，以祀土地，为剥皮之场，名曰皮场庙。官府公座旁，各悬一剥皮实草之袋，使之触目警心。这就是鲁迅揭示的"大明一朝，以剥皮始，以剥皮终"（《且介亭杂文·病后杂谈》）。明清小说记述"枭首示众"之处甚多。《儒林外史》第四回记述高要县早堂，带进来一个偷鸡的积贼。知县怒斥一番，取过朱笔来，在他脸上写了"偷鸡贼"三个字，取一面枷枷了。把他偷的鸡，头向后，尾向前，捆在他头上，枷了出去。才出得县门，那鸡屁股里刮喇的一声，屙出一抛稀屎来，从额颅上淌到鼻子上，胡子沾成一片，滴到枷上。两边看的人多笑。又带进一个以五十斤牛肉行贿的老师夫，县令大骂一顿"大胆狗奴"，重责三十板。取一面大枷，把那五十斤牛肉，都堆在枷上，脸和颈子箍紧紧的，只剩得两个眼睛，在县前示众。天气又热，枷到第二日，牛肉生蛆，第三日老师夫鸣呼死了。这种专制的酷刑，制造着奴才，也制造着看客。

对于这些材料，尤其是《儒林外史》的记述，鲁迅是烂熟于心的。但他与文化血脉的对接方式，常常不是顺势而行的，往往眼光独具，翻转一面，另辟新路。他主要不是看示众，而是看对示众的围观，看看客。鲁迅《呐喊》《彷徨》的半数作品，尤其是《孔乙己》《药》《阿Q正传》《祝福》《肥皂》《示众》，以及《故事新编》中的《铸剑》，令人感慨不已地留下了憧憧看客的身影。尤其是场景式的小说《示众》专门写看客，行文冷隽，在展示围观"示众"场景，勾勒出形形色色的看客嘴脸。场面热闹非常："刹时间，也就围满了大半圈的看客。待到增加了秃头的老头子之后，空缺已经不多，而立刻又被一个赤膊的红鼻子胖大汉补满了。"连犯人"他，犯了什么事啦？……"都没有弄清楚，就围上一层层的人群，"背后的人们又须竭力伸长了脖子；有一个瘦子竟至于连嘴都张得很大，像一条死鲈鱼"。头上梳着的喜鹊尾巴似的"苏州俏"的老妈子保证孩子，指点着犯人说："阿，阿，看呀！多么好看哪！……""好！"什么地方忽有几个人同声喝彩。原来是不远处一个一个车夫从车上摔下来，分散大伙的注意力。在这里，场面成了小说的"主人公"，在扫描其中的市井看客人物时，作者忧愤弥漫，似乎字里行间都隐埋着深长的叹息，直到结尾人散街空，还足以使读者掩卷怔忡，茫茫然对国民精神状态产生沉郁的玄思。他由示众，反思和解剖了看客，反思和解剖国民性中的看客心理。

正如鲁迅俄文译本《＜阿Q正传＞序》所云："要画出这样沉默的国民的魂灵来"，却"总仿佛觉得我们人人之间各有一道高墙，将各个分离，使大家的心无从相印"。看客现象，源自国民性中的病灶，成群聚堆地看热闹，毫无心肝地鉴赏灾难，愚昧麻木而缺乏同情心，或者事不关己高高挂起，充其量只是寻找一些街头巷尾廉价卖弄喊喊喳喳的材料。也就是说，看客现象形成了笼罩城乡的阴沉、黯淡和无聊的氛围，时时处处酿制着看似无事的悲剧，窒息了革新改造的可能性生机。《明诗别裁》载刘永锡《行路难》，其中有句："云漫漫兮白日寒，天荆地棘行路难！"鲁迅在民族艰危的天荆地棘中，借着对看客现象的剖析，如受伤的野狼发出的"惨伤里夹杂着愤怒和悲哀"的号叫，令人心弦震颤。这是反向连接文化血脉，另辟新径的结果。

二、还原鲁迅生命

文化血脉联系着敏锐的个体生命。没有文化血脉的个体生命，是游魂；没有个体生命的文化血脉，是僵尸。文化血脉赋予个体生命浑厚的意义，个体生命也给文化血脉增添鲜活的意义。文化血脉既是既有的存在，又在与人间个体的对话中，变成现实的存在。非常独特的是，鲁迅对鬼世界的描写，折射着他对生与死的深刻体认。

《无常》是鲁迅在 1926 年"三·一八"惨案后，为躲避当局通缉，流离于北京德国医院杂物库房中所作。也许是感染了社会残酷、库房黯淡的鬼气息吧，这篇奇文，开拓了人鬼杂糅的"忧患狂欢"和阴郁幽默的美学方式，高扬着一面写鬼事也见人情的雪白的艺术风帆。鲁迅对文化血脉的探寻，于此潜入民间。令人感慨的是，连雄才大略的秦皇汉武都被生死观这道坎子绊倒了，平民百姓却跨越得轻轻松松，这是鲁迅的一大发现。鲁迅对"无常"的叙述，蕴含着中国民间平凡众生开心逗乐的生死观。人生多苦多难，世路坎坷不平，生命无声无臭，在辛苦黯淡中打发日子，那么跟无常鬼打个照面、开个玩笑，乐得寻个开心。死了就一了百了，为何不"一见有喜"，难道要哭丧着脸去见阎王？因而"你也来了"，好像无常鬼就是你的前邻后舍，平平常常地相互打个招呼。不是以恐惧心，而是以平常心对待生死，实际上是乡间下等人在强暴者草菅人命的岁月，对苦难的生存来了一个看淡。《老子》七十四章云："民不畏死，奈何以死惧之？"从早年接纳摩罗诗宗，中年讲授志怪、神魔等小说类型，再来反观童年所见的故乡民俗，鲁迅开拓了诗学的一种审美人类学的怪异神秘的维度：从民俗酬神中发现朴素之民的纯白心地，美好丰富的神思。这种审美人类学的美学观独立于当时的启蒙思潮，而从对朴素农人的精神愉悦的深切理解中，开发出神思高扬的审美活力。也就是说，鲁迅心中无鬼，笔下却不乏鬼趣，这就使得他在一个忧患时世，将活无常、死有分、五猖神，连同无常嫂和他们的儿子阿领等等呼唤出来，与民同乐，构成了一种"忧患的狂欢"的美学形态。在审美人类学的戏拟、嘲弄和逆向颠覆中，鲁迅写鬼，却鬼后有人焉，鬼类与人类相互映照，复调地折射了一种以谐趣消解黑暗秩序，以丑怪消解神圣的虚伪，以自己的高帽子拱翻了冠冕堂皇，因而也可以说是独特形态的"美伟强力"的人。

写《无常》八年后，1934 年鲁迅又在《门外文谈》中说："在不识字的大众里，是一向就有作家的。我久不到乡下去了，先前是，农民们还有一点余闲，譬如乘凉，就有人讲故事。不过这讲手，大抵是特定的人，他比较的见识多，说话巧，能够使人听下去，懂明白，并且觉得有趣。……大众并无旧文学的修养，比起士大夫文学的细致来，或者会显得所谓'低落'的，但也未染旧文学的痼疾，所以它又刚健，清新。无名氏文学如《子夜歌》之流，会给旧文学一种新力量，我先前已经说过了；现在也有人绍介了许多民歌和故事。还有戏剧，例如《朝花夕拾》所引《目连救母》里的无常鬼的自传，说是因为同情一个鬼魂，暂放还阳半日，不料被阎罗责罚，从此不再宽纵了——'那怕你铜墙铁壁！那怕你皇亲国戚！……'何等有人情，又何等知过，何等守法，又何等果决，我们的文学家做得出来么？"

渗润着民间智慧的鲁迅的生命趣味，由阴郁的冥间故事中，点化出爽朗的幽默笑声。由此，鲁迅进一步生发："这是真的农民和手业工人的作品，由他们闲中扮演。借目连的巡行来贯串许多故事，除《小尼姑下山》外，和刻本的《目连救母记》是完全不同的。其中有一段《武松打虎》，是甲乙两人，一强一弱，扮着戏玩。先是甲扮武松，乙扮老虎，被甲打得要命，乙埋怨他了，甲道：'你是老虎，不打，不是给你咬死了？'乙只得要求互换，却又被甲咬得要命，一说怨话，甲便道：'你是武松，不咬，不是给你打死了？'我想：比起希腊的伊索，俄国的梭罗古勃的寓言来，这是毫无逊色的。"（《且介亭杂文·门外文谈》）"武松打虎"在《水浒传》中，已经属于源自民间说书的英雄传奇；一旦依然流传民间，作为佛教故事"目连救母"的穿插表演，又以农民的幽默，创造出另一种"解构英雄"的民俗狂欢。鲁迅剥离了"目连救母"故事的崇佛言孝，关注民间趣味对佛学故事的介入和改造，进而从民间文化血脉中，开拓了审美人类学的怪异神秘的维度。他以一种国际眼光，赋予在士大夫文人视野以外的乡野民俗以经典地位。他发现源自民间的文化血脉，又以自己个体生命的权威性兼趣味性，升华这种本是不登大雅之堂的文化血脉。

对鲁迅个体生命的体验，不能以生搬硬套外来的知识框架，而泯灭能够从文字透入鲁迅神经的悟性。比如，读《从百草园到三味书屋》，就不能简单在称扬百草园属于儿童天性的"小传统"，而指责三味书屋属于扼杀儿童天性的"子曰诗云"的"大传统"。应该悟到，百草园和三味书屋对于鲁迅生命历程，是相续而互补的两个阶段，它们不是绝对"二元对立"的两个绝缘体。百草园是鲁迅故家的后园，一个普通的菜园。鲁迅推重"野草"，姑以"百草"名其童年乐园，野趣大于雅趣，异于文人雅士给自家花园所起的"拙政园"、"退思园"、"豫园"、"个园"的雅号。以百草之园来容纳妙趣横生的童心世界，对于展示自然人性的天真烂漫，是再合适不过了。那里有菜畦、石井栏、皂荚树、桑椹、鸣蝉、黄蜂，轻捷的叫天子（云雀）忽然从草间直窜向云霄里去了。泥墙蔓草中，油蛉、蟋蟀、蜈蚣、斑蝥，以及何首乌藤和木莲藤，都掩藏着他孩童岁月的好奇心和痴心的秘密，回忆起来，心头都会窃窃偷笑，笑得心尖儿酸酸的。更有长妈妈的"美女蛇"，令人感到对自然的尚未认知而产生的畏惧感和神秘感。即便是童心、童趣，鲁迅也写得一波三折，具有曲径通幽的纵深度。

随之出现的三味书屋，研究者对它的感受却言人人殊，莫衷一是。似乎连鲁迅也留下一个"不知道为什么"："我不知道为什么家里的人要将我送进书塾里去了，而且还是全城中称为最严厉的书塾。"评论者看见"最严厉"三个字，往往神经过敏，就采取二元对立的思维，说百草园中的童年鲁迅是如何"幸福"，进了封建教育的学塾后，每日面对晦涩的"之乎者也"，是如何"痛苦"。或者拿出大理论来，说鲁迅的童年有两个世界，"三味书屋"象征四书五经的正统文化，"百草园"象征传奇怪异的奇幻空间。这些阐述，都有待商量。实际上，只有百草园、没有三味书屋的鲁迅，是难以想象的，根本无法铸造成思想和文学巨匠的鲁迅。百草园是一种生命体验，三味书屋也是一种生命体验，它们无法相互代替。从百草园走进三味书屋，迅哥儿长大了，从他的童年迈出了走向成人的第一步。鲁迅于1892年入三味书屋，在那里求学六年。所谓"三味"，据塾师寿镜吾先生之子寿洙邻讲："若三味取义，幼时父兄传说，读经味如稻粱，读史味如肴馔，诸子百家味如醯醢"（《我也谈谈鲁迅的事》）。三味书屋的书房，是如此书房："中间挂着一块扁道：三味书屋；扁下面是一幅画，画着一只很肥大的梅花鹿伏在古树下。没有孔子牌位，我们便对着那扁和鹿行礼。第一次算是拜孔子，第二次算是拜先生。"孔子是缺席受拜的，意味着有点改良气息。"三味"的"三"，意味着多，经、史与诸子百家并列，不止于四书五经。"给我读的书渐渐加多，对课也渐渐地加上字去，从三言到五言，终于到七言"，对课就超出了经、史、诸子的范围，而指向诗词训练。先生严厉督责孩子们读书，在学生们念得人声鼎沸时，他并非板着脸孔、踱着方步，检查申斥，而是加入这荒腔走调的合唱："先生自己也念书。后来，我们的声音便低下去，静下去了，只有他还大声朗读着：'铁如意，指挥倜傥，一座皆惊呢～～；金叵罗，颠倒淋漓噫，千杯未醉嗬～～……'"先生念的是清朝武进人刘翰的《李克用置酒三垂冈赋》，极力渲染唐末沙陀部枭将李克用在宴席上狂舞玉如意，斟满金制的扁形大口酒杯，意气淋漓，忘乎所以的张狂情景。念时却把"玉如意"念作"铁如意"，"倾倒淋漓"念作"颠倒淋漓"，又拉开长调的颤音"呢、噫、嗬"的，摇头晃脑地陶醉于其中。多么可爱的老人，多么难忘的学塾场面，这是旧时学塾中难得一见的奇观。鲁迅回忆起来，眷恋之情溢于言表。对于老师的陶醉态，学生们当作看戏取乐："我疑心这是极好的文章，因为读到这里，他总是微笑起来，而且将头仰起，摇着，向后面拗过去，拗过去。"日后说"疑心这是极好的文章"，是对老师的文学趣味平平的调侃，却是带着温情的微笑的调侃。鲁迅就像他影绘小说绣像一样，活灵活现地影绘出一个老夫子的带点名士派的天真放达的灵魂，真逗，可爱极了。他在回忆"三味书屋"这位博学、严厉、善良的老人中，寻到了几分敬意，几分开心，几分笑影，充满着深深的眷念之情。全文叙写了自己从可以说是"无限乐趣"的"乐园"到全城"称为最严厉的书塾"的人生过程和心灵历程。它给人的启示是：人要成为"成人"，是不能只有"百草园"的，他也应该有自己的"三味书屋"，这是鲁迅以自己的生命体验告诉我们的。

三、深化辩证思维

读鲁迅必须具备深度的辩证思维的能力，因为鲁迅的知识储备和生命体验，本就潜伏着深度的辩证思维的特质。他眼光犀利无比，能够见微知著，以小喻大，顺藤摸瓜，察云知雨，剔骨见髓，具有非常深刻的穿透力、批判力、洞察力和预见力，并把这一切凝聚于精粹老到，险峻从容，自成套路，出神入化的文字功夫之中。郁达夫如此评说鲁迅的作品："鲁迅的小说，比之中国几千年来所有这方面的杰作，更高一步。至于他的随笔杂感，更提供了前不见古人，而后人又绝不能追随的风格，首先其特色为观察之深刻，谈锋之犀利，文笔之简洁，比喻之巧妙，又因其飘溢几分幽默的气氛，就难怪读者会感到一种即使喝毒酒也不怕死似的凄厉的风味。"[1] 因此，不深化研究者自身的辩证思维，就不能逼近鲁迅文字的精髓。

---

[1] 郁达夫：《鲁迅的伟大》,《回忆鲁迅·郁达夫谈鲁迅全编》，上海文化出版社，2006年，第111页。

《野草》如碎金闪烁、云锦集萃，聚深邃、神秘与奇异之美于一炉而冶之，乃是鲁迅奉献给中国新文学的一份厚重的礼物，一份如猫头鹰、赤练蛇、发汗药似的令人不是在体量上，而是在形式上拍案惊奇，惊奇之余又留下一点不安的生命哲学之结晶物。哲学与诗在这里缔缘，《野草》全书凝聚了鲁迅对世界、对人生、对生命的独特的哲学和审美的感觉，具有沉郁深邃的隐喻性。鲁迅曾表白，"他的哲学都包括在他的《野草》里"（章衣萍：《太庙杂谈（五）》）。许寿裳也说，《野草》"可说是鲁迅的哲学"（《我所认识的鲁迅·鲁迅的精神》）。如《死火》，如《好的故事》，如《失掉的好地狱》，如《墓碣文》，如《死后》，堪称《野草》中"奇文之奇文"，为仅见之形式，剖滴血之生命，想入非非，揪肝裂肺。而《立论》也许是《野草》中至为浅白的文字，但这浅白中隐藏着深不见底的叙事陷阱。它是如此浅白："我梦见自己正在小学校的讲堂上预备作文，向老师请教立论的方法。'难！'老师从眼镜圈外斜射出眼光来，看着我说。"这里给老师画了这样的"眼睛"，"从眼镜圈外斜射出眼光来"，活灵活现地勾描出一位圆滑世故的老夫子神态。不应疏忽这一点，以下的故事的叙述者是他，而非鲁迅。是这位老夫子在说：一家生了男孩，满月的时候，抱出来向客人讨个"好兆头"。因而说孩子将来"发财"的，得到感谢；说孩子将来"做官"的，受到"恭维"。而说孩子将来"要死"的，落得一顿大家合力的痛打。这似乎就像老夫子判断的"说要死的必然，说富贵的许谎。但说谎的得好报，说必然的遭打"，令人感到谎话讨好，真话招灾，真话、谎话遭遇不同的命运。

然而不要忘记叙述者是圆滑世故的老夫子。以上所说只是一个铺垫，最要害的地方是结尾。"我愿意既不说谎，也不遭打。那么，老师，我得怎么说呢？"老师回答："那么，你得说：'啊呀！这孩子呵！您瞧！那么……。阿唷！哈哈！Hehe！he，he he he！'"这真是一个老滑头的处世术。这种懦夫哲学和"乡愿"态度不敢直面现实，处于既是"瞒和骗"、又非"瞒和骗"的灰色地带。灰色地带可以遁世自保，也足以藏污纳垢，实际上体现着独立人格的萎缩，是鲁迅所鄙视的。吊诡的问题在于，《立论》既然写祝贺生子满月，汤饼宴吃长寿面的意思就是希望孩子长命百岁，因而在这种场合说"这孩子将来是要死的"，是一种莫大的冒犯，不能简单地认为就是滑头的老夫子所说的"说必然"，或"说真话"。人有生必有死，这是常识中的常识，不计场合地叨念这种套话，除了证明他"敢抢"之外，还有什么深意可以发人深省？切不可把"说真话"肤浅化、便宜化了。《立论》倒是隐含着一个深层的问题：真话该怎么说？随之就产生了一系列问题：如何形成真话，而不拘执自以为是的一孔之见为真话？在各种场合采取何种方式才能使真话打动听者的良知，甚至令其心悦诚服？遇到专制体制或愚蠢的长官权威时，如何理直气壮，甚至大义凛然地坚持说真话，却又在可能的条件下化解蛮横的压力造成的负面影响？对于一个人而言，说真话是人格的体现；对于国家而言，鼓励说真话，善于接纳真话，是开明之举，前途所系。防人之口，甚于防川。写《立论》半个月后，鲁迅对说真话恐惧症进行针砭，作《论睁了眼看》说："中国人的不敢正视各方面，用瞒和骗，造出奇妙的逃路来，而自以为正路。在这路上，就证明着国民性的怯弱，懒惰，而又巧滑。一天一天的满足着，即一天一天的堕落着，但却又觉得日见其光荣。"由于真理的严峻品格和谎言的投合功能，使得不愿违心说谎者只好以沉默来应对，或借空言以备敷衍，这是令人感慨不已、忧患难释的局面了。

照样存在着叙事陷阱的，是同样明白如话的《聪明人和傻子和奴才》。这是一篇关于社会人格类型的寓言，需要以深化了的辩证思维进行体悟。在这篇寓言中，奴才寻人诉苦还算不得奴才，受抚慰而安于非人生活就有奴才味了；一旦把那些要改革其现状者视为"强盗"，并以驱逐"强盗"受到夸奖为荣，便是万劫不复的奴才了。

"聪明人"是认同和维持现存秩序的，即便听人诉述猪狗不如的生活，也只是表示同情而抚慰之，劝他相信将来"总会好起来"的命运。他不想反抗将人变成奴隶的社会制度，只是设计了一个未来的"黄金时代"，要人永远甘当"服役的机器"。至于"傻子"，他是现实的激进的改革者，当他听到奴才流泪诉苦说："我住的简直比猪窝还不如。主人并不将我当人；他对他的叭儿狗还要好到几万倍……我住的只是一间破小屋，又湿，又阴，满是臭虫，睡下去就咬得真可以。秽气冲着鼻子，四面又没有一个窗子……"傻子为此就对人世不平义形于色，并且动手实行，给那间象征现存社会秩序的又阴又湿的猪窝不如的"破小屋"打开一个窗洞。

读寓言，应该有一种读寓言法。本篇短小精悍，明白晓畅，意味隽永，不可能把所有的思想囊括无遗。比如这位傻子是否就算理想的战士？中国知识者自来有社会拯救意识，匹夫有责，舍我其谁。但是如何拯救，却不是傻子拿起石头砸泥墙那么简单，他为何不去考察一下奴才们的主人的势力，不去考察一下聪明人论调的影响，更其甚者，他为何不对诉苦的奴才及其同类的精神状态，及动员组织起来的可能进行了解，并采取启蒙救济的办法，而是不顾条件和时机地蛮干呢？因此《聪明人和傻子和奴才》为我们做出了出色的社会人物类型的解剖，同时也提供了改造国民心理，有效地反抗绝望、超越绝望的命题。研究者辩证思维的深浅，直接影响了对这个命题理解的深浅程度。

鲁迅出生在破落的士大夫家庭，自小接触经史和孝文化，以激进的文化改革者眼光，反思童年接受的"二十四孝"故事所投下的心灵阴影，百感交集，禁不住要"给我们的永逝的韶光一个悲哀的吊唁"。《朝花夕拾·二十四孝图》一文，是反思中国家族文化中占有先机的伦常道德教育的。对于如此文字，没有深刻的辩证思维，是读不透彻的。"孝"关联着人类血缘伦理情感，是人类降生后接触到的第一情感，对于维护家庭温情、社会和谐，具有原本性的合理价值。因而《论语》中孔子多言孝，《孝经》称孝为"德之本"，在进一步泛化中，历代统治者提倡"以孝治天下"，这就使得伦理情感初始处生长出来的道德，成为中国文化中一条粗壮的根。但是孝的绝对化和政治化，也使源自人的天性的这条嫩根，沾上许多背离自然人性的污泥。

童年鲁迅读《二十四孝图》的第一感觉，是做孝子难的精神困惑和生存压力。鲁迅的辩证思想相当精到，在他的感觉中，二十四孝是可以区分类别，估量清理，分别对待的：一类自然也可勉力仿效，如"子路负米"、"黄香扇枕"之类，"'陆绩怀桔'也并不难，只要有阔人请我吃饭。'鲁迅先生作宾客而怀橘乎？'我便跪答云，'吾母性之所爱，欲归以遗母。'阔人大佩服，于是孝子就做稳了，也非常省事。"对此类孝行，语含嘲讽，毕竟还是轻松、幽默的。

另一类是大可疑惑的："'哭竹生笋'就可疑，怕我的精诚未必会这样感动天地。但是哭不出笋来，还不过抛脸而已，到'卧冰求鲤'，可就有性命之虞了。我乡的天气是温和的，严冬中，水面也只结一层薄冰，即使孩子的重量怎样小，躺上去，也一定哗喇一声，冰破落水，鲤鱼还不及游过来。自然，必须不顾性命，这才孝感神明，会有出乎意料之外的奇迹，但那时我还小，实在不明白这些。"疑惑是成规的旧梦中理性的苏醒，是开始睁开眼睛打量世道人心的合理性。

第三类是"最使我不解，甚至于发生反感的，是'老莱娱亲'和'郭巨埋儿'两件事"。他从前者感觉到诈伪和滑稽。一个七十老翁躺倒在老父母面前，摇着拨浪鼓逗父母开心。说明文字是老莱子"行年七十，言不称老，常著五色斑斓之衣，为婴儿戏于亲侧。又常取水上堂，诈跌仆地，作婴儿啼，以娱亲意"。鲁迅批评"诈跌"说，"正如将'肉麻当作有趣'一般，以不情为伦纪，诬蔑了古人，教坏了后人"。"至于玩着'摇咕咚'的郭巨的儿子，却实在值得同情。他被抱在他母亲的臂膊上，高高兴兴地笑着；他的父亲却正在掘窟窿，要将他埋掉了。……我最初实在替这孩子捏一把汗，待到掘出黄金一釜，这才觉得轻松。然而我已经不但自己不敢再想做孝子，并且怕我父亲去做孝子了。家境正在坏下去，常听到父母愁柴米；祖母又老了，倘使我的父亲竟学了郭巨，那么，该埋的不正是我么？如果一丝不走样，也掘出一釜黄金来，那自然是如天之福，但是，那时我虽然年纪小，似乎也明白天下未必有这样的巧事。"反感是一种情感理性，"反者道之动"，它要突破陈规，另开新路。

从以上分析中可知，鲁迅虽然置身"五四"反传统思潮，没有从正面讨论孝，在父子伦理关系上注重"儿童本位"的人性培植和提升，这是从进化的人类学的角度立论的；但他并不一般地排斥孝，而是对之注入历史理性的分析，反对孝的极端化而趋于"愚蠢"和"残忍"，以致戕伤天然人性。而且二十四孝中他只举出七例，其余包括儒学推崇的舜帝"孝感动天"、闵子骞"芦衣顺母"，他都没有持异议。他并不是如黑旋风般手持板斧排头砍杀文化血脉的江湖好汉，绝非守旧派无端指责的"覆孔孟、铲伦常"，而是反对以所谓"天理"灭绝"人欲"，主张"拿来"老宅子的存货时，需要"沉着，勇猛，有辨别，不自私"。对此，还可以鲁迅日常行为相对照。鲁迅嘲讽《二十四孝图》中某些愚与妄，甚尔有些残酷的"孝行"，自己却以幼小之躯，三年间不避寒暑地承担着为重病的父亲延医求药的责任。父亲亡故后，对于毅然坚韧持家，爽朗待人的母亲鲁瑞，鲁迅孝敬有加，甚至默默接受了母亲送给的旧式婚姻"礼物"：朱安，又购买通俗小说给母亲打发时光，而且连自己主要的笔名也冠以母姓。可见鲁迅在日常行为上，是尊重孝的伦理情感的，即所谓"无情未必真豪杰"也。只有看到鲁迅对孝行的分析性，看到他注重父子关系的"儿童本位"的向前看眼光，而不把鲁迅对二十四孝的疑惑、反感无限地放大为全面非孝，才能在深刻的辩证思维上，使鲁迅的精神遗产不至于因"五四"退潮而褪色。

四、重造文化方式

　　既然对传统文化的复杂构成和漫长流程，可以进行深度地辩证分析，那么经不起分析的那些朽腐部分，就应该舍弃，从而重造新的现代性的文化方式。鲁迅是从生存竞争的意义上提出问题的，在他的时代，国粹保古之风甚盛，因而他提醒："不能革新的人种，也不能保古的。"革新才能给古老的文化注入化腐朽为神奇的生命活力，不然，"老大的国民尽钻在僵硬的传统里，不肯变革，衰朽到毫无精力了"。这倒符合有些外人的心意，他们"很希望中国永是一个大古董以供他们的赏鉴"。他对外国人的"中国观"也是采取分析的态度，从不放弃自己作为一个思维主体的本位立场。他看到，在现代世界，强敌环视的时际，"无论如何，不革新，是生存也为难的，而况保古"？因而鲁迅的态度相当峻急，说得斩钉截铁："我们目下的当务之急，是：一要生存，二要温饱，三要发展。苟有阻碍这前途者，无论是古是今，是人是鬼，是'三坟''五典'，百宋千元，天球河图，金人玉佛，祖传丸散，秘制膏丹，全都踏倒他。"（《华盖集·忽然想到》）鲁迅批判的维度跨越远古和当今，覆盖神圣和凡俗，但多是玄虚不实者，欺名盗世者，使人心智悖谬、昏沉、迷乱者。值得注意的是，鲁迅在这个单子上，虽然提到这么一大串故弄玄虚，或乌烟瘴气的古物，但并没有提到"四书五经"、史学诸子佛典之类。他把经史子佛悬置处理，是否意味着他在批判保古思潮的时候，也暗含着历史理性的分析态度？实际上，鲁迅在民族危机沉重、文化禁忌繁多的时际，革新批判的态度是极其严峻的，不严峻不足以动人心，不严峻不足以推动已经生锈了的历史车轮。但是对古代圣贤思想、典章文物的价值优劣，鲁迅是心中有数的。不像某些对传统文化毫无根基者，一看到鲁迅的激烈言辞就起哄，就对古人古物乱打闷棍，似乎这才符合鲁迅精神，其实是冤枉了鲁迅精神。

我们应该深入一层理解鲁迅的内心，以及他在当时思潮中的独立精神和恨爱兼杂的态度。只有深刻的理解，才能谈论孔子与鲁迅这个现代中国文化的重大命题。兹事体大，应该严肃对待。应该说，鲁迅作为"五四"人物，对孔子本人不甚敬畏，而是采取理性分析态度，对其某些说法有所嘲讽，尤其是对于后世对孔子的利用和涂饰，做出不留情面的抨击。但在反传统的思潮中，他对于孔子和孔子学说并非信口开河，还是留有意味深长的分寸感。这有鲁迅批评传统的一系列文字为证，只有读书不细心的人，才会按照自己比鲁迅更过激的想法随意发挥。随意发挥，随的不是鲁迅之意，而是研究者追逐当代思潮而自以为是的"意"。对此是有正本清源之必要的。

比如鲁迅在 1935 年写了一篇《现代中国的孔夫子》，是对孔子进行专门议论的文字，不可不读，也不可粗读。一经细读就会发现，他写的主要是"在现代中国"的孔夫子的遭遇和命运，而很难说是写历史上的孔夫子本人。鲁迅以自己的童年经验作证："我出世的时候是清朝的末年，孔夫子已经有了'大成至圣文宣王'这一个阔得可怕的头衔，不消说，正是圣道支配了全国的时代。政府对于读书的人们，使读一定的书，即四书和五经；使遵守一定的注释；使写一定的文章，即所谓'八股文'；并且使发一定的议论。然而这些千篇一律的儒者们，倘是四方的大地，那是很知道的，但一到圆形的地球，却什么也不知道，于是和四书上并无记载的法兰西和英吉利打仗而失败了。"统治者以二千年前的圣人的是非为是非，知识为知识的标准，会使人失去汲取当代人类的思想文化成果的能力，导致民族发展的停滞。鲁迅反对的就是这么一种专制的、封闭的思想文化框架。这种贴着"圣人标签"的沉滞的思想文化框架，不经推倒重造，是会窒息与时俱进的创造性思维的。

鲁迅从这里发现了一种"圣人工具目的论"，他指出："总而言之，孔夫子之在中国，是权势者们捧起来的，是那些权势者或想做权势者们的圣人，和一般的民众并无什么关系。然而对于圣庙，那些权势者也不过一时的热心。因为尊孔的时候已经怀着别样的目的，所以目的一达，这器具就无用，如果不达呢，那可更加无用了。在三四十年以前，凡有企图获得权势的人，就是希望做官的人，都是读'四书'和'五经'，做'八股'，别一些人就将这些书籍和文章，统名之为'敲门砖'。这就是说，文官考试一及第，这些东西也就同时被忘却，恰如敲门时所用的砖头一样，门一开，这砖头也就被抛掉了。孔子这人，其实是自从死了以后，也总是当着'敲门砖'的差使的。"这里讲的是孔子死后的文化制度，而非孔子本人。考究"敲门砖"话头的来历，王夫之《夕堂永日绪论》外编云："经义本儒者分内事，而一行作吏，则置之如隔年历，间有作者，只为子弟作嫁衣裳。陈启新诮为'敲门砖子'，非诬也。"清人钱曾《读书敏求记》卷一又云："元以经义取士，此盖拟之而作者，中或有学究语，然其特见深解，绝非近儒制义所可几及。昔先君尝云：'挟制义以取科名，譬之敲门砖，应门则砖弃。'诚哉是言也。胥天下之聪明才智，合古今之学术文章，蒙锢沦丧于时艺中，滔滔不返，先圣者能无惧乎！"蒲松龄《聊斋志异》中的《于去恶》一篇，却借阴间鬼物，嘲讽人世士风，说是："得志诸公，目不睹坟、典，不过少年持'敲门砖'，猎取功名，门既开，则弃去。再司簿书十数年，即文学士，胸中尚有字耶？"王夫之、钱曾、蒲松龄都嘲讽"挟制义以取科名"的科举"敲门砖"现象，又怎么能够指证他们嘲讽"敲门砖"就是反对孔子？

在鲁迅著此文之前十几年，1921年10月，《吴虞文录》经胡适牵线由上海东亚出版社出版。胡适在《吴虞文录·序》中写道："吴先生和我的朋友陈独秀是近年来攻击孔教最有力的两位健将，他们两人，一个在上海，一个在成都，相隔那么远，但精神上很有相同之点"；"我给各位中国少年介绍这位'四川省只手打孔家店'的老英雄——吴又陵先生！"这是"五四"以来的思潮，"攻击孔教"，是攻击以孔学为"国教"，打倒的是历代当权者和圣人之徒建起来的以孔子为神主的老店面。至于被奉为神主的这位孔子，当时的评价存在着正反高下的诸多不同。民国以后，孔学衰落，但在军阀政府和复古文人的操弄中，出现过"以孔教为国教"的声浪，实际上专制、复古的逆流把孔子当成了工具，这在鲁迅看来，是对孔子的"带累"，使人们无法平心静气地评议一个历史人物。"五四"前驱者在反对专制、复古时，不能不缴获他们的工具。正如鲁迅所形容："即使是孔夫子，缺点总也有的，在平时谁也不理会，因为圣人也是人，本是可以原谅的。然而如果圣人之徒出来胡说一通，以为圣人是这样，是那样，所以你也非这样不可的话，人们可就禁不住要笑起来了。"显然，鲁迅对圣人也有可以原谅的缺点，以及圣人之徒胡乱解释圣人，是区分对待的，研究者不可把鲁迅"禁不住要笑起来"理解歪了。

1992 年，本人在曲阜召开的"鲁迅学术研讨会"上，提出了"鲁迅与孔子沟通说"，其中认为："鲁迅思想自然不能等同于古越文化，它是 20 世纪前期中国人面对世界以后，对自己文化建设，尤其是自己文化传统弊端进行空前深刻地反思的结晶，因而它带有明显的现代性，这一点非孔学所能比拟。当民族积弱，需要发愤图强之时，越文化和鲁迅精神是一副极好的刺激剂；但当民族需要稳定和凝聚之时，孔学的优秀成分也是不应废弃的黏合剂。儒者，柔也；而越文化与鲁迅，则属于刚。在稳定、开明的文化环境中，二者未尝不可以刚柔相济、文野互补、古今互惠。中华民族的现代文化建设应该超越狭隘的时间空间界限，广摄历代之精粹，博取各地域文化智慧之长，建构立足本土、又充分开放的壮丽辉煌的文明和文化形态。正是在这种意义上，我认为鲁迅和孔子之间，并非不能融合和沟通。"有些鲁迅专家感到意外，觉得这种"沟通"可能吗？其实从上述鲁迅对孔子、对孔教、对"敲门砖"、对圣人之徒的涂饰，采取悬置、嘲讽、抨击和留有余地的分析态度，可知他的绝对的对立面，并不是孔子本人。当一个国家闭关锁国、积弱挨打、拯救犹恐不及的时代，沟通很难获得共识，这不足为怪。但中华民族有五千年文明史，有九百六十万平方公里的幅员，有总人口十三亿的五十六个民族，在它创建现代大国文化的时候，有足够的精神空间，有足够的气量，既容纳鲁迅，又容纳孔子，不仅如此，还应容纳老庄、孟荀、墨韩，容纳中国思想文化及人类思想文化的精华。精华之为物，乃是人类文明的共同财富。海纳百川，岂能要求一百条大小川流都是一样的流向、一样的流速、一样的激流飞溅，没有宁静如镜的深潭？

中医是传统经验文化的大宗，鲁迅对中医的态度，也是长期纠缠不已的问题。中医悬壶济世，人命关天，深刻地联系着中国人的日常生活，数千年来曾对中国人的生命和健康，做出功不可没的贡献。问题在于鲁迅不是从书本和传闻中，对中医做普泛的理解，而是作为家庭长子，在走向成年的岁月，揪心裂肺，目睹家庭支柱倾倒，在精神煎熬和震撼中接触乡土中医的。鲁迅十三至十六岁时，为父亲求医治病，以家道衰落、父亲沉病不起为代价，与乡镇医生打了三年交道。这一点甚至影响了他的青春选择，他留学日本学医，存心于"救治像我父亲似的被误的病人的疾苦"。《朝花夕拾·父亲的病》记述鲁迅和乡土名医周旋经年，诊金昂贵且不论，"药引"就相当难得，起码是芦根，须到河边去掘；一到经霜三年的甘蔗，便至少也得搜寻两三天，却使得父亲的水肿逐日利害，将要不能起床。鲁迅对其"医者，意也"的理论极尽嘲讽之能事，他看到病人病入膏肓，就便极其诚恳地说："我所有的学问，都用尽了。这里还有一位陈莲河先生，本领比我高。我荐他来看一看，我可以写一封信。可是，病是不要紧的，不过经他的手，可以格外好得快……"一到危急时候，便荐生手自代，使自己完全脱了干系。

下一个打交道的名医是陈莲河，他的药方上，总兼有一种特别的丸散和一种奇特的药引。芦根和经霜三年的甘蔗，从来没有用过。最平常的是"蟋蟀一对"，旁注小字道："要原配，即本在一窠中者。"似乎昆虫也要贞节，续弦或再醮，连做药资格也丧失了。又有"败鼓皮丸"用打破的旧鼓皮做成；水肿一名鼓胀，一用打破的鼓皮自然就可以克伏他。清朝的刚毅因为憎恨"洋鬼子"，预备打他们，练了些兵称作"虎神营"，取虎能食羊，神能伏鬼的意思，也就是这道理。事后回忆，鲁迅难免对这类"名医"的行医的做派和方剂毫不客气，嘲讽其实质在于巫医不分，故弄玄虚，作贱人命以索取钱财。这位陈莲河就是何廉臣（1860—1929）医生，将其名字，按谐音方式颠倒为"陈莲河"，如此可得晚期谴责小说以文字学游戏隐喻现实人物名字的妙处，避免了一些节外生枝的名誉权纠纷。此翁曾任绍兴医学会长，清季创办《绍兴医学报》，著有《总纂全国名医验案类编》等书，校订刊刻古医书一百一十种，名曰《绍兴医药丛书》，在保存中医血脉上竭尽心力。但一个人不能以其终生成绩，掩饰日常行医上的敛财、敷衍、故弄玄虚的劣迹。少年鲁迅与之打了二年交道，从家庭变故的刻骨铭心之痛中，对之愤、讽有加。二年的时间不算短，你的名医架子不能给人信赖感，反而一依赖，连架子也坍塌了。因而鲁迅只好感慨："S城那时不但没有西医，并且谁也还没有想到天下有所谓西医，因此无论什么，都只能由轩辕岐伯的嫡派门徒包办。轩辕时候是巫医不分的，所以直到现在，他的门徒就还见鬼，而且觉得'舌乃心之灵苗'。这就是中国人的'命'，连名医也无从医治的。"最后这句"这就是中国人的'命'，连名医也无从医治的"，是振聋发聩的，它生发出对中国人"宿命"的沉重的思考。

鲁迅在《呐喊·自序》中回顾自己的精神历程，对此还耿耿于怀："我还记得先前的医生的议论和方药，和现在所知道的比较起来，便渐渐的悟得中医不过是一种有意的或无意的骗子，同时又很起了对于被骗的病人和他的家族的同情。"这种"骗子说"，曾被后世纷纷议论，甚至有人义愤填膺，但人们从未从中反思，其时流行于乡镇的中医理论和论证方式，是否需要做出根本性的改革或改进？这种理论和论证方式，如何面对现代科学知识的挑战？若有深刻的反思意识，就可以省悟到，鲁迅的心理行为超前地蕴含着一个重大的命题，即"中医现代化"的命题。名医陈莲河心中并无这个命题的踪影，依然在说："我有一种丹，点在舌上，我想一定可以见效。因为舌乃心之灵苗……。价钱也并不贵，只要两块钱一盒……。"最后就是推卸责任了："我这样用药还会不大见效，我想，可以请人看一看，可有什么冤愆……。医能医病，不能医命，对不对？自然，这也许是前世的事……。"不能要求一个名医包治百病，医术也有对沉疴痼疾束手无策之时，鲁迅出于自己的经历，对西医也不是没有嘲讽："大约实在是日子太久，病象太险了的缘故罢，几个朋友暗自协商定局，请了美国的D医师来诊察了。他是在上海的唯一的欧洲的肺病专家，经过打诊，听诊之后，虽然誉我为最能抵抗疾病的典型的中国人，然而也宣告了我的就要灭亡；并且说，倘是欧洲人，则在五年前已经死掉。这判决使善感的朋友们下泪。我也没有请他开方，因为我想，他的医学从欧洲学来，一定没有学过给死了五年的病人开方的法子。"（《且介亭杂文附集·死》）问题在于你要对病情、病理给出一种合理的应对和令人服气的说明，不能只盯住钱串子，又把责任推给鬼神。鲁迅对中医蕴含着的伟大经验，后来是肯定的："古人所传授下来的经验，有些实在是极可宝贵的，因为它曾经费去许多牺牲，而留给后人很大的益处。偶然翻翻《本草纲目》，不禁想起了这一点。这一部书，是很普通的书，但里面却含有丰富的宝藏。"（《南腔北调集·经验》）读书，鲁迅佩服中医经验的宝贵；涉世，鲁迅对乡土名医使用药引的神秘色彩，无力回天时的牵涉神鬼，怒斥之为"骗子"，二者之间的落差，说明鲁迅对当时中医理论与经验的脱节和鄙陋痛心疾首，人们应该从"鲁迅的迷惑"中感觉到，及时地将"中医现代化"的艰难命题提到历史议程上来，已是刻不容缓了。

更为重大的问题，是对鲁迅基本命题的"国民性改造"的考察，也需要改善或重造文化方式的。鲁迅思想，包括国民性思想发生转折的前夕，1926 年 7 月作《马上支日记》（收入《华盖集续编》）。其中一个闪光点，是对国民性的指认和分析，可以看出鲁迅的改造国民性思想发生的根据。要解剖和改造国民性，首先应该认识国民性。在这个问题上，可以借鉴外国人的著述，但需要警惕，那是带有殖民者的偏见和民族歧视的，要进行深入地把握还需中国改革者找回自己的头脑和眼睛。鲁迅写到，在街上买了一本安冈秀夫的《从小说看来的支那民族性》。灯下披阅，知道它引述古小说三十四种，安冈氏的观点，"从支那人的我看来，的确不免汗流浃背"。只要看目录就明白了："一、总说；二、过度置重于体面和仪容；三、安运命而肯罢休；四、能耐能忍；五、乏同情心多残忍性；六、个人主义和事大主义；七、过度的俭省和不正的贪财；八、泥虚礼而尚虚文；九、迷信深；十、耽享乐而淫风炽盛。"安冈氏似乎很相信史密斯的 *Chinese Characteristics*，"在他们，二十年前就有译本，叫作《支那人气质》；但是支那人的我们却不大有人留心它"。安冈之书的第一章就以为："支那人是颇有点做戏气味的民族"，"支那人的重要的国民性所成的复合关键，便是这'体面'。"鲁迅对此有同感："我们试来博观和内省，便可以知道这话并不过于刻毒。相传为戏台上的好对联，是'戏场小天地，天地大戏场'"，"也便以万事是戏的思想了之"。

但鲁迅并非泛泛地谈论中国人，不苟同于以偏概全，而专门指出某一人群："向来，我总不相信国粹家道德家之类的痛哭流涕是真心，即使眼角上确有珠泪横流，也须检查他手巾上可浸着辣椒水或生姜汁。什么保存国故，什么振兴道德，什么维持公理，什么整顿学风……心里可真是这样想？一做戏，则前台的架子，总与在后台的面目不相同。"鲁迅进一步引申："中国人先前听到俄国的'虚无党'三个字，便吓得屁滚尿流，……然而看看中国的一些人，至少是上等人，他们的对于神，宗教，传统的权威，只要看他们的善于变化，毫无特操，是什么也不信从的，但总要摆出和内心两样的架子来。要寻虚无党，在中国实在很不少；在后台这么做，到前台又那么做……"因而不如将这种特别人物，另称为"做戏的虚无党"或"体面的虚无党"以示区别。鲁迅省察国民性并非人云亦云，他有两个不可忽视的特点：一是从中国实际出发，从外表窥见内心；二是区分人群，尤其是揭破"上等人"的假面和把戏。

为了考察中国菜肴，鲁迅列举了五种经籍杂录中涉及菜肴的书，又请朋友代借清人丛书《闾邱辨囿》。可见鲁迅的杂学，给他的国民性解剖，提供了丰富的资源。他觉得中外人士以为可口、卫生，第一而第 N 的中国菜肴，应该是阔人，上等人所吃的肴馔。比如安冈氏论中国菜，所引据的是威廉士的《中国》，在最末《耽享乐而淫风炽盛》这一篇中说："这好色的国民，便在寻求食物的原料时，也大概以所想像的性欲底效能为目的。从国外输入的特殊产物的最多数，就是认为含有这种效能的东西。……在大宴会中，许多菜单的最大部分，即是想像为含有或种特殊的强壮剂底性质的奇妙的原料所做。"鲁迅认为这种道听途说的言论，乃是偏见和曲解。研究中国的外国人，想得太"深"，比"支那人"更有性的敏感，便常常得到这样的结果。这与其说是中国人好色，不如说是外国人对性感过敏所致。那是外国人眼中的中国国民性，牵系着外国人的敏感神经，中国人是否也这么敏感，实在大为可疑。安冈氏又说："笋和支那人的关系，也与虾正相同。彼国人的嗜笋，可谓在日本人以上。虽然是可笑的话，也许是因为那挺然翘然的姿势，引起想像来的罢。"笋虽然常见于南部中国的竹林中和食桌上，正如街头的电杆和屋里的柱子一般，虽"挺然翘然"，人们并没有想到这是"男根"的象征，和色欲的大小无关。鲁迅家乡产竹，找《嘉泰会稽志》来看，反而惊异于绍兴人把肉、菜都晒干、风干。笋干、粉丝、腌菜已不再"挺然翘然"了。(《华盖集续编·马上支日记》)据萧红回忆:鲁迅先生很喜欢吃竹笋的,在许广平在菜板上切着笋片笋丝时,刀刃每划下去都是很响的。(萧红:《回忆鲁迅先生》)鲁迅的国民性观察中带有自身的经验。鲁迅心中很清楚,看人者反被看,所讲的国民的性崇拜是外国人性敏感的倒影,是某种"反向的国民性"。鲁迅从晚清梁启超辈谈论国民性获得启发,但他对国民性的把握,是自己对中国社会长期潜观默察的结果,连"阿Q的影像,在我心目中似乎确已有了好几年"(《华盖集续编补编·<阿Q正传>的成因》)。鲁迅自然也知道外国人在讲什么,但这不能代替自己独立的观察和思考。

想不到多少年后,有学人标新立异,认为鲁迅解剖和改造国民性,源自西洋传教士,是深受殖民话语影响的缘故。平心而论,影响不能说无,但影响不带本质性,不然就会"秋波渺渺失鲁迅"了。更本质的是鲁迅以自己深厚的杂学根柢和敏锐的社会观察,把握改造国民性的时代命题,从而站在现代性立场上给予中国人自己的说法。殖民话语和鲁迅的解剖改造国民性的思想,是具有本质区别,不可同日而语的。鲁迅在《马上支日记》中无比感慨地说:"中国人总不肯研究自己。从小说来看民族性,也就是一个好题目。此外,则道士思想(不是道教,是方士)与历史上大事件的关系,在现今社会上的势力;孔教徒怎样使'圣道'变得和自己的无所不为相宜;战国游士说动人主的所谓'利''害'是怎样的,和现今的政客有无不同;中国从古到今有多少文字狱;历来'流言'的制造散布法和效验等等……可以研究的新方面实在多。"鲁迅是提倡"中国人研究自己",从自身的历史和现实提出了五个命题,旨在培养对自身文明和国民性给予说法的能力,而不是让外国人代替我们得出说法。

假如从更长的历史时段考察鲁迅思量国民性命题的轨迹,他发出自己声音,"中国国民性要由中国人来说"的意愿就更加明显。

许寿裳《鲁迅先生年谱》记载，1902 年"二月，由江南督练公所派赴日本留学，入东京弘文学院。课余喜读哲学与文艺之书，尤注意于人性及国民性问题"，这是维新思潮高涨的时期。1907 年作《摩罗诗力说》，就超越了维新思潮，感受到摩罗诗人"极诋彼国民性之陋劣"，把批判国民性，作为反抗的姿态。1919 年作《随感录五十九》，则主张采用比较文化的方式，思考国民性的内涵："若再留心看看别国的国民性格，国民文学，再翻一本文人的评传，便更能明白别国著作里写出的性情，作者的思想，几乎全不是中国所有。"1925 年作《论睁了眼看》，态度更为峻急："中国人的不敢正视各方面，用瞒和骗，造出奇妙的逃路来，而自以为正路。在这路上，就证明着国民性的怯弱，懒惰，而又巧滑。"既然倡导"睁了眼看"，就要直面中国的现实，不能眼睛也斜着只看外国人，那可能会走到另一种形式的"瞒和骗"上去。鲁迅解剖国民性的自主立场，在这里表达得相当清楚。1925 年鲁迅译厨川白村《出了象牙之塔》，作《后记》云："说到中国的改革，第一著自然是扫荡废物，以造成一个使新生命得能诞生的机运。五四运动，本也是这机运的开端罢，可惜来摧折它的很不少。那事后的批评，本国人大抵不冷不热地，或者胡乱地说一通，外国人当初倒颇以为有意义，然而也有攻击的，据云是不顾及国民性和历史，所以无价值。"鲁迅明白说出，外国人以国民性来批评中国的改革运动，是不足为凭的。外国人谈论中国国民性多带偏见，倒是外国人谈论自己的国民性，可供中国人反省国民性做参考。1928 年鲁迅译日本鹤见祐辅的杂文集《思想·山水·人物》作《题记》云："作者的专门是法学，这书的归趣是政治，所提倡的是自由主义。我对于这些都不了然。只以为其中关于英美现势和国民性的观察，关于几个人物，如亚诺德，威尔逊，穆来的评论，都很有明快切中的地方，滔滔然如瓶泻水，使人不觉终卷。"1935 年又译高尔基《俄罗斯的童话》，并作《小引》云："这《俄罗斯的童话》，共有十六篇，每篇独立；虽说'童话'，其实是从各方面描写俄罗斯国民性的种种相，并非写给孩子们看的。"鲁迅重视的不是西洋传教士自视为"中国通"所讲的中国国民性，而是欧美俄日文人对本国国民性的描述和思考。他需要的平等对话，独立思考，如《老子》所云："知人者智，自知者明。"鲁迅的智慧与传教士不在一个层面上，岂会出诸被殖民的心态挟洋自重？

五、拓展思想维度

谈鲁迅，不能不谈鲁迅的"文学眼界"。鲁迅的"文学眼界"极其卓越，他从不作茧自缚，总是发射着精锐的开放眼光。尤其值得注意的是：一、他打破了雅俗分隔，推重民间口头传统和狂欢仪式；二、他打破了文学与图画等人类其他智慧方式的界限，尤其注重汉代石画像。鲁迅的"文学眼界"洋溢着人文趣味和创造情怀，其间蕴含着鲁迅对文学本质和文学界限的深刻思考，因而是推进鲁迅研究必须关注的重要命题。

鲁迅思想文章，眼界独到，往往从发生学上考察文学的本质，一针见血，一竿子到底。他认为诗歌发生于民间的无名氏，民间歌谣，成了诗人骚客的老师。如《门外文谈》所言："偶有一点为文人所见，往往倒吃惊，吸入自己的作品中，作为新的养料。旧文学衰颓时，因为摄取民间文学或外国文学而起一个新的转变，这例子是常见于文学史上的。不识字的作家虽然不及文人的细腻，但他却刚健，清新。"鲁迅是在动态的多空间、多层面的文学眼界中谈了文学史规律的。在鲁迅心目中，民间文学是文人文学之母，外来文学是文人文学之父。它们拥有无限丰富的库藏，当它们的异质性作用于固有书面文学体系时，就产生了新的审美形式。新的审美形式在文人间代代承袭趋向精致，独领风骚；但也趋向板结，逐渐衰颓，需要以民间之母、外来之父的新的精液血气使之重返生命之源。这就是鲁迅眼界中的文学生命哲学。

　　鲁迅与汉代石画像的关系，可以看作在现代世界文化潮流中反观中国文化血脉之原本的典型案例。《庄子·知北游篇》云："天地有大美而不言"，他希望"原天地之美而达万物之理"，作为"观于天地"的原则。[1] 自西学东渐，尤其自"五四"以来，西方之美不是不言，而是在愈益强势发言；而中国渊源深远的美，将如何认证根本，激活生命，重新发出刚健美善之言？这是鲁迅长期坚持不懈地探索着的人类命题，并由这个人类命题而思索着中国人刻骨铭心的汉唐魄力。

　　鲁迅一生，主要是 1915 年至 1936 年这个二十年的两端，购得碑刻及石刻、木刻画像拓片近六千种。这成为鲁迅文化血脉上拥有的一笔重要的思想资源。鲁迅收藏的山东嘉祥等地的汉画像拓片405 种，多是民初沉默期所得；南阳汉画像 246 种，则是 1935 年 12 月至 1936 年 8 月通过王冶秋转托相关人士拓印所得。许寿裳称赞："至于鲁迅整理古碑，不但注意其文字，而且研究其图案，……即就碑文而言，也是考证精审，一无泛语"[2]。其间曾用南宋人洪适《隶续》校订《郑季宣残碑》。考证古碑时，对清人王昶（号兰泉）的《金石萃编》多有订正。1915 年末，从北平图书馆分馆借回清人黄易的《小蓬莱金石文字》，影写自藏本的缺页。鲁迅的金石学、考据学修养，于此立下了精深的根基。

　　如此精深的根基，使鲁迅思想深沉而透彻，他总能够把握大端，从时代和国族的大角度，于文学和美术的深处探寻国魂。这赋予他的文学观以深沉的力量。鲁迅留日期间曾发出"美上之感情漓，明敏之思想失"[3] 的告诫，到了民国初年就升华为"凡有美术，皆足以征表一时及一族之思惟，故亦即国魂之现象；若精神递变，美术

---

[1]　[清] 郭庆藩撰，王孝鱼点校：《庄子集释》，北京：中华书局，1961 年，第 735 页。

[2]　许寿裳：《亡友鲁迅印象记》，北京：人民文学出版社，1953 年，第 40 页。

[3]　《鲁迅全集》第 1 卷，北京：中国人民出版社，1981 年，第 35 页。

辄从之以转移。此诸品物，长留人世，故虽武功文教，与时间同其灰灭，而赖有美术为之保存，俾在方来，有所考见。"[1]就在发布这番言论的同月，1913 年 2 月，鲁迅在北京琉璃厂购得洛阳北邙出土的明器七件，即绘制图谱，于下面或旁边写了说明，名曰《二月二日所得北邙土偶略图》。在独角人面兽身有翼物下，著录"莫名其妙之物，亦土制，曾擦过红色，今已剥落。独角有翼，高约一尺，疑所以辟邪者，如现在之泰山石敢当及瓦将军也。与此相类者尚甚多，有首如龙者，有羊身一角（无须）者，均不知何用。此须翘起如洋鬼子，亦奇。今已与我对面而坐于桌上矣。"上方又做批语："此公样子讨厌，不必示别人也。"[2]按：此公乃是镇墓兽也。鲁迅对此事印象深刻，直至 1934 年 4 月 9 日致姚克信中还说："当我年青时，大家以胡须上翘者为洋气，下垂者为国粹，而不知这正是蒙古式，汉唐画像，须皆上翘。"[3]可见鲁迅对于胡须习俗，甚是津津有味地将陶俑和汉唐画像相比较，考证其年代与形态。借助出土文物以窥古代习俗，是鲁迅重要的学术思路，他常以之印证文献，或补文献之不足。

民国初年的潜心研究，为鲁迅"五四"以后的思想文章的喷发，注入了深邃的文化质感。1925 年 2 月鲁迅写了《看镜有感》，就从几面古铜镜上，窥见了"一时及一族之思惟，故亦即国魂之现象"。开篇似乎很随意，淡淡写来："因为翻衣箱，翻出几面古铜镜子来，大概是民国初年初到北京时候买在那里的，'情随事迁'，全然忘却，宛如见了隔世的东西了。"但他审视古物的时候，却从其形制、纹饰、图样上解读了中西交通史，以及交通史中人的精神状态，表现出独到的专业水准："一面圆径不过二寸，很厚重，背面满刻蒲

[1] 《鲁迅全集》第 8 卷，第 47 页。
[2] 叶淑穗："鲁迅酷爱文物"，《鲁迅藏书研究》，北京：中国文联出版公司，1991 年，第 450 页。
[3] 《鲁迅全集》第 12 卷，第 379 页。

陶，还有跳跃的鼯鼠，沿边是一圈小飞禽。古董店家都称为'海马葡萄镜'。但我的一面并无海马，其实和名称不相当。记得曾见过别一面，是有海马的，但贵极，没有买。这些都是汉代的镜子；后来也有模造或翻沙者，花纹可造粗拙得多了。汉武通大宛、安息，以致天马蒲萄，大概当时是视为盛事的，所以便取作什器的装饰。古时，于外来物品，每加海字，如海榴，海红花，海棠之类。海即现在之所谓洋，海马译成今文，当然就是洋马。镜鼻是一个虾蟆，则因为镜如满月，月中有蟾蜍之故，和汉事不相干了。"与此形成对照的，是宋"国粹气味熏人"，造成辽金元三代北方少数民族陆续进入中原腹地。可以说，在谈及国家姿态和魄力上，鲁迅推崇的是汉学而非宋学。

就一两样文物，就可以穿透历史，看到一代人的精神气质，这就是鲁迅的眼光。他不是玩物丧志，而是以金石学救济或支持现实的批判，属于"玩物长志"。他面对一面古铜镜，调动自己丰富的文物学知识，做着别人不能做的如此遥想："遥想汉人多少闳放，新来的动植物，即毫不拘忌，来充装饰的花纹。唐人也还不算弱，例如汉人的墓前石兽，多是羊，虎，天禄，辟邪，而长安的昭陵上，却刻着带箭的骏马，还有一匹驼鸟，则办法简直前无古人。……汉唐虽然也有边患，但魄力究竟雄大，人民具有不至于为异族奴隶的自信心，或者竟毫未想到，凡取用外来事物的时候，就如将彼俘来一样，自由驱使，绝不介怀。"在这个遥想式的巨大文化空间，鲁迅张扬着创造新文化的胆与识："放开度量，大胆地，无畏地，将新文化尽量地吸收"[1]。从鲁迅的思想链条上，我们看到金石、文物之学，对于改善其思想武库的材质，对于敞开其思想批判的空间，具有实质性的功能。没有金石、文物之学的修养，就无从出现《看镜有感》中的思想材质和精神空间，这是

---

[1] 《鲁迅全集》第 1 卷，第 197—200 页。

不言自喻的。"五四"鲁迅一面放下他的金石学，一面却立足于金石学，将其思想释放到一个宏大的文明史空间。思想释放，唯有根柢深厚，才可达至开阔。

从几面铜镜，就可以遥想汉唐、宋明的民族心态的变迁，与此相匹配，鲁迅往往能够就一部画册，纵览整部美术史之大概，可见此中学殖之精深。鲁迅的美术关注，以发现"东方美的力量"为旨归。1935年，他给木刻家李桦写信："以为倘参酌汉代的石刻画像，明清的书籍插画，并且留心民间所赏玩的所谓'年画'，和欧洲的新法融合起来，许能创出一种更好的版画。"[1]他由此设想一种新的美学形态："以这东方的美的力量，侵入文人的书斋去。"[2]这种追求在1933年12月鲁迅、西谛（郑振铎）合编印行《北平笺谱》，也心神系之。这部诗笺图谱选集共六册，收录人物、山水、花鸟笺332幅，木版彩色水印行。从中可以窥见在激烈的社会旋涡中，鲁迅心灵依然充满清雅的人文趣味。他为笺谱作序，追述人类雕版印刷，始于中国，这有敦煌遗卷为证。到明代绣像画谱，"文彩绚烂，夺人目睛，是为木刻之盛世"。又感慨近世虽有吴友如的小说绣像，但年画、笺谱转衰。入民国之后，诗笺乃开一新境，因而搜集笺谱，以为绘画刻镂盛衰之事的见证，雅趣飞扬，期待的却是别辟途径，促使美术的新生。

"五四"科学民主精神使鲁迅在民初的金石学积累发酵，换了一个方向，化用老学问，把现代性和古典性相结合，从而以启蒙者的姿态进入书画史，走进武梁祠石画像。他的武梁祠画像多是民初搜集，但他谈论对汉画像的认识却已在"五四"以后，直至他的晚年。他的晚年极其关注新兴艺术和大众语，关注文字起源的民间性。眼界变了，所见自是别开生面。鲁迅拍案称赏："汉画

---

[1]《鲁迅全集》第13卷，第45页。
[2]《鲁迅全集》第13卷，第1页。

像的图案，美妙无伦，为日本艺术家所采用。即使是一鳞一爪，已被西洋名家交口赞许，说日本的图案如何了不得，而不知其渊源固出于我国的汉画呢。"[1] 他大刀阔斧地把握不同时代的美术类型："我以为明木刻大有发扬，但大抵趋于超世间的，否则极有纤巧之憾。唯汉人石刻，气魄深沉雄大；唐人线画，流动如生。倘取入木刻，或可另辟一境界也。"[2] 留心明世，推崇汉唐，以气魄深沉雄大，图案美妙无伦誉之，是鲁迅视汉画像为极品的至高褒扬，实属罕见。鲁迅不仅提倡，而且身体力行，在译作《桃色的云》封面，以及为北京大学《国学季刊》设计的封面，都采用了石刻图案，展示了一种质朴刚健之美。

鲁迅是以研究汉代石画像，而遥祭"汉唐魄力"的。汉石画像中现实场面如征战宴饮、车马出行，刻画极其刚劲；神话场面如伏羲女娲、西王母东王公、苍龙白虎、日月星辰，时空极其雄大，将汉人魄力表达得淋漓尽致。汉朝在唐人心目中，甚多认同。白居易《长恨歌》"汉皇重色思倾国"，称唐皇为汉皇，可见唐人认为汉人可堪比拟。汉代国力强盛，孕育着文化上气象弘大的接纳、包容、创新的能力。汉武帝时张骞开拓西域，出使大夏，见邛竹杖、蜀布，大夏人说，购自身毒（天竺）。音乐上，琵琶胡乐也于此时开始传入。汉代君王又喜爱楚声、楚辞，奖掖汉赋。《文心雕龙·养气篇》说："战代枝诈，攻奇饰说。汉世迄今，辞务日新，争光鬻采。"[3] 汉赋繁辞重墨，学者或嫌堆砌累赘，实际上在文学发展史上堪称蕴含气魄，自具体段，敢于开新。汉代的一项重大文化战略，是对上古经籍的搜集和整理，"汉世不爱高爵以延儒生，宁弃黄金以酬断简"[4]。从而使得遭遇战乱和焚书后的国家文化，得以延续和

[1] 许寿裳：《亡友鲁迅印象记》，北京：人民文学出版社，1953年，第37页。

[2] 《鲁迅全集》第13卷，第207页。

[3] 周振甫译：《文心雕龙今译》，北京：中华书局，1986年，第373页。

[4] [清] 皮锡瑞：《经学通论》，北京：中华书局，1954年，第75页。

保存元气。而且"汉世有一种天人之学，而齐学尤盛"[1]，齐学与楚学结合，拓展了神奇怪异的审美想象空间。

即以在汉代颇为流行的西王母信仰为例，这是鲁迅《中国小说史略》对其原始形态和发展变异频频聚焦的神话人物。武梁祠石画像以西王母、东王公的山墙画占居顶位，又富丽堂皇，地位极尊，却已经把原始神话蜕变为神仙传说了。这里的西王母已脱离原始状态，不再是"其状如人，豹尾虎齿而善啸"的人、兽、神合体。西王母、东王公无不衣冠楚楚，端坐在中央坛位之上，气宇轩昂，旁有仙人献上不死药或灵芝，周围布满祥云羽客、凤凰青鸟、龙虎玉兔，俯瞰天地众生。[2] 图画深处，隐藏着丰富的文化密码。武梁石室东西二壁布满石画像，在高踞山墙的西王母下方，是三皇五帝，包括伏羲女娲、祝诵、神农，黄帝以下乃有衣裳，依次是黄帝、颛顼、帝喾、尧、舜、禹及夏桀。再下一层是孝子图：曾母投杼、闵子骞纯孝、老莱子娱亲、丁兰立木为父。东王公下方是列女图，有梁节姑姊、齐义继母、无盐丑女钟离春。似乎上阴则下为阳，上阳则下为阴，可见民俗信仰已带有浓郁的民间神仙道教的意味。再下一栏有曹沫劫持齐桓公、专诸刺杀王僚、荆轲刺秦王，以及要离刺庆忌、豫让刺赵襄子、聂政刺韩王之类的刺客故事。时跨二三千年，地及东西南北，展开了极其广阔的时空。最下一栏是车骑出行，有马车，也有牛车，而途中则有巨犬、飞鸟，桔槔汲水，在左下角有鼎、甑搭配的甗在蒸饭，梁上挂有鸡鸭猪羊等腊味，实在是兼及人间百态。

令人疑惑的是，在所有汉画像中，并没有出现地狱画面，是忌讳所致，或是佛家三界模式尚未深入民间丧葬领域？为何只有"仙界—历史—人间"这么"三界"？大概是汉代尽管佛教已经输入，

[1] [清] 皮锡瑞：《经学通论》，第 18 页。
[2] 《鲁迅藏汉画象》（二），上海：上海人民美术出版社，1986 年，图 41、55、68、69。

但尚未普及于士人阶层，"丧祭从先祖"的士人，自然不会让异域胡教的地狱信仰进入祠墓石刻。最下层不是地狱，而是楼阁宴饮，作揖打躬，车马络绎，娱乐方式华夷兼杂，五花八门，从众多侧面呈现人间富足或奢侈生活。应该说，除了出土器物外，石刻绘画对于研究古代具体社会情形，包括研究生活、习俗、信仰的价值，莫有出其右者。

鲁迅更多关注的是从汉画像中观察古代生活和风俗，进入古代的生活史和心灵史，这是他作为小说家的观察力，作为杂文家的杂学知识结构的综合效应。为此，鲁迅晚年对于未能从习俗或生活方式的角度选印汉代石画像，总是耿耿于怀。1934 年 3 月 6 日《致姚克》的信中说："我在北平时，曾陆续搜得一大箱（汉画像拓片），可拟摘取其关于生活状况者，印以传世，而为时间与财力所限，至今未能，他日倘有机会，还想做一做。"[1]1934 年 6 月 9 日《致台静农》的信中又说："印汉至唐画像，但唯取其可见当时风俗者，如游猎，卤簿，宴饮之类，而著手则大不易。"[2]从人物刻画的技法而言，鲁迅注重从刀锋的质重刚劲之处，窥见其间蕴含着的丰富的古代生活习俗信仰，包括人间形相和超人间的想象。鲁迅意在叩问这份凝结在石刻上的历史，与文学记载相参照，以别开生面的途径，透视古人的生活与心灵，推进文学史书写的文化含量及其深广度。

由生活史、心灵史进而至于民族精神，这是鲁迅的文学史思路。但是鲁迅说，"至于怎样的是中国精神，我实在不知道"，因为中国精神构成因素的丰富、博大、多姿多彩，汉唐与宋明不同历史时段也甚是悬殊，不是一二句圣训或官腔，或者外来思潮所提供的某种概念所能囊括，许多深层秘密需要从新发现和诠释。

[1]《鲁迅全集》第 12 卷，第 349 页。

[2]《鲁迅全集》第 12 卷，第 453 页。

对于"中国精神"的切入，鲁迅觉得便捷的途径应从绘画史中获取："就绘画而论，六朝以来，就大受印度美术的影响，无所谓国画了；元人的水墨山水，或者可以说是国粹，但这是不必复兴，而且即使复兴起来，也不会发展的。所以我的意思，是以为倘参酌汉代的石刻画像，明清的书籍插图，并且留心民间所赏玩的所谓'年画'，和欧洲的新法融合起来，许能够创出一种更好的版画。"[1] 问题不在于鲁迅对晋唐绘画、元人山水画的评价是否准确，问题在于承续文化血脉，综合多元文化要素，以汉石画像为关键，推崇民间，提倡刚健，不忌怪异，以猛烈的精神震撼，激活东方之美的力量。在美之力量与汲取石画像深沉雄大的气魄相关联上，鲁迅是以汉学为尚的。因而对鲁迅"取今复古"的创新追求，需要以新古典学进行钩沉索隐，对其知识来源进行脉络清理和实证还原，这样才能揭示其中的丰富内涵和精神深度。

《看镜有感》是鲁迅看镜，同时铜镜又反过来"看"鲁迅。汉画像也是一面镜子，照见鲁迅的一种胸襟、一种心愿，梦魂萦绕于东方美之生命的复兴。在国势衰颓之际，如此之梦是带有悲剧色彩的，他却不惮个人力量微薄，毅然从可行之处入手："用几柄雕刀，一块木版，制成许多艺术品，传布于大众中者，是现代的木刻。木刻是中国所固有的，而久被埋没在地下了。现在要复兴，但是充满着新的生命。"[2] 复兴久被埋没的艺术，使之获得新的生命，这就是鲁迅既是那么古典，又是那么先锋的独特处。雕刀木版，只是技艺的一种，若能以小见大，应可领略到其中蕴含着的深刻的文化启示。这种文化启示，连通着汉唐魄力，如《汉书·西域传》所说："天下殷富，财力有余，士马强盛。故能睹犀布、玳瑁则建珠崖七郡，感枸酱、竹杖则开牂柯、越巂，闻天马、蒲陶

---

[1] 《鲁迅全集》第 13 卷，第 45 页。

[2] 《鲁迅全集》第 8 卷，第 365 页。

则通大宛、安息。自是之后，明珠、文甲、通犀、翠羽之珍盈于后宫，蒲梢、龙文、鱼目、汗血之马充于黄门，巨象、师子、猛犬、大雀之群食于外囿。殊方异物，四面而至。于是广开上林，穿昆明池，营千门万户之宫，立神明通天之台，兴造甲乙之帐，落以随珠和璧，天子负黼依，袭翠被，冯（凭）玉几，而处其中。设酒池肉林以飨四夷之客，作巴俞《都卢》、海中《砀极》，漫衍鱼龙、角抵之戏以观视之。及赂遗赠送，万里相奉，师旅之费，不可胜计。"[1]唯有一等大国的国力，才能赋予东方美以雄厚磅礴的力量根基。所谓"闻天马、蒲陶则通大宛、安息"，鲁迅的《看镜有感》，是有感于天马、蒲陶的。因而，鲁迅坚持不懈地搜藏汉画像，也可以看作是这位文化巨人对汉唐魄力的一往情深的遥祭。推进鲁迅研究，不可忽视鲁迅的胸襟和眼界，不可忽视对鲁迅文化血脉上的这条神经的把握和阐释。在众人纷纷赶思潮的时分，鲁迅却给思潮增添了中国魄力和分量，鲁迅"看"铜镜，铜镜"看"鲁迅，看出的是思潮与血脉相融合的"全鲁迅"。

2014 年 9 月

---

[1]　[汉]班固：《汉书》（全十二册），北京：中华书局，1962 年，第 3928 页。

遥祭汉唐魄力
——鲁迅与汉石画像

一、天地大美与精神皱褶中的本真

《庄子·知北游》篇云:"天地有大美而不言",他希望"原天地之美而达万物之理",作为"观于天地"的原则。[1] 自西学东渐,尤其自"五四"以来,西方之美不是不言,而是在愈益强势发言;而中国渊源深远的美,将如何认证根本,激活生命,重新发出刚健美善之言,这是鲁迅长期坚持不懈地探索着的人类命题,并由这个人类命题而思索中国人刻骨铭心的汉唐魄力。他曾经由此展开了从金石学到汉画像学的精深世界。唯有从人类的命题上,特别是中国人类的命题上,才能对鲁迅遗产展开深入的新古典学研究,既看到他在荆棘丛生的旷野上踏出新路的求索精神,又看到他一以贯之的不割弃古典而深度创新的坚守意志,从而在历史与现代的深度联系上,以实证的方法究其原本,察其血脉,探其精魂。

---

[1] [清]郭庆藩撰,王孝鱼点校:《庄子集释》,北京:中华书局,1961年,第735页。

应该认识到，民初鲁迅，是一个独特的精神存在。他以沉默排遣痛苦，也以沉默磨炼内功。对于鲁迅在民国初年的精神历程，人们往往不约而同地想到《呐喊·自序》所言："S 会馆里有三间屋，相传是往昔曾在院子里的槐树上缢死过一个女人的，现在槐树已经高不可攀了，而这屋还没有人住；许多年，我便寓在这屋里钞古碑。客中少有人来，古碑中也遇不到什么问题和主义，而我的生命却居然暗暗的消去了，这也就是我惟一的愿望。"这就是鲁迅形容的"用了种种法，来麻醉自己的灵魂，使我沉入于国民中，使我回到古代去"[1]。如此看来，似乎鲁迅抄校古碑，在思想上属于负面的。

然而，一个人的深层精神结构，也如历史的波折一样，是不能以一时一事做定论的，须综合一二十年以上的思想言行，方可看到透彻。这里需要的是有耐心的"潜流观察"，从潜流中观察其一以贯之的精神追求。从鲁迅开始抄古碑以后二十年的 1935 年，他给木刻家李桦写信："以为倘参酌汉代的石刻画像，明清的书籍插画，并且留心民间所赏玩的所谓'年画'，和欧洲的新法融合起来，许能够创出一种更好的版画。"[2]他由此设想一种新的美学形态："以这东方的美的力量，侵入文人的书斋去。"[3]李桦 1926 年毕业于广州市立美术学校，1930 年留学日本，1932 年回国任教于母校。1934 年在广州组织现代版画会，从事新兴木刻运动。与如此一位青年美术家谈论"东方美的力量"，是别有意味的。综合二十年的长时段，可以发现，如果没有民国初年的抄古碑、搜集汉画像，就没这位具有如此深邃的精神深度、深知中西文化之精髓之鲁迅。思想总是从多元的对质中，掘进自己的深度的。

有了这种认识，就可以回过头来考察民初的鲁迅，进而折叠对

[1] 鲁迅：《呐喊·自序》，《鲁迅全集》第 1 卷，北京：人民文学出版社，1981 年，第 418 页。

[2] 鲁迅：《书集·350204 致李桦》，《鲁迅全集》第 13 卷，第 45 页。

[3] 鲁迅：《书信·350104 致李桦》，《鲁迅全集》第 13 卷，第 1 页。

比着考察早期与晚期的鲁迅，获得一个血脉相贯而又与时偕进的鲁迅。鲁迅一生，主要在 1915 年至 1936 年，购入碑刻及石刻、木刻画像拓片近 6000 种。这成为鲁迅文化血脉上拥有的一笔重要的思想资源。鲁迅收藏的山东嘉祥等地的汉画像拓片 405 种，多是民初沉默期所得；南阳汉画像 246 种，则是 1935 年 12 月至 1936 年 8 月通过王冶秋转托相关人士拓印所得。从嘉祥到南阳，二者间隔着一二十年的潜流期。从这些数字统计中，可以发现鲁迅早期、晚期思想，存在着折叠和螺旋式上升的奇特景观。因此，研究鲁迅与汉画像的精神联系，实际上可以引深对鲁迅精神的"潜流观察"，从中获得弥足珍贵的文化启示。于此应该建立一种非直线型，也不重复划分阶段的"折线型"的理论模式，而是采用"折叠曲线型"的理论模式，在精神的皱褶中寻找鲁迅精神的本真。

二、增加文化厚度和精神深度

民初鲁迅，在沉默中实实在在地增加了自己的文化厚度和精神深度。1915 年至 1918 年鲁迅搜集和抄录汉唐碑帖、墓志、造像上千种，其校勘碑文的成绩，《集外集拾遗补编》中收录有 1915 年《〈大云寺弥勒重阁碑〉校记》，1917 年《会稽禹庙窆石考》《〈口胅墓志考〉》《〈徐法智墓志〉考》《〈郑季宣残碑〉考》，1918 年《〈吕超墓志铭〉跋》《吕超墓出土吴郡郑蔓镜考》。许寿裳称赞："至于鲁迅整理古碑，不但注意其文字，而且研究其图案，……即就碑文而言，也是考证精审，一无泛语。"[1] 其间曾用南宋人洪适《隶续》校订《郑季宣残碑》。考证古碑时，对清人王昶（号兰泉）的《金石萃编》多有订正。1915 年末，从北平图书馆分馆借回清人黄易的《小蓬莱金石文字》，影写自藏本的缺页。黄易是在清乾隆年间重新发现、发掘，并筑屋

---

[1]　许寿裳：《亡友鲁迅印象记》，北京：人民文学出版社，1953 年，第 40 页。

保护武梁祠石画像的金石学家。鲁迅抄碑、校书所参考的这些金石学古籍，都论及山东嘉祥东汉武梁祠石画像，对其启动搜集武梁祠画像的行为，提供了知识准备、途径和视境。鲁迅的金石学、考据学修养，于此立下了精深的根基。

　　自然，其间也包含着鲁迅的文人情趣，一种终其一生虽或浓或淡，却总是不离不舍的人文襟怀。人文趣味，对于人文学者，是一种内在的滋润。这种情趣鲁迅于青年时代即有涉足，据周启明（作人）回忆："新年出城拜岁，来回总要一整天。船中枯坐无聊，只好看书消遣，那时放在'帽盒'中带去的大抵是《游记》或《金石存》，后者原刻石印本，很是精致，前者乃是图书集成局的扁体书的。"[1]《金石存》十五卷，续辑二卷，是清代山阳（今江苏淮安）古文字和考古学家吴玉搢（1698—1773）在乾隆三年（1738）辑成。清人江藩《汉学师承记》卷一云："吴玉搢，字藉五，号山夫。考古书文字之异，取字体之假借通用者，系韵编次，各注所出，为之辨证，著《别雅》五卷。亦癖金石，……作《金石存》十卷。乾隆年间，游京师，秦大司寇蕙田延至味经轩中，校定《五礼通考》。后以廪贡生官凤阳训导卒。"[2]

　　《金石存》的披览，滋育着少年鲁迅的金石学兴趣，从而在其少年时代就接上了清乾嘉以后的学术传统。这才有周作人《知堂回想录》所说："我在绍兴的时候，因为帮同鲁迅搜集金石拓片的关系，也曾收到一点金石实物。……这种金石小品，制作精工的也很可爱玩，金属的有古钱和古镜，石类的则有古砖，尽有很好的文字图样。"[3]他们是无力购藏金石重器的，只能在求其独特、精美、有趣中，搜集古镜、古钱、古砖。古镜的择异而藏，引发一二十年后

[1]　周启明：《鲁迅的青年时代·关于鲁迅》，北京：中国青年出版社，1957年，第119页。

[2]　[清]江藩：《汉学师承记》，四部备要本卷一。

[3]　周作人：《知堂回想录》，香港：三育图书有限公司，1980年，第286页。

的《看镜有感》。鲁迅思想的涌流是深沉而非浮浅的。

这种人文趣味，到了民国初年寓居绍兴会馆，即《呐喊·自序》所云"S会馆"的时候，转向抄古碑和搜集古器物，也就变得更为专注和浓郁。浓郁和专注，方能使趣味生根，根系发达方能枝繁叶茂。留日期间所作的"美上之感情漓，明敏之思想失"[1]的告诫，此时升华为"凡有美术，皆足以征表一时及一族之思惟，故亦即国魂之现象；若精神递变，美术辄从之以转移。此诸品物，长留人世，故虽武功文教，与时间同其灰灭，而赖有美术为之保存，俾在方来，有所考见"[2]。不应看作巧合，就在发布这种言论的同月，1913年2月2日、3日，鲁迅在北京琉璃厂购得洛阳北邙出土的明器七件，即绘制图谱，于下面或旁边写了说明，名曰《二月二日所得北邙土偶略图》。在独角人面兽身有翼物下，著录："莫名其妙之物，亦土制，曾擦过红色，今已剥落。独角有翼，高约一尺，疑所以辟邪者，如现在之泰山石敢当及瓦将军也。与此相类者尚甚多，有首如龙者，有羊身一角（无须）者，均不知何用。此须翘起如洋鬼子，亦奇。今已与我对面而坐于桌上矣。"上方又做批语："此公样子讨厌，不必示别人也。"[3]按，此公乃是镇墓兽也。鲁迅对此事印象深刻，直至1934年4月9日致姚克信中还说："当我年青时，大家以胡须上翘者为洋气，下垂者为国粹，而不知这正是蒙古式，汉唐画像，须皆上翘。"[4]可见鲁迅对于胡须习俗，也予以注意，甚至津津有味。借助出土文物以窥古代习俗，是鲁迅重要的学术思路。

"五四"以后鲁迅操持文明批评和社会批评，行文运笔从容不

---

[1] 鲁迅：《坟·科学史教篇》，《鲁迅全集》第1卷，第35页。

[2] 鲁迅：《集外集拾遗补编·拟播布美术意见书》，《鲁迅全集》第8卷，第47页。此文最初发表于1913年2月北京《教育部编纂处月刊》第一卷第一册，署名周树人。

[3] 参看叶淑穗："鲁迅酷爱文物"，《鲁迅藏书研究》，北京：中国文联出版社，1991年，第450页。

[4] 鲁迅：《书信·340409致姚克》，《鲁迅全集》第12卷，第379页。

迫，浑厚而深刻，虽然思想峻急，却无笔无藏锋、图穷匕见之弊，极可发人深省。这不是离开他包括金石学、杂学在内的旧学根柢而可以解释得透彻的。鲁迅曾经引用他擅长的小说史料，认为："汉末总算还是人心很古的时候罢，恕我引一个小说上的典故：许褚赤体上阵，也就很中了好几箭。而金圣叹还笑他道：'谁叫你赤膊？'至于现在似的发明了许多火器的时代，交兵就都用壕堑战。"[1] 这位金圣叹，应是模拟金圣叹的评点家毛宗岗。鲁迅对此典故兴趣甚浓，七年后又说："如果你上了他的当，真的赤膊奔上前阵，像许褚似的充好汉，那他那边立刻就会给你一枪，老实不客气，然后，再学着金圣叹批《三国演义》的笔法，骂一声'谁叫你赤膊的'——活该。"[2]

鲁迅反对赤膊上阵，主张壕堑战。壕堑和甲胄上，增加金石和考据，对于保护生命、增强战斗力，定然功效显著。

比如，1925 年 2 月鲁迅写了《看镜有感》，开篇似乎很随意，淡淡写来："因为翻衣箱，翻出几面古铜镜子来，大概是民国初年初到北京时候买在那里的，'情随事迁'，全然忘却，宛如见了隔世的东西了。"但他审视古物的时候，却从其形制、纹饰、图样上解读中西交通史，表现出独到的专业水准："一面圆径不过二寸，很厚重，背面满刻蒲陶，还有跳跃的鼯鼠，沿边是一圈小飞禽。古董店家都称为'海马葡萄镜'。但我的一面并无海马，其实和名称不相当。记得曾见过别一面，是有海马的，但贵极，没有买。这些都是汉代的镜子；后来也有模造或翻沙者，花纹可造粗拙得多了。汉武通大宛、安息，以致天马葡萄，大概当时是视为盛事的，所以便取作什器的装饰。古时，于外来物品，每加海字，如海榴，海红花，海棠之类。海即现在之所谓洋，海马译成今文，当然就是洋

[1] 鲁迅：《华盖集续编·空谈》，《鲁迅全集》第 3 卷，第 281 页。
[2] 鲁迅：《伪自由书·不负责任的坦克车》，《鲁迅全集》第 5 卷，第 131 页。

马。镜鼻是一个虾蟆，则因为镜如满月，月中有蟾蜍之故，和汉事
不相干了。"与此形成对照的，是宋"国粹气味熏人"，造成辽金元
陆续进入中原腹地。可以说，在谈及国家姿态和魄力上，鲁迅推崇
的是汉学而非宋学。鲁迅虽然没有购买"贵极"的铜镜，但他在汉
镜常见的长龙蟠螭、星云草叶，以及青龙、白龙、朱雀、玄武四灵
（东汉加上麟或羊，为五灵）图案之外，格外关注与张骞通西域有
关的海马、葡萄，是识见极高的。

　　"五四"鲁迅一面放下他的金石学，一面却立足于金石学，将
其思想释放到一个宏大的文明史空间。思想释放，唯有根柢深厚，
才可达至开阔。他面对一面古铜镜，调动自己丰富的文物学知识，
做别人不能做的如此遥想："遥想汉人多少闳放，新来的动植物，
即毫不拘忌，来充装饰的花纹。唐人也还不算弱，例如汉人的墓前
石兽，多是羊，虎，天禄，辟邪，而长安的昭陵上，却刻着带箭的
骏马，还有一匹驼鸟，则办法简直前无古人。"他因此推论："汉唐
虽然也有边患，但魄力究竟雄大，人民具有不至于为异族奴隶的自
信心，或者竟毫未想到，凡取用外来事物的时候，就如将彼俘来一
样，自由驱使，绝不介怀。"在这个遥想式的巨大文化空间，鲁迅
张扬着创造新文化的胆与识："放开度量，大胆地，无畏地，将新
文化尽量地吸收。[1]"从鲁迅这个思想链条上，我们看到金石、文物
之学，对于改善其思想府库的材质、敞开其思想批判的空间，具有
实质性的功能。没有金石、文物之学的修养，就无从出现《看镜有
感》的思想材质和精神空间，这是不言自喻的。

　　当然，鲁迅的旧学根柢不仅在于金石、文物之学，而且在于曾
从章太炎学《说文》而打下的文字学根基，以及他的博览杂涉，见
解犀利。而没有文字学及文献学的根基，金石、文物的研究也只能
得其皮毛，是不能深入进去的。我们看鲁迅给他的集子起名，"呐

---

[1]　鲁迅：《坟·看镜有感》，《鲁迅全集》第1卷，第197—200页。

喊"、"彷徨"、"二心"、"三闲"、"华盖"、"花边"、"伪自由"、"且介亭"、"朝花夕拾"，足见其文字学功夫之精锐了得。而 1926 年 6 月写的《华盖集续编·再来一次》，只不过是他的牛刀小试。这是针对他曾经的上司和论敌章士钊，随手拈出章氏所谓"两个桃子杀了三个读书人"，嘲讽"章行严先生在上海批评他之所谓'新文化'说，'二桃杀三士'怎样好，'两个桃子杀了三个读书人'便怎样坏，而归结到新文化之'是亦不可以已乎？'"鲁迅采用"以子之矛攻子之盾"的论辩策略，指出"二桃杀三士"，并非僻典，旧文化书中常见的。但既然是"谁能为此谋？相国齐晏子"，便看看《晏子春秋》罢。该书卷二记述"公孙接、田开疆、古冶子事景公，以勇力搏虎闻，晏子过而趋，三子者不起"。晏子就请景公使人送他们两个桃子，让三人表功分桃。争辩的结果，公孙接、田开疆二士自愧功不如古冶子而自杀；古冶子不愿独生，也自杀；于是乎就成了"二桃杀三士"。鲁迅说："我们虽然不知道这三士于旧文化有无心得，但既然书上说是'以勇力闻'，便不能说他们是'读书人'。倘使《梁父吟》说是'二桃杀三勇士'，自然更可了然，可惜那是五言诗，不能增字，所以不得不作'二桃杀三士'，于是也就害了章行严先生解作'两个桃子杀了三个读书人'。"[1]鲁迅搜集的汉画像石拓片中，有两种"二桃杀三士图"，三武士或攘臂拔剑，或引剑自刿，并非读书人，是一目了然的。

对这桩公案，1934 年 8 月又旧事重提，这就是《花边文学·"大雪纷飞"》："章士钊先生现在是在保障民权了，段政府时代，他还曾经保障文言。他造过一个实例，说倘将'二桃杀三士'用白话写作'两个桃子杀了三个读书人'，是多么的不行。这回李焰生先生反对大众语文，也赞成静珍君之所举，'大雪纷飞'，总比那'大雪一片一片纷纷的下着'来得简要而有神韵，酌量采用，是不能与提

---

[1]　鲁迅：《华盖集续编·再来一次》，《鲁迅全集》第 3 卷，第 297—298 页。

倡文言文相提并论的。"鲁迅指出"两位先生代译的例子，却是很不对劲的。那时的'士'，并非一定是'读书人'，早经有人指出了；这回的'大雪纷飞'里，也没有'一片一片'的意思，这不过特地弄得累坠，掉着要大众语丢脸的枪花。白话并非文言的直译，大众语也并非文言或白话的直译。在江浙，倘要说出'大雪纷飞'的意思来，是并不用'大雪一片一片纷纷的下着'的，大抵用'凶'，'猛'或'厉害'，来形容这下雪的样子。倘要'对证古本'，则《水浒传》里的一句'那雪正下得紧'，就是接近现代的大众语的说法，比'大雪纷飞'多两个字，但那'神韵'却好得远了。"[1]鲁迅以对语言高人一筹的敏锐感觉及对中国小说史的精深修养，将对手保守文言的笨拙，调侃得体无完肤。旧学根柢，是需要现代意识和生命感觉，才能激活其生命的。而现代意识和生命感觉，也因旧学根柢的精深，变得材质坚实、元气充沛。

三、直逼传统学术与美术的精魂

进入金石学的世界，就可以看到，鲁迅并非根柢浅薄、追逐潮流的思想者，他省思着内在、深层、永恒的文化要素，所取者确，所见者深，从而使自身成为新古典学探本溯源的深度发掘的对象。在 S 会馆抄校古碑的日子里，鲁迅经常检阅清人王昶的《金石萃编》、黄易的《小蓬莱阁金石文字》，以及宋人洪适的《隶释》诸书。这些金石学著作，都以描摹拓片或记录碑文的方式，透露了一个信息：山东嘉祥县武梁祠汉代石画像精彩纷呈，可以窥见汉代习俗，并提供一条通向天地之大美的独特途径。武梁祠始建于东汉桓帝建和元年（147），乃武氏兄弟为其母造阙。二子武梁于元嘉元年病逝，子孙为之"前设坛墠，后建祠堂"。经过三代人二十余年慎终追远

[1] 鲁迅：《花边文学·"大雪纷飞"》，《鲁迅全集》第 5 卷，第 552—553 页。

的精心构建，而成了令人瞩目的艺术奇品库藏。

鲁迅从抄石碑开始，就对武梁祠石画像予以关注，并通过逛琉璃厂和托友人多方搜集。为此，鲁迅曾画出全山东碑刻所在地，绘山东嘉祥县图，以及武梁祠石刻全图。为使搜集到的拓片能以尽量存真，鲁迅在一本金石目录小书的扉页上，写下对拓艺的基本要求："一、用中国纸及墨拓；二、用整纸拓全石，有边者并拓边；三、凡有刻文之处，无论字画悉数拓出；四、石有数面者令拓工注明何面。"[1] 这大概是供友人搜集时向拓工交待的拓制原则。美之为物，是要在全部构图和具体细节上存其真迹，才能探其原本、察其委曲、得其神韵的。至于要还原历史的原本生命，图画、文字、拓取的方位都不能遗失而使之成为形影模糊的碎片。如此得来数百张武梁祠和嘉祥及山东他处的石画像拓片，大抵都是鲁迅居留北平时期所得。

汉代壁画风气甚浓，墓穴、祠庙留下的画像石，至今依然可见六千种以上的拓片。究其缘由，汉朝接过《孝经》中孔子的话，提倡"以孝治天下"，皇上的谥号冠以孝，选举将孝廉制度化，《孝经》与《论语》一同进入了汉代的地方中等教育。对于已逝的父母，如何才是孝？《中庸》中孔子说："武王、周公，其达孝矣乎！……践其位，行其礼，奏其乐，敬其所尊，爱其所亲，事死如事生，事亡如事存，孝之至也。"[2]《孔子家语·哀公问政》中，孔子从人死魂魄升天或为鬼的习俗信仰作为立论根据："人生有气有魄。气者，人之盛也。魄者，鬼之盛也。夫生必死，死必归土，此谓鬼。魂气归天，此谓神。合鬼与神而享之，教之至也。……昔者文王之祭也，事死如事生，思死而不欲生，忌日则必哀，称讳则如见亲。"[3] 东汉

[1] 赵英：《籍海探珍——鲁迅整理祖国文化遗产撷华》，北京：中国文史出版社，1991年，第73—76页。

[2] [宋]朱熹：《四书章句集注》，北京：中华书局，1983年，第27页。

[3] 王国轩、王秀梅译注：《孔子家语》，北京：中华书局，2011年，第226—227页。

王充《论衡·祀义篇》如此谈论汉代民俗心理:"世信祭祀,……谓死人有知,鬼神饮食,犹相宾客,宾客悦喜,报主人恩矣。"[1]事死如事生的至孝原则与民俗心理相结合,使可观的明器随葬入土,供死者在冥间享用;又受楚风影响,墓穴、祠庙中壁画或石画像风行,使死者冥间生活比人世更奢华,才能让至孝子孙放心满意,或在乡党中脸上有光。

汉人以"四面楚歌"击败楚霸王,也将四面楚歌画布满王侯的庙宇墓穴。楚风大扇,壁画遂隆。郦道元《水经注》卷二十三记砀山:"山有梁孝王墓,其冢,斩山作郭,穿石为藏。行一里到藏中,有数尺水,水有大鲤鱼,黎民谓藏有神,不敢犯神。凡到藏皆洁齐(斋)而进,不齐者,至藏辄有兽噬其足,兽难得见,见者云似狗,所未详也。山上有梁孝王祠。"[2]往南不远,有孝王李后之墓,总面积达一万六千平米,墓顶及两壁绘有青龙、白虎、朱雀、云气纹的巨型壁画,线条奔放,色彩绚丽,夺人心魄。汉景帝之子鲁恭王刘余好治宫室,建造鲁灵光殿。二百年后,东汉王延寿为之作《鲁灵光殿赋》,还对其壁画惊心骇目,穷描极绘:"图画天地,品类群生。杂物奇怪,山神海灵。写载其状,托之丹青。千变万化,事各缪形。随色象类,曲得其情。上纪开辟,遂古之初。五龙比翼,人皇九头。伏羲鳞身,女娲蛇躯。鸿荒朴略,厥状睢盱。焕炳可观,黄帝、唐、虞。轩冕以庸,衣裳有殊。下及三后,淫妇乱主。忠臣孝子,烈士贞女。贤愚成败,靡不载叙。恶以诫世,善以示后。"[3]诸侯王的神殿、墓室壁画以宏大奢华著称,而一般士人的墓穴、祠堂之石画像则注入更多的民俗信仰和日常生活的实录和想象。

洛阳西汉中期的卜千秋墓壁画,绘有短发戴冠蛇尾的伏羲,人

---

[1] [东汉]王充:《论衡》,《诸子集成》(七),北京:中华书局,1954年,第247页。

[2] 陈桥驿撰:《水经注校释》,杭州:杭州大学出版社,1999年,第420页。

[3] [清]严可均辑:《全上古三代秦汉三国六朝文》,民国十九年影清光绪二十年黄冈王氏刻本,《全后汉文》卷58。

首蛇身的女娲，仙人王子乔背有双翼，老态龙钟的仙翁袒腹披羽毛，方相氏猪头大耳：衬托以交缠疾驰的双龙，昂首翘尾的白虎，展翅飞翔的朱雀；男墓主执弓乘龙（或奔蛇）、女墓主乘三头凤手捧三足鸟，驾祥云而升天，是非常壮观绚丽的"升仙图"。[1] 文献所载，则有《后汉书》东汉晚期的赵岐，"年九十余，建安六年（201）卒。先自为寿藏（唐·李贤注：冢圹也），图季札、子产、晏婴、叔向四像居宾位，又自画其像居主位，皆为赞颂。"[2] 赵岐因为《孟子》做注，而为后人所知，其冢画四贤，可视为儒家眼中的春秋四君子，而不及于世俗的墓中的怪力乱神，是与卜千秋墓的壁画迥异其趣的。其余汉墓石画像，也常有出土，令人对这种石刻的历史和奇幻，惊诧不已。一时风气，率皆如此。

武梁祠是在汉代流行祠庙、墓穴石刻壁画的风气中兴建的，但其入葬奉祀者，秩位只是地方州郡的长史、府丞、从事一类的掾属，官职不显，为正史缺载。因而历八百余年到宋以后，武梁祠才开始进入金石学者视野。欧阳修《集古录》记有"后汉武班碑"、"后汉武荣碑"，对前者考其文字，判定此碑立于汉桓帝建和元年（147），是颇费心力的。赵明诚《金石录》记有"武氏石阙铭"、"从事武梁碑"、"武氏石室画像"诸目。李清照《金石录后序》云："每获一书即同勘校、装辑，得名画、彝器亦摩玩舒卷，指摘疵病，尽一烛为率。故纸札精致，字画全整，冠诸家。每饭罢，坐归来堂烹茶，指堆积书史，言某事在某书某卷第几叶第几行，以中否胜负，为饮茶先后，中则举杯大笑，或至茶覆怀中不得饮而起。"[3] 武梁祠的阙铭、碑文、石室画像拓片，也可助赵明诚、李清照夫妇燃

---

[1]　洛阳博物馆：《洛阳西汉卜千秋壁画墓发掘报告》，《文物》，1977 年第 6 期。

[2]　[南朝宋] 范晔撰，[唐] 李贤等注：《后汉书》（全 12 册），北京：中华书局，1965 年，第 2124 页。

[3]　[明] 贺复征：《文章辨体汇选》，清文渊阁《四库全书》补配清文津阁《四库全书》本，卷 321。

烛论学的雅兴矣。

为鲁迅用来校雠碑文的南宋洪适《隶释》，卷一六有"武梁祠画像"条目，《隶续》卷六又说："右武梁祠堂画记，自伏羲至于夏桀，齐公至于秦王，管仲至于李善，及莱子母、秋胡妻、长妇儿、后母子、义浆羊公之类，合七十六人。……范史《赵岐传》云自为寿藏图，季札、子产、晏婴、叔向四像居宾位，自画其像居主位，皆为赞颂。以献帝建安六年卒，冢在荆州古郢城中。汉人图画于墟墓间，见之史册者如此。《水经》所载则有鲁恭、李刚碑碣；所传则有朱浮、武梁。此卷虽具体而微，可使家至而人皆见之。画绘之事，莫古于此也。"[1]洪适此书，使人在载籍中首次看见武梁祠中画像与考证文字相映照的真容。

宋以后黄河河道屡更，水患加剧，武梁祠在金石学家手中的零星记载，挡不住黄泛区泥沙对其淤没，奇幻古迹，湮没莫闻。直至清乾隆五十一年（1786），武梁祠命运才发生变化。精通金石学的山东运河同知黄易，于该年途经嘉祥县，发掘并重建武梁祠，砌石祠内予以保护，写下《修武氏祠堂记略》。并于嘉庆五年（1800）著成《小蓬莱阁金石文字》，第五册收入据传为唐拓的武梁祠画像十四幅：神农、黄帝、伏羲、祝诵、颛顼、帝喾、帝尧、帝舜、夏禹、夏桀、曾母投杼、闵子骞、老莱子、丁兰。《清史稿》卷四百八十六《文苑列传·黄易传》云："自乾、嘉以来，汉学盛行，群经古训无可蒐辑，则旁及金石，嗜之成癖，亦一时风尚然也。"[2]

武梁祠的重新发现，与清代乾嘉以后金石学振兴有关。比黄易略晚，王昶于乾隆晚年任刑部侍郎，以老乞归松江青浦故里（今属上海），藏书五万余卷，金石碑版一千余通。于嘉庆十年（1805）

[1]　新文丰出版公司编辑部：《石刻史料新编》（九），台北：新文丰出版公司，1957 年，第7131—7132 页。

[2]　赵尔巽等撰：《清史稿》（第 44 册），北京：中华书局，1977 年，第 13420 页。

著成《金石萃编》一百六十卷。书成于王昶八十余岁时，多由门客代为编辑，迫于成书，雠校之功颇疏，虽称浩博，罅漏甚多。[1] 该书收录黄易《修武氏祠堂记略》，对武梁祠有题记的画像做了复制，附录各家考证，扩大了武梁祠石画像之影响。

考证古碑的鲁迅，由这些古籍得知武梁祠，并将之纳入考察的视野。周作人回忆鲁迅："他抄了碑文，拿来和王兰泉（王昶之号）的《金石萃编》对比，看出书上错误的很多，于是他立意要来精密的写成一个可信的定本。他的方法是先用尺量定了碑文的高广，共几行，每行几字，随后按字抄录下去，到了行末便画上一条横线，至于残缺的字，昔存今残，昔缺而今微存形影的，也都一一分别注明。"[2] 鲁迅于此期间，写出《南齐〈吕超墓志〉跋》《会稽禹庙窆石考》等考证文字，编制了《汉画象目录》《石刻目录》《嘉祥杂画象》等多种目录。这是"五四"以前鲁迅练就的一种金石考据的能力。有了这种能力，才能直逼传统学术与美术的原本，探究原始，考求原委，揭示传统学术与美术的精魂。由此进入武梁祠石画像的考察，就能所见精粹，不做浮言泛语，而把握文化艺术的本质。

在鲁迅略早的年代，士大夫文人通过《金石萃编》诸书把玩武梁祠石画像，著于自己的笔记、日记者，不乏其人，但多是即兴感想，能触及本质者稀见。晚清有一位蒙古族书画家松年（1837—1906），晚年流寓济南创办枕流画社，于光绪二十三年（1897），也就是鲁迅十七岁之时，著《颐园论画》，其中如此勾勒中国书画发生史："自宓牺一画开关，世人方知文字之所祖。苍颉造字，本因音韵而肇文，所以有象形、会意之分。象形者画之鼻祖，先有字而后有画，皆从造字肇端，其来远矣古矣。然而书亦画也，画即书也。上古民风醇厚，不事华美，姑取神似，未肖全形。观汉人武梁

---

[1]　[清] 刘声木：《苌楚斋四笔》，1929 年排印本，卷一。

[2]　周遐寿：《鲁迅的故家·抄碑的方法》，北京：人民文学出版社，1957 年，第 201 页。

祠所画人物，草草而成，不尚修饰，而神全气足，更胜于今日之弄
粉调脂，以炫华丽也。"[1] 他粗笔勾勒书画发生史，推重本色，对汉
代武梁祠所画人物质朴粗犷而神全气足的风格，礼赞有加，见解颇
是独到。而且将武梁祠石画像作为书画史的例证，与伏羲、仓颉并
列，这也是不苟同于流俗的。其后，1915 年，也就是鲁迅在北平抄
石碑的时候，犹太人哈同在上海创办仓圣明智大学及附属中小学，
提倡读经、习古礼。每年三月二十八日所谓仓颉生日时，要求学生
给仓颉磕头拜寿。这就未免有点将文字始创者当作图腾崇拜了。图
腾崇拜以浑沌的信仰，遮蔽了理性的反思和科学的辨析能力。

　　经受"五四"科学民主精神洗礼的鲁迅，自然是以另一种启蒙
者的姿态进入书画史，走近武梁祠石画像的。他的武梁祠画像多是
民初搜集，但他谈论对汉画像的认识却已在"五四"以后，直至他
的晚年。他的晚年极其关注新兴艺术和大众语，关注文字起源的民
间性。这是鲁迅探讨文字与美术的预设视境，视境变了，所见自是
有别。1935 年 11 月鲁迅写成的《理水》，也情不自禁地将笔锋伸
向初创期的文字上。其中描写禹还在外时，水利局为回到京都的两
位大员大排筵宴接风，"微醺之后，才取出大家采集了来的民食来，
都装着细巧的木匣子，盖上写着文字，有的是伏羲八卦体，有的是
仓颉鬼哭体，大家就先来赏鉴这些字，争论得几乎打架之后，才决
定以写着'国泰民安'的一块为第一，因为不但文字质朴难识，有
上古淳厚之风，而且立言也很得体，可以宣付史馆的"[2]。这就以辛
辣的笔调，解构了文字崇拜情结，从而将铺张奢侈的宴席上推崇
"上古淳厚之风"、洪水滔天之世夸言"国泰民安"的官场风气，嘲
讽得入木三分。官场是要制造伪图腾，转移世人眼光，掩蔽社会真
相的。

---

[1]　[清]松年：《颐园论画》，呼和浩特：内蒙古人民出版社，1984 年，第 1 页。

[2]　鲁迅：《故事新编·理水》，《鲁迅全集》第 2 卷，第 379—380 页。

真相的揭破，得力于鲁迅对文字史和文学史的发生学研究。本质隐藏在发生之中。讲文章、文学，先从文字发生上讲起，这是探本溯源的学术方法。早在由 1926 年鲁迅担任厦门大学中国文学史课程的讲义演变成的《汉文学史纲要》中，第一篇就以"从文字到文章"为题，展开中国文字发生史的清理："古者尝结绳而治，而后之圣人易之以书契。结绳之法，今不能知；书契者，相传'古者庖牺氏之王天下也，仰则观象于天，俯则观法于地，观鸟兽之文与地之宜，近取诸身，远取诸物，于是始作八卦。'（《易·系辞下》）'神农氏复重之为六十四爻。'（司马贞《补史记》）颇似为文字所由始。其文今具存于《易》，积画成象，短长错综，变易有穷，与后之文字不相系属。故许慎复以为'黄帝之史仓颉，见鸟兽蹄迒之迹，知分理之可相别异，初造书契'（《说文解字序》）。要之文字成就，所当绵历岁时，且由众手，全群共喻，乃得流行，谁为作者，殊难确指，归功一圣，亦凭臆之说也。"[1]

据好友许寿裳的回忆，鲁迅曾想写一部《中国字体发达史》。[2] 对于文字发生的清理，到了 1934 年 8 月写《理水》前夕，就发挥为《申报·自由谈》上的连载文章《门外文谈》。其中追问："字是什么人造的？"回答是："我们听惯了一件东西，总是古时候一位圣贤所造的故事，对于文字，也当然要有这质问。但立刻就有忘记了来源的答话：字是仓颉造的。这是一般的学者的主张，他自然有他的出典。我还见过一幅这位仓颉的画像，是生着四只眼睛的老头陀。可见要造文字，相貌先得出奇，我们这种只有两只眼睛的人，是不但本领不够，连相貌也不配的。然而做《易经》的人（我不知道是谁），却比较的聪明，他说：'上古结绳而治，后世圣人易之以书契。'他不说仓颉，只说'后世圣人'，不说创造，只说掉换，真

---

[1] 鲁迅：《汉文学史纲要》，《鲁迅全集》第 9 卷，第 343—344 页。
[2] 许寿裳：《亡友鲁迅印象记》，第 50 页。

是谨慎得很；也许他无意中就不相信古代会有一个独自造出许多文字来的人的了，所以就只是这么含含胡胡的来一句。"[1]鲁迅在文字与美术的发生学上，高度重视民间群体的、不见于经传的无名氏创造。这一点与他重视武梁祠民间画家、刻工的画像石创作，可说是一脉相通。离开民间的土壤，许多后世的辉煌创造的发生学就难以落到实处。鲁迅的新古典省视，是与面向大众的民间省视，在发生学意义上并行不悖的。

四、重铸刚健清新的民魂与国魂

于此，需要有一种历史主动精神的担当，一种文化的和审美的透视性慧眼，方能够在古老中发现永恒，化腐朽为神奇，能够开山选矿，重铸刚健清新的中国民魂与国魂。近二千年的历史遗迹，难免腐朽与精粹杂陈。采取绝对化的全般排斥或悉数接纳的极端态度，都不合鲁迅的"拿来主义"文化哲学，这里需要能辨析、善选择，即所谓"运用脑髓，放出眼光，自己来拿"[2]。鲁迅之所以"自己来拿"汉画像，与当时面对国家贫弱挨打，因而欲以美术革除衰惫、重振汉唐魄力，有着莫大关系。鲁迅平民主义的深层，隐藏着英雄主义的忧愤。鲁迅以儿童画为例，对于现状无比悲愤：

> 现在总算中国也有印给儿童看的画本了，其中的主角自然是儿童，然而画中人物，大抵倘不是带着横暴冥顽的气味，甚而至于流氓模样的，过度的恶作剧的顽童，就是钩头耸背，低眉顺眼，一副死板板的脸相的所谓"好孩子"。这虽然由于画家本领的欠缺，但也是取儿童为范本

---

[1] 鲁迅:《且介亭杂文·门外文谈》,《鲁迅全集》第 6 卷，第 85—86 页
[2] 鲁迅:《且介亭杂文·拿来主义》,《鲁迅全集》第 6 卷，第 39 页。

的，而从此又以作供给儿童仿效的范本。我们试一看别国的儿童画罢，英国沉着，德国粗犷，俄国雄厚，法国漂亮，日本聪明，都没有一点中国似的衰惫的气象。观民风是不但可以由诗文，也可以由图画，而且可以由不为人们所重的儿童画的。顽劣、钝滞，都足以使人没落，灭亡。童年的情形，便是将来的命运。[1]

带着革除衰惫、拯救人性、开拓将来的责任意识，鲁迅回顾汉唐，配合着申述跨文化的沉着、粗豪、雄厚、漂亮、聪明的美术。那是一种何等令人振奋的国力民风！汉画像石是一个独特的存在，它的制作工序，先选制石料，勾勒物象，尔后打制雕刻，再施以颜色彩绘。石与像结合，以斧凿代笔墨，在在都需力度，材料决定了图像的风格。因而画面上马匹健硕，牛虎刚猛，龙体流畅，禽鸟简捷，建筑豁敞，均洋溢着力之美。

比如鲁迅收藏的武班石室泗水打捞宝鼎的石画像拓片，水底有三人潜水打捞，水面有六人驾双舟协力推举，以鸟飞鱼跃衬托其繁忙气氛。堤上有七人以绳索拖拉，不料鼎耳卡着桥柱，急得岸上几位衣冠之辈指手画脚出主意，身后还有随从为之摇扇取凉，一只小熊挤在中间，焦急地蹦跳。另一栏里，有人用桔槔汲水，旁有巨熊在击掌赞叹。武开明石室桥头战斗，也是场面激烈，车马纷驰，剑盾齐举，鱼与鸟纷纷逃难。[2] 其场面构思，车马器具安排，以及人兽杂糅，得世俗之活泼，状想象之不羁，力透拓片，前所未见。难怪鲁迅拍案称赏："汉画像的图案，美妙无伦，为日本艺术家所采用。即使是一鳞一爪，已被西洋名家交口赞许，说日本的图案如何了不得，而不知其渊源固出于我国的汉画呢。"[3] 并做出如此历史比

[1] 鲁迅：《南腔北调集·上海的儿童》，《鲁迅全集》第 4 卷，第 565—566 页。

[2] 《鲁迅藏汉画象》（二），上海：上海人民美术出版社，1986 年，图 61、图 54。

[3] 许寿裳：《亡友鲁迅印象记》，第 37 页。

较："我以为明木刻大有发扬，但大抵趋于超世间的，否则极有纤巧之憾。唯汉人石刻，气魄深沉雄大；唐人线画，流动如生。倘取入木刻，或可另辟一境界也。"[1] 气魄深沉雄大，图案美妙无伦，是鲁迅视汉画像为极品的至高褒扬，实属罕见。鲁迅不仅提倡，而且身体力行，在译作《桃色的云》封面，以及为北京大学《国学季刊》设计的封面，都采用了石刻图案，展示了一种质朴刚健之美。

石画像中现实场面极其刚劲，神话场面极其雄大，尽显汉人魄力。汉朝在唐人心目中，甚有认同感。白居易《长恨歌》"汉皇重色思倾国"，称唐皇为汉皇，可见唐人认为汉人可堪比拟。汉代文化具有气象宏大的接纳、包容、创新的能力。汉世张骞开拓西域，出使大夏，见邛竹杖、蜀布，大夏人说，购自身毒（天竺）。同时在音乐上，琵琶胡乐，也是汉世开始传入。汉代君王又喜爱楚声、楚辞，提携汉赋。《文心雕龙·养气篇》说："战代枝诈，攻奇饰说。汉世迄今，辞务日新，争光鬻采。"[2] 汉赋繁辞重墨，实际上蕴含气魄，自具体段，敢于开新。对于上古经籍人才的保存，"汉世不爱高爵以延儒生，宁弃黄金以酬断简"，从而使国家文化得以保存元气。而且"汉世有一种天人之学，而齐学尤盛"，[3] 齐学与楚学结合，拓展了想象空间。即以在汉代颇为流行的西王母信仰为例，武梁祠石画像以西王母、东王公的山墙画占居顶位，又富丽堂皇，足以证明这一点。

鲁迅作品与西王母传说甚多缘分，他由此思索中国民间的原始信仰及其变迁。最早记载西王母的《山海经》，是深刻植入童年鲁迅神经的一本奇书，他以童心接纳神话，留下属于童子功的记忆。《阿长与山海经》中追忆保姆阿长为他购回绘图本《山海经》，即阿

---

[1] 鲁迅：《书信·350909 致李桦》，《鲁迅全集》第 13 卷，第 207 页。

[2] 周振甫译：《文心雕龙今译》，北京：中华书局，1986 年，第 373 页。

[3] [清] 皮锡瑞：《经学通论》，北京：中华书局，1954 年，第 75 页，18 页。

长说的"有画儿的'三哼经'"的情形。童年鲁迅称"这四本书，乃是我最初得到，最为心爱的宝书。"继而如此记述他的初见此书的精神震撼：

> 书的模样，到现在还在眼前。可是从还在眼前的模样来说，却是一部刻印都十分粗拙的本子。纸张很黄；图像也很坏，甚至于几乎全用直线凑合，连动物的眼睛也都是长方形的。但那是我最为心爱的宝书，看起来，确是人面的兽；九头的蛇；一脚的牛；袋子似的帝江；没有头而"以乳为目，以脐为口"，还要"执干戚而舞"的刑天。[1]

周作人说，这部《山海经》"使他（鲁迅）了解神话传说，扎下了创作的根"[2] 鲁迅藏书中有郭璞的《山海经注》和郝懿行的《山海经笺疏》，皆是绘图本。这些应是他以神话题材作《故事新编》，以及在小说史、文学史中多用西王母故事的资料来源。但鲁迅是采取历史理性的态度观照神话的，并非沉溺在神仙信仰之中。鲁迅1926 年作《奔月》采用了《淮南子·览冥训》的材料："羿请不死之药于西王母，姮娥窃以奔月。"[3] 但已经对这则神话材料细加剪裁，以历史理性提升好奇心，连同羿骑马佩弓出去打猎时，网兜里装"五个炊饼，五株葱和一包辣酱"，以及嫦娥埋怨"一年到头只吃乌鸦炸酱面"，都融入一个英雄末路、美人奔月的日常生活与内心烦恼中了。

《汉文学史纲要》第十篇引用司马相如《大人赋》，也涉及西王母："登阆风而遥集兮，亢乌腾而壹止。低回阴山翔以纡曲兮，吾乃今日睹西王母，曤然白首戴胜而穴处兮，亦幸有三足乌为之使。必长

---

[1]　鲁迅：《朝花夕拾·阿长与山海经》，《鲁迅全集》第 2 卷，第 247—248 页。

[2]　周遐寿：《鲁迅的故家》，上海：上海出版公司，1953 年，第 64 页。

[3]　何宁：《淮南子集释》，北京：中华书局，1998 年，第 501 页。

生若此而不死兮，虽济万世不足以喜。"鲁迅借此评述汉代好楚声、楚辞的文学创作潮流，"而相如独变其体，益以玮奇之意，饰以绮丽之辞，句之短长，亦不拘成法"，即所谓"不师故辙，自摅妙才，广博闳丽，卓绝汉代"[1]，并不注重西王母故事的分析，而注重汉赋在司马相如打破常规的开创辞赋史之新局面的创新精神。值得注意的是，这其中所含的批评标准，并非套用西方思潮的标准，甚至超越了胡适所强调的"白话活文学，文言死文学"的标准，从而尊重汉人的文体创造，这在当时甚是特出。

鲁迅总是以动态眼光考察历史与文化，在他看来，先秦有先秦的西王母，汉代有汉代的西王母。从《山海经》到汉画像，战国秦汉变动着的民俗信仰，赋予西王母以变动着的信仰模式。《中国小说史略》第二篇《神话与传说》揭示西汉前期的西王母想象，依然承袭战国遗风："羿请不死之药于西王母，姮娥窃以奔月。[2]"并以跨越长时段的追溯，引述《山海经·海内北经》中的昆山神话："西王母梯几而戴胜杖（按：此字当衍），其南有三青鸟，为西王母取食，在昆仑墟北。"又相述《西山经》："玉山，是西王母所居也。西王母其状如人，豹尾虎齿而善啸，蓬发戴胜，是司天之厉及五残。"[3] 这些记载中的西王母人、兽、神合体，属于昆仑神话，最具原始狞猛怪异之风。

至于引用战国魏人《穆天子传》卷三的记述："吉日甲子。天子宾于西王母。乃执白圭玄璧，以见西王母。好献锦组百纯，□组三百纯，西王母再拜受之。□。乙丑，天子觞西王母于瑶池之上。西王母为天子谣，曰：'白云在天，山陵自出。道里悠远，山川间之，将子无死，尚能复来。'天子答之曰：'予归东土，和治诸夏。

---

[1]　鲁迅：《汉文学史纲要》第十篇《司马相如与司马迁》，《鲁迅全集》第九卷，第417—418页。

[2]　《淮南子·览冥训》高诱注曰，姮娥，羿妻。羿请不死之药于西王母，未及服之。姮娥盗食之，得仙，奔入月中为月精。

[3]　鲁迅：《中国小说史略》第二篇《神话与传说》，《鲁迅全集》第9卷，第18—19页。

万民平均，吾愿见汝。比及三年，将复而野。'天子遂驱升于弇山，乃纪丌迹于弇山之石，而树之槐，眉曰西王母之山。"[1]这里的西王母已经出现神话的蜕变，虽保留了昆仑神话的一些胎记，却与周朝天子发生关涉，宛如西域国族的女主，还带上东周之世士大夫登高能赋的风流，出现了以神话入史的混合型的想象方式和文体形态。

女神、女仙、女主，西王母身份的发生、混合、蜕变，印证着上古文化思潮对民间传统的干预和改造。《山海经·中荒经》记述："上有大鸟，名曰希有，南向，张左翼覆东王公，右翼覆西王母；背上小处无羽，一万九千里，西王母岁登翼上，会东王公也。"这一材料也为《中国小说史略》第四篇引述，却已经渗入汉人的神仙信仰了。鲁迅所藏南阳汉石画像之西王母、东王公坐在昆仑悬圃，有豆状祥云托起，最上方是仙人骑鹿，次上方是大鸟"希有"，最下方是玉兔捣不死药。[2]如此将西王母与东王公一阴一阳相配对，可以看作燕齐方士神仙想象与昆仑神话的混合。

因此《中国小说的历史的变迁》第一讲，使用了"从神话到神仙传"的篇题，标示思潮和民俗的演变："这种古书最重要的，便推《山海经》。不过这书也是无系统的，其中最要的，和后来有关系的记述，有西王母的故事，现在举一条出来：'玉山，是西王母所居也。西王母其状如人，豹尾虎齿而善啸，蓬发戴胜，是司天之厉及五残。'如此之类还不少。这个古典，一直流行到唐朝，才被骊山老母夺了位置去。""《十洲记》是记汉武帝闻十洲于西王母之事，也仿《山海经》的，不过比较《神异经》稍微庄重些。"又引《汉武故事》《汉武内传》中西王母降临长安，与汉武帝相会的故事，称前者"其中虽多神仙怪异之言，而颇不信方士，文亦简雅，当是文人所为"；谓后者"亦记孝武初生至崩葬事，而于王母降特详。其文虽繁丽而浮浅，且窃取释家言，又多用《十洲记》及《汉武故

[1] 鲁迅：《中国小说史略》第二篇《神话与传说》，《鲁迅全集》第9卷，第20页。

[2] 《鲁迅藏汉画象》（一），上海：上海人民美术出版社，1986年，图104。

事》中语，可知较二书为后出矣"[1]。其中以"神仙怪异之言"或"释家言"介入西王母故事，作为推定年代的标志，描述从神话到神仙传的历史文化进程。

思潮在民俗的滩涂上冲刷，既带来了随浪漂浮的鱼鳞木屑，也冲出了埋在土层的贝壳海星。在一轮又一轮的潮涨潮退中，各种文化奇观和精神方式，留下了重重叠叠的痕迹，让后人津津有味地辨认祖先的音影梦魇。武梁祠的西王母、东王公山墙石画像，就是因思潮在民俗的滩涂上冲刷而变得繁复而绚丽。这里的西王母已脱离原始状态，不再是"其状如人，豹尾虎齿而善啸"的人、兽、神合体。武梁石室及武开明石室、武荣石室的山墙，均刻有西王母画像，或东西二山墙相对而坐的西王母、东王公画像。这些西王母、东王公无不是衣冠楚楚，端坐在中央坛位之上，气宇轩昂，旁有仙人献上不死药或灵芝，周围布满祥云羽客、凤凰青鸟、龙虎玉兔，俯瞰天地众生。[2]

这令人联想到鲁迅《中国小说史略》第四篇所引《汉武故事》：七月七日，忽见有青鸟从西方来，"是夜漏七刻，空中无云，隐如雷声，竟天紫气。有顷，王母至，乘紫车，玉女夹驭：戴七胜；青气如云；有二青鸟，夹侍母旁。下车，上迎拜，延母坐，请不死之药。"以及所引《汉武内传》："到夜二更之后，忽见西南如白云起，郁然直来，径趋宫庭；须臾转近。闻云中箫鼓之声，人马之响。半食顷，王母至也。县投殿前，有似鸟集，或驾龙虎，或乘白麟，或乘白鹤，或乘轩车，或乘天马，群仙数千，光曜庭宇。既至，从官不复知所在，唯见王母乘紫云之辇，驾九色斑龙。别有五十天仙，……咸住殿下。王母唯扶二侍女上殿，……文采鲜明，光仪淑穆，带灵飞大绥，腰佩分景之剑，头上太华髻，戴太真晨婴之冠，

---

[1] 鲁迅：《中国小说的历史的变迁》，《鲁迅全集》第 9 卷，第 303—305 页。

[2] 《鲁迅藏汉画象》（一），上海：上海人民美术出版社，1986 年，图 41、55、68、69。

履玄璃凤文之舄，视之可年三十许，修短得中，天姿掩蔼，容颜绝世，真灵人也。"[1] 这些浓墨重彩的描绘，使西王母俨然以群仙之首的仙后之姿，俯视人间帝王，以之装饰墓穴祠堂，隐含着"与天地通"，或死者灵魂升天的意念，于神秘色彩中也算得风光十足了。

有意味的是，武梁石室东西二壁布满石画像，在高踞山墙的西王母下方，是三皇五帝，包括伏羲女娲、祝诵、神农，黄帝以下乃有衣裳，依次是黄帝、颛顼、帝喾、尧、舜、禹及夏桀。再下一层是孝子图：曾母投杼、闵子骞纯孝、老莱子娱亲、丁兰立木为父。东王公下方是列女图，有梁节姑姊、齐义继母、无盐丑女钟离春。似乎上阴则下为阳，上阳则下为阴，可见民俗信仰已趋向民间的神仙道教。再下一栏有曹沫劫持齐桓公、专诸刺杀王僚、荆轲刺秦王，以及要离刺庆忌、豫让刺赵襄子、聂政刺韩王之类的刺客故事。时跨二三千年，地及东西南北，展开了极其广阔的时空。最下一栏是车骑出行，有马车，也有牛车，而途中则有巨犬、飞鸟，桔槔汲水，在左下角有鼎、甑搭配的甗在蒸饭，梁上挂有鸡鸭猪羊等腊味，实在是兼及人间百态。

武梁祠石画像多有车骑出行场面，反映着汉人对自己作为世界一等大国的国力的自豪感，也就是鲁迅所赞赏的"汉唐魄力"的折射。《史记·平准书》记载："汉兴，接秦之弊，丈夫从军旅，老弱转粮饷，作业剧而财匮，自天子不能具钧驷，而将相或乘牛车，齐民无藏盖。"到了汉武帝即位数岁，国力已获得长足的提升："汉兴七十余年之间，国家无事，非遇水旱之灾，民则人给家足，都鄙廪庾皆满，而府库余货财。京师之钱累巨万，贯朽而不可校。太仓之粟陈陈相因，充溢露积于外，至腐败不可食。众庶街巷有马，阡陌之间成群，而乘字牝者傧而不得聚会。"[2] 从西汉中期开始的墓穴庙

[1] 鲁迅：《中国小说史略》第四篇《今所见汉人小说》，《鲁迅全集》第9卷，第34—36页。

[2] ［汉］司马迁：《史记》（全十册），北京：中华书局，1959年，第1417—1420页。

堂壁画传统，自然就不乏车骑出行画像，骏马轺车，导骑护从，煊赫过市，宣示着繁华富足的社会景观。

轺车，是一马驾之轻便车。汉人刘熙《释名》卷七云："轺车，轺，遥也，远也。四向远望之车也。"[1]武梁祠画像石有孔子见老子图，孔子所驾是二马轺车，或称"轺传"，为使者所乘之车。[2]《史记·孔子世家》谓："鲁君与之（孔子）一乘车，两马，一竖子俱，适周问礼，盖见老子云"[3]，孔子是请准国君作为鲁国使者到洛阳的，画像石的刻画符合周朝礼制。汉代中外交通发达，用轺车为使车，是为了建功立业。居延汉简记载，轺车可驾一马，亦可驾二马。真有所谓"佩紫怀黄，赞帷幄之谋；乘轺建节，奉疆场之任"[4]。还须特别一提的是，汉代车舆制度又曾明确规定："贾人不得乘马车"[5]，车骑出行，也意味着墓主是官人，非贾人。在武梁石室东王公石壁最下栏，就有县功曹从轺车下来，向乘牛车的处士下跪致礼的画面。而在另一画面上，县功曹一类掾吏乘车出行[6]，颇有"春风得意马蹄疾"之概。

五、进入古代生活史、精神史

武梁祠画像除了接纳楚风、齐风之外，鲁风也深入其肌理。嘉祥地属于鲁，对于儒风的接纳自是近水楼台。唯有全面把握它所接纳的各种文化要素，才能解释古代生活史、精神史的表达方式。《史记·儒林列传》云："及高皇帝诛项籍，举兵围鲁，鲁中诸儒尚讲

---

[1] ［汉］刘熙：《释名》，《四部丛刊》影明翻宋书棚本，卷七。

[2] 《鲁迅藏汉画象》（二），图73。

[3] ［汉］司马迁：《史记》（全十册），第1909页。

[4] ［南朝梁］萧统编，［唐］李善注：《文选》（全三册），北京：中华书局，1977年，第609页。

[5] ［南朝宋］范晔撰，［唐］李贤等注：《后汉书》（全12册），第3648页。

[6] 《鲁迅藏汉画象》（二），图69、43。

诵习礼乐，弦歌之音不绝，岂非圣人之遗化，好礼乐之国哉！……夫齐鲁之间于文学，自古以来，其天性也。"[1] 汉人邹阳也说："邹、鲁守经学，齐、楚多辩知，韩、魏时有奇节。"[2] 武梁祠画像有儒风，实属地理民风使然。

鲁迅收藏有武梁祠原石已流散国外的一幅画像拓片，占居通栏篇幅者是孔子授徒图，孔子席地踞坐，二弟子跪拜受教，略远处有二弟子读书，门口有二弟子拱手而立，子路则站在门外大碗饮酒。孔子是有教无类的，夫子之门何其杂也。此图下左方，是柳下惠衣覆寒女图。大树下一女似被冻僵，柳下惠解下衣袍覆其身上，枝头有一鸟侧首下窥，树旁奔出一巨熊，仰头扬臂，似在向其挥手。俗传柳下惠坐怀不乱，故西汉桓宽《盐铁论》卷四将"柳下惠之贞"与"伯夷之廉"并列[3]。而《孟子·万章下》则说："闻柳下惠之风者，鄙夫宽，薄夫敦"，又称"柳下惠，圣之和者也"[4]。可见此画像也是宣扬儒者清廉贞节之风。

认同儒风，并不能掩饰石画像的民间趣味，不仅柳下惠身边饰以鸟兽，而且此图右方是赵氏孤儿图：屠岸贾灭赵氏之族，公孙杵臼膝下有一襁褓，是掉包的"孤儿"，程婴抱着赵氏遗孤赵武，匿于山中抚养成人，其后攻灭屠岸贾之族，复兴赵氏家族。[5] 此外武班石室还有"狗咬赵盾"图，[6] 是追述以上故事的缘由的。据《左传》宣公二年（前607）记载："秋九月，晋侯（灵公）饮赵盾酒，伏甲，将攻之。其右提弥明知之，趋登曰'臣侍君宴，过三爵，非礼也。'遂扶以下，公嗾夫獒焉。明搏而杀之。盾曰：'弃人用犬，虽猛何

[1]　[汉] 司马迁：《史记》（全十册），第3117页。

[2]　[汉] 班固：《汉书》（全十一册），第2353页。

[3]　王利器校注：《盐铁论校注》（全二册），北京：中华书局，1992年，第242页。

[4]　[宋] 朱熹：《四书章句集注》，第314—315页。

[5]　《鲁迅藏汉画象》（二），图74。

[6]　《鲁迅藏汉画象》（二），图58。

为？'斗且出，提弥明死之。"[1]《春秋公羊传》则记载于宣公六年（前603）："灵公谓盾曰：'吾闻子之剑，盖利剑也。子以示我，吾将观焉。'赵盾起将进剑，祁弥明自下呼之曰：'盾食饱则出，何故拔剑于君所？'赵盾知之，蹋阶而走。灵公有周狗，谓之獒，呼獒而属之，獒亦蹋阶而从之。祁弥明逆而㖒之，绝其颔。赵盾顾曰：'君之獒不若臣之獒也。'然而宫中甲鼓而起，有起于甲中者抱赵盾而乘之。"[2] 二者记载略异，《公羊传》属于追述。此事留下祸根，十年之后才发生如《史记·赵世家》所记述的著名的"赵氏孤儿"故事。此故事于晋国政局变动中宣泄着一种肝胆相照的血性道义，虽为正史所载，甚至写入经传，但民间口传味道甚浓。二图均刻有引身高飞的雉鸟，一者在左，一者在右，似乎在以天地生灵做见证。

画面展示历史景观，为何选取如此画面，则是筑墓者的刻意为之。因而一些记述历史事象的画像石，实际上也隐含着民间的心理期许。鲁迅藏武荣石室拓片中，有"文王十子图"：在周文王与太姒左侧，依次排列长子伯邑考、次子武王发、三子管叔鲜、四子周公旦、五子蔡叔度、六子曹叔振铎、七子成叔武、八子霍叔处、九子康叔封、十子冉季载。[3] 西周建国初年，武王、周公封建兄弟子嗣，形成周天子与列国诸侯治理殷遗族和远近部落的政权礼制，从而使社会稳定下来，走上礼乐文明发展的正轨。《春秋左传》僖公二十四年曰："昔周公吊二叔之不咸，故封建亲戚以蕃屏周。管、蔡、郕、霍、鲁、卫、毛、聃、郜、雍、曹、滕、毕、原、酆、郇，文之昭也。"[4] 这里列举周文王之子十六人，加上长子伯邑考、次子武王发，共十八人。其中有八人，应是庶出。《史记·管蔡世家》则专述同母兄弟，不及同父异母者，次序也与《左传》略有错

[1] 杨伯峻编注：《春秋左传注》，北京：中华书局，1990 年，第 659—660 页。
[2] ［清］阮元校刻：《十三经注疏》，北京：中华书局，1980 年，第 2280 页。
[3] 《鲁迅藏汉画象》（二），图 46。
[4] 杨伯峻编注：《春秋左传注》，第 420—421 页。

综："武王同母兄弟十人，母曰太姒，文王正妃也。其长子曰伯邑考，次曰武王发，次曰管叔鲜，次曰周公旦，次曰蔡叔度，次曰曹叔振铎，次曰成叔武，次曰霍叔处，次曰康叔封，次曰冉季载。冉季载最少。同母昆弟十人，唯发、旦贤，左右辅文王，故文王舍伯邑考而以发为太子。及文王崩而发立，是为武王。伯邑考既已前卒矣。"[1] 可见此"文王十子图"所从乃《史记》，而非《左传》。在看似于史有据的背后，应是隐藏着世俗的多子多福的内心期许，期许着子孙兴旺，世运绵长。

与上述历史状况相前后者，是西周初年，武王病逝，成王年少，周公摄政当国。这就是《尚书·洛诰》所说"惟周公诞保文武受命惟七年"[2]，即"周公辅成王"摄政七年。周室于此七年间，稳定王基，平定叛乱，制礼作乐，是周朝跨越危机而长治久安的关键时期。鲁迅收藏武班石室拓片中有"周公辅成王图"，[3] 幼小的成王戴"山"字形王冠，端立中央，左有大臣弯腰擎华盖，右是周公跪拜奏事，两侧有五大臣持笏躬身拜谒，呈现一派恪守礼制而致太平的景象。

对于富有成效地稳定和推进西周政治局面的周公辅成王一事，汉人甚是推崇。可以说，周初这个典故对汉代政局影响之深，造成冲击波之广，已经铭刻在朝野直至民间的心灵。司马相如晚年病免，家居茂陵，临终著《封禅文》，作为遗文奏上汉武帝，其中称颂周公"业隆于襁褓，而崇冠于二后"。《文选》卷四十八有孟康注曰："襁褓，谓成王也；二后，谓文、武也。周公辅成王以致太平，功德冠于文、武者，遵法易故。"[4] 而汉武帝临终，也以周公辅成王的故事，托孤于霍光，如汉荀悦所载："（武帝后元）二年春正月，朝

[1]　[汉] 司马迁：《史记》（全十册），第 1563 页。

[2]　[清] 阮元校刻：《十三经注疏》，第 217 页。

[3]　《鲁迅藏汉画象》（二），图 66。

[4]　[南朝梁] 萧统编，[唐] 李善注：《文选》（全三册），第 676 页。

诸侯王宗室于甘泉宫，赐宗室。二月行幸盩厔五柞宫，上疾笃，侍中光禄大夫霍光问嗣焉。上曰：'君未喻前画意邪？立少子，君行周公之事矣。'先是上画周公辅成王朝诸侯图以赐光。"[1] 可知汉武帝已经使画师绘制《周公辅成王朝诸侯图》。

西汉末王莽也借助周公辅成王的故事，攫权重权。如清人赵翼《廿二史札记》卷三所云："汉祚中衰，元后长寿，王莽藉其势以辅政，援立幼弱，手握大权，诡托周公辅成王，由安汉公而宰衡，而居摄，而即真。权势所劫，始则颂功德者八千余人，继则诸王公侯议加九锡者九百二人，又吏民上书者前后四十八万七千五百七十二人。"[2] 可见周公辅成王故事并非不能衍变成形形色色的政治手腕的。在权术操作之下，直接波及人数，上上下下超过五十万人。

不难想知，周公辅成王故事在汉朝政治的延续和中断上掀起如此轩然大波，在一轮又一轮的大波漫过之后，其遗存在人们心灵的积淀之物会愈来愈丰厚和广泛，逐渐形成某种社会信仰，因而也就自然而然地进入墓穴祠堂石画像之中。有意味的是，在上述周公辅成王图的下一栏，乃车骑出行图。一骏马驾轺车，车上前是驭者，后是衣冠之士；车后有一马随行，车前有三骑导路。在驾车的马前有一熊扭腰扬臂仰首长啸，熊鼻几乎触及戴"山"形王冠的成王站立的坛台。神秘、幽默、喜庆，感染着周公辅成王的故事也带上世俗味了。一旦沾染世俗心绪，作为一种叙事模式，叔父长辈庇护子孙福祉绵长，使之基业永固，也不是与此图没有关联之处。

然而上述汉画像的世俗心理情结隐藏很深，多是隐而不彰，即便深入体验，也难免见仁见智。而那些往往出现在墓穴祠堂画像石下层的车骑出行、交游宴饮一类图像，对于研究古代生活史、精神史，应是更加直观、生动，直接关联着世人的家常生活追求，如汉世摆放在墓室耳房的陶制的楼阁、猪圈、厕所，或如现今民间给亡

---

[1] ［汉］荀悦：《汉纪·前汉孝昭皇帝纪》，《四部丛刊》影明嘉靖刻本，卷 16。

[2] ［清］赵翼著，王树民校证：《廿二史札记校证》，北京：中华书局，1984 年，第 71 页。

人焚烧纸扎的豪华别墅和高级轿车。汉画像石的宇宙结构值得注意：最上层是西王母、东王公所在的仙界或天国；中间层是帝王将相及孝子、列女、刺客，属于历史；最下层往往是宴饮、谒见、厨房烹调、车骑出行，属于世俗生活。并没有冥间世界或地狱，是忌讳所致，或是佛家三界模式尚未深入民间丧葬领域？为何只有仙界—历史—人间这"三界"？但是即以呈现人间生活的下栏图像而言，应该说，除了出土器物外，石刻绘画对于研究古代具体社会情形，包括研究生活、习俗、信仰的价值，莫有出其右者。

　　鲁迅极其关注文学与生活的关系，他的文学史著述往往将生活史、精神史的材料纳入研究视野，显得有趣、博识、熟知不同文化方式间的渊源。这有他 1927 年 7 月在广州夏期学术演讲会所做的讲演"魏晋风度及文章与药及酒之关系"为证。他在《开给许世瑛的书单》中，也开列了"《世说新语》，刘义庆，晋人清谈之状；《唐摭言》，五代王定保，《雅雨堂丛书》中有，唐文人取科名之状态；《抱朴子外篇》，葛洪，有单行本，内论及晋末社会状态；《论衡》，王充，内可见汉末之风俗迷信等；《今世说》，王晫，明末清初之名士习气。"[1]鲁迅对各书所做的说明，都关注社会生活、习俗、信仰、风气。许世瑛是鲁迅好友许寿裳之子，许寿裳回忆鲁迅想写《中国文学史》，关于六朝部分的题目是"酒，药，女，佛"，以下还有"廊庙和山林"，都指向文人风习和世俗信仰。许氏还说，鲁迅有三部长篇小说的腹稿，"其中一篇曰《杨贵妃》。他对唐明皇和杨贵妃的性格，对盛唐的时代背景、地理、人体、宫室、服饰、饮食、乐器以及其他用具……统统考证研究得很详细，所以能够原原本本地指出坊间出版的《长恨歌画意》的内容的错误"。[2]

　　应该说，鲁迅想从汉画像中观察古代生活和风俗，与他作为小说家的观察力、作为杂文家的杂学知识结构，存在着深刻的关系。

---

[1]　鲁迅：《集外集拾遗补编·开给许世瑛的书单》，《鲁迅全集》第 8 卷，第 441 页。

[2]　许寿裳：《亡友鲁迅印象记》，第 50—51 页。

因而其晚年对于未能从习俗或生活方式的角度选印汉代石画像，始终耿耿于怀。1934 年致姚克的信中说："我在北平时，曾陆续搜得一大箱（汉画像拓片），可拟摘取其关于生活状况者，印以传世，而为时间与财力所限，至今未能，他日倘有机会，还想做一做。"[1]同年致台静农的信中又说："印汉至唐画象，但唯取其可见当时风俗者，如游猎，卤簿，宴饮之类，而著手则大不易。"[2]鲁迅心神所注，在于透过汉画像所展示的汉人魄力和风貌，推进文学史书写的文化含量及其深广度。

借助金石文物以考证生活习俗，早有中国学者涉及。但考证习俗的何种事象，则各有不同的眼光和趣味。清人袁枚《随园随笔》卷二十"缠足不始于李后主"条，则以汉武梁祠画，证明妇女缠足起源甚早："妇跌人缠足，《墨庄漫录》以为起于李后主窈娘。杨升庵《丹铅录》引古乐府之'新罗绣行缠，足跌如春妍'、杜牧诗之'钿尺裁量减四分'驳之，以为唐时已有矣。《辍耕录》亦云始于五代。余按《汉隶释》汉武梁祠画老莱之母、曾子之妻（按：应作母）履头皆锐，是证据之最古者。然沈约《宋书·礼志》'男子履圆，女子履方'，是又非锐之说也。大抵古女子行不露足，慎夫人衣不曳地，王莽妻亦然，以为美谈，可见古妇人衣皆曳地，不露足也。若缠足之事，转在男子"云云。还引《毛诗》、张平子《南都赋》、《汉书·地理志》，直至陆放翁《老学庵笔记》、伊世珍《嫏嬛记》，东缠西绕，归结于"此则弓鞋之明证，盛行于宋时"。[3]然而武梁祠画像石颇有残损漫漶之处，根据宋人洪适的摹写本立论，而不做实地调查，就贸然以之为主要证据，这是不足以凭信的。谁又能够排除洪适在石刻残损漫漶之处，据宋代生活情形而以意为之？何况鲁迅

[1] 鲁迅：《书信·340306 致姚克》，《鲁迅全集》第 12 卷，第 349 页

[2] 鲁迅：《书信·340609 致台静农》，《鲁迅全集》第 12 卷，第 453 页。

[3] ［清］王英志主编：《袁枚全集》（五）之《随园随笔》，南京：江苏古籍出版社，1993 年，第 362—363 页。

对此类考证，甚不以为然，他认为：

> 古之儒者不作兴谈女人，但有时总喜欢谈到女人。例如"缠足"罢，从明朝到清朝的带些考据气息的著作中，往往有一篇关于这事起源的迟早的文章。……说早的一派，看他的语气，是赞成缠足的，事情愈古愈好，所以他一定要考出连孟子的母亲，也是小脚妇人的证据来。说迟的一派却相反，他不大恭维缠足，据说，至早，亦不过起于宋朝的末年。

> ……照我的意见来说，则以上两大派的话，是都错，也都对的。现在是古董出现的多了，我们不但能看见汉唐的图画，也可以看到晋唐古坟里发掘出来的泥人儿。那些东西上所表现的女人的脚上，有圆头履，有方头履，可见是不缠足的。古人比今人聪明，她决不至于缠小脚而穿大鞋子，里面塞些棉花，使自己走得一步一拐。

> 但是，汉朝就确已有一种"利屣"，头是尖尖的，平常大约未必穿罢，舞的时候，却非此不可。……那时太太们固然也未始不舞，但舞的究以倡女为多，所以倡伎就大抵穿着"利屣"，穿得久了，也免不了要"趾敛"的。然而伎女的装束，是闺秀们的大成至圣先师，这在现在还是如此，常穿利屣，即等于现在之穿高跟皮鞋，可以俨然居炎汉"摩登女郎"之列，于是乎虽是名门淑女，脚尖也就不免尖了起来。先是倡伎尖，后是摩登女郎尖，再后是大家闺秀尖，最后才是"小家碧玉"一齐尖。待到这些"碧玉"们成了祖母时，就入于利屣制度统一脚坛的时代了。[1]

---

[1] 鲁迅：《南腔北调集·由中国女人的脚，推定中国人之非中庸，又由此推定孔夫子有胃病》，《鲁迅全集》第4卷，第504—505页。

可见鲁迅虽然自己戏称为"学匪派考古学",但写作态度是严肃和严谨的。凡有考证,既讲究文献,又重视出土文物,不但要看汉唐图画,而且要看晋唐古坟里出土的陶俑。至于缠足对鲁迅精神最直接的刺激,可见于 1906 年他与朱安的旧式婚姻。据回忆,鲁迅留学日本时,曾写信要求朱安放足、进学堂,但朱安回答说,脚已经放不大,女子读书不大好,进学堂更不愿意,到了"结婚那天,花轿进门,掀开轿帘,从轿里掉出来一只新娘的鞋子。因为她脚小,娘家替她穿了一双较大的绣花鞋,脚小鞋大,人又矮小,坐在轿里,'上不着天,下不着地',鞋子就掉下来了"[1]。就凭这段回忆,也是清末生活史和精神史的极好事例。鲁迅则将个人感受,引向广阔的社会历史,1913 年 2 月两次在北平琉璃厂购买洛阳北邙古墓明器多种,其中有一尊女子立像,他描摹下来,还在旁边说明:"其眉目经我描而略增美。"[2] 批语既存其真,又透出幽默。此后他购买古物和拓片的兴趣,历久不衰,在很大程度上是为了透视古代社会生活、习俗及其审美特征。

幽默感,是鲁迅面对古代或民间图画的一种心理状态。幽默使他将画中人、画中灵怪与世间情进行比照,因而由幽默释放出智性。这种鉴赏习惯,始于鲁迅童年。鲁迅童年时代最喜欢,也收集最多的民间年画"花纸"中,以《老鼠成亲》《八戒招赘》印象最深。在其散文《狗·猫·鼠》一文中回忆道:

> 我的床前就帖着两张花纸,一是"八戒招赘",满纸长嘴大耳,我以为不甚雅观;别的一张"老鼠成亲"却可爱,自新郎、新妇以至傧相、宾客、执事,没有一个不是尖腮细腿,象煞读书人的,但穿的都是红衫绿裤。我想,

[1] 俞芳:《我记忆中的鲁迅先生》,《鲁迅回忆录》,北京:北京出版社,1999 年,第 1581 页。

[2] 赵英:《籍海探珍》,第 73 页。

能举办这样大仪式的，一定只有我所喜欢的那些隐鼠。现在是粗俗了，在路上遇见人类的迎娶仪仗，也不过当作性交的广告看，不甚留心；但那时的想看"老鼠成亲"的仪式，却极其神往，即使象海昌蒋氏似的连拜三夜，怕也未必会看得心烦。正月十四的夜，是我不肯轻易便睡，等候它们的仪仗从床下出来的夜。然而仍然只看见几个光着身子的隐鼠在地面游行，不象正在办着喜事。直到我熬不住了，怏怏睡去，一睁眼却已经天明，到了灯节了。也许鼠族的婚仪，不但不分请帖，来收罗贺礼，虽是真的"观礼"，也绝对不欢迎的罢，我想，这是它们向来的习惯，无法抗议的。[1]

这是鲁迅 1926 年 2 月回首童年往事，顺着这番童心天性，日后又有更深一层的思考。据许广平回忆，鲁迅认为《老鼠嫁女》这样的民间年画，对于当时风俗习尚的研究，也很有益处。这是思想内涵层面的思考，至于艺术史和激活东方之美的思考，可见于七年后 1933 年 10 月作《〈北平笺谱〉序》。在追溯雕版木刻历史时，鲁迅重提"老鼠嫁女"花纸："镂像于木，印之素纸，以行远而及众。……降至明代，为用愈宏，小说传奇，每作出相，或拙如画沙，或细于擘发，亦有画谱，累次套印，文彩绚烂，夺人目睛，是为木刻之盛世。清尚朴学，兼斥纷华，而此道于是凌替。光绪初，吴友如据点石斋，为小说作绣像，以西法印行，全像之书，颇复腾踊，然绣梓遂愈少，仅在新年花纸与日用信笺中，保其残喘而已。及近年，则印绘花纸，且并为西法与俗工所夺，老鼠嫁女与静女拈花之图，皆渺不复见；信笺亦渐失旧型，复无新意，惟日趋于鄙倍。北京夙为文人所聚，颇珍楮墨，遗范未堕，尚存名

---

[1] 鲁迅：《朝花夕拾》，《鲁迅全集》第 2 卷，第 237 页。

笺。"[1]鲁迅是带点失落的感慨，追踪古代木刻起源之早，发展之盛，而今日连民间年画在西法冲击下，也只能苟延残喘而已的历史。因而他与郑振铎（西谛）合编，自费木版彩色水印《北平笺谱》，收人物、山水、花鸟笺332幅，是有感于近时画谱"格新神涣，异乎嘉祥"，因而选录诗笺图谱，以期"后有作者，必将别辟途径，力求新生"。对于中国木刻、石刻、年画的通盘思考，鲁迅的思路是及于社会习俗、典章文物、艺术史及东方美诸多层面的。此种趣味一头连着鲁迅童年，另一头连着鲁迅晚年，其中蕴含着鲁迅的终生追求。

年画中的猪八戒、老鼠的入赘出嫁礼仪，应该看作人间婚姻礼俗的谐趣变形的折射，这是民间创造的"变形记"。与"老鼠嫁女"花纸上自新郎、新妇以至傧相、宾客、执事都是红衫绿裤的大仪式相通的，是汉代画像石上的车骑出行、宴会迎宾一类层面。武梁祠石画像中，可见汉代厅堂、楼阁，宴饮、拜谒、厨房烹调、车骑出行等日常生活场面，这是考察汉人生活的珍贵资源。如武班石室有宴饮图，可见屋顶有仙人神兽、凤凰众鸟，屋宇之下，主人高冠端坐于中心，两旁十位衣冠贵宾举杯为主人寿，间有二客回首应酬，左右门限处各有一侍者将托盘举到头顶，招呼着向宴席运送美酒佳肴。另一偏室，也有五人在交杯换盏，其乐融融。厅堂上，二位客人伏地拜谒主人，还有五位客人或躬腰、或顾盼而至。庭院中，停放骏马轻车，巨树枝叶婆娑，根部站立一雁，向枝上一猴鸣叫，众鸟绕树飞翔，一健者弯弓射鸟。下一栏是门外通衢，三车二骑十人络绎不绝，直向庭院奔驰而来。[2]武荣石室也有类似的宴饮场面，络绎而来的车骑中，有门下游徼、门下功曹在行列中。可见主人的身世和排场，是与当地官府有关涉的。[3]

---

[1]　鲁迅：《集外集拾遗·〈北平笺谱〉序》，《鲁迅全集》第7卷，第405—406页。

[2]　《鲁迅藏汉画象》（二），图67。

[3]　鲁迅博物馆编：《鲁迅珍藏汉代画像精品集》，天津：百花文艺出版社，2005年，第19页，图16。

此类宴饮交游图，往往不是孤立存在，而是与历史、孝行教育之类互相组拼，产生时空杂错的效果。武荣石室"文王十子图"左方，以一顽皮跳跃的胖熊相隔，便是老莱子娱亲，伯瑜七十彩衣娱亲。两幅娱亲图之间，也有一雉鸟引身飞升。可见在画图构图上插入一些不甚相干的飞禽走兽，如行文加上句读，有隔开叙事单元的功能。宋人王应麟《困学纪闻》卷十八云："陈思王《灵芝篇》曰'伯瑜年七十，彩衣以娱亲。'今人但知老莱子之事，而不知伯瑜。"[1] 此处二者娱亲，既是宣扬孝道，又是彰显福寿。从历史回到人间，此栏下方是宴饮图，席上摆满鼎盆珍馐，五人对坐餐饮。席间不摆筷子，相互以手示意，似乎汉人还是以手抓饭。左侧表演百戏，有跳长袖舞者，有在韦墩上倒立者。右侧则有迎客、交谈场面，远处车鸣马啸，门庭若市，热气腾腾地表露此乃缙绅之家。更下一栏是厨房，桔槔汲水，宰鹅杀猪，旁边还有牵来的牛和飞来的鸟，显得衣食丰美。[2] 武荣石室另一室，描绘楼阁上的宴饮场面，主客推杯换盏，身后随从摇扇（竹编之箑）取凉，当是招待亲热朋友；楼阁下的正厅，还有一处宴席，当是招待堂皇的贵客，门口有侍者传馔。下楼梯到地下厨房，梁上挂着禽鱼猪羊，灶前有人煎煮，梯前有人传递菜肴。[3] 厨房与厅堂，常见是平面布局的，将厨房搬到地下室，也是绘画者经济使用空间的一种匠心。

从这些图像中，可考汉代车马形制、水井设置、厨房灶口、宰割烹调、宴客迎宾、服饰装束、建筑家具等等，实在是古代家居交游生活极其具象生动的呈现。而且为了显示至孝，以尽可能奢靡的生活场景陪伴亡人，折射了当时的以孝沽名、摆阔享乐的风气。这也参证《盐铁论·散不足》所说的民间奢靡之风："今民间酒食，

---

[1]　[宋]王应麟：《困学纪闻》卷十八，涵芬楼影印本。

[2]　《鲁迅藏汉画象》（二），图 46。

[3]　《鲁迅藏汉画象》（二），图 47。

殽旅重叠，燔炙满案，臑鳖脍鲤，麑卵鹑鷃橙枸，鲐鳢醢醯，众物杂味。……宾昏酒食，接连相因，析酲什半，弃事相随，虑无乏日。……富者祈名岳，望山川，椎牛击鼓，戏倡舞像。中者南居当路，水上云台，屠羊杀狗，鼓瑟吹笙。贫者鸡豕五芳，卫保散腊，倾盖社场。……死以奢侈相高。虽无哀戚之心，而厚葬重币者，则称以为孝，显名立于世，光荣著于俗。故黎民相慕效，至于发屋卖业。"[1] 讲到"椎牛击鼓，戏倡舞像"，可以联想到东汉张衡《西京赋》所展示广场百戏，其中有"水人弄蛇"，水人就是水乡渔户。鲁迅所藏武班石室画像中，有"水人弄蛇图"，一水人高髻长襦大裤，腋间盘一巨蛇，伸头咬他，他伏身躲避，似乎在水中表演；水人两边有二武士持斧、持椎，似乎担心巨蛇伤人，前来救护；水人上方窜动着一蛇二鲵一飞鱼，还有一羽人飞升指点。[2] 与宴饮图不同，此图属于市井表演，也一同刻在墓穴，供墓主娱乐享受了。

对于武梁祠石画像的风格，清人钱杜《松壶画忆》卷上云："山水中人物，赵吴兴最精妙，从唐人中来。明之文衡山全师之，颇能得其神韵。凡写意者，仍开眉目，衣褶细如蛛丝，疏逸之趣，溢于楮墨。唐六如则师宋人，衣褶用笔如铁线，亦妙。要之衣褶愈简愈妙，总以士气为贵。作大人物，须于武梁祠石刻，领取古拙之意。"[3] 作大人物，是指以人物为主的画卷，非仕女图，亦非人物只做点缀的山水画。这是从人物画技法着眼，但鲁迅更注重从笔迹刀锋的质重刚劲之处，窥见其间蕴含着丰富的人间形相和超人间的想象，可考知生活习俗信仰。因而鲁迅意在叩问这份凝结在石刻上的历史，他虽然未能形成专门的著述，但已提示了方向，为透视古人的生活与生灵开拓一条别开生面的途径。

[1] 王利器校注：《盐铁论校注》（全二册），第 351—354 页。

[2] 《鲁迅藏汉画象》（二），图 46。

[3] ［清］钱杜：《松壶画忆》，清光绪榆园丛刻本，卷上。

六、在学术预流中沟通历史与生代

鲁迅收藏山东嘉祥武梁祠诸处的汉画像是民国初年于北平抄校古碑时，由宋、清二代的金石学书取径而入；十余年后搜集南阳汉墓石画像，则是由于此地石画像新经发现，及时跟致。陈寅恪 1930 年为陈垣作《敦煌劫余录序》云："一时代之学术，必有其新材料与新问题。取用此材料，以研求问题，则为此时代学术之新潮流。治学之士得预于此潮流者，谓之预流。……敦煌学者，今日世界学术之新潮流也。"[1] 鲁迅搜集新出土的南阳汉画像，乃是取用新发现的材料，以研求新问题的"预流"行为。鲁迅是新古典学的积极跟进者，就此而言，在现代作家中，鲁迅比任何人都更有资格被当作新古典学研究的对象。

1923 年南阳籍考古学家董作宾对南阳汉墓画像"始有发现"，随之张中孚、孙文青做了许多搜集与发掘。1930 年河南省博物馆馆长关百益出版《南阳汉画像集》，1933 年 10 月 6 日《国闻周报》发表孙文青《南阳草店汉墓画像记》，1935 年南阳县长罗震建立南阳汉画馆。就在此发现初见端倪之时，鲁迅于 1935 年 8 月 11 日致函台静农："南阳画像，也许见过若干，但很难说，因为购于店头，多不明出处也。倘能得一全份，极望。"[2] 此信乍看似无深意，但关照文物的出土的地点、方位，乃是行家之见。经过辗转托付友人搜寻，四个月后，便见结果。同年 12 月致王冶秋函中就说："今日已收到杨君寄来之南阳画像拓片一包，计六十五张，此后当尚有续寄，……这些也还是古之阔人的冢墓中物，有神话，有变戏法的，有音乐队，也有车马行列，恐非'土财主'所能办，其比别的汉画

---

[1] 陈寅恪：《敦煌劫余录序》，《历史语言研究所集刊》，1930 年，第 1 本。

[2] 鲁迅：《书信·350811 致台静农》，《鲁迅全集》第 13 卷，第 187 页。

稍粗者，因无石壁画象故也。"[1] 最后所言"无石壁画象故也"，乃是将南阳汉墓画像与武梁祠石壁画像比较而言。在鲁迅的感觉中，这些来自不同墓穴的石画像，虽然与武梁祠石画像时代或许相近，观念也有相通，但来自不同地域、不同祠墓，分散与集中的展现方式也不同，应该作为不同的世界景观被认知。鲁迅比较的眼光是敏锐而苛严的，他要求搜集的拓片既能明其出处，又比较精致，方能通过对照性研究，揭开其间的奥秘。

鲁迅关注新发现的南阳汉墓画像，出于沟通历史与当代、重振东方艺术之美的力量的拳拳之心。在他看来，古老石刻应与新兴木刻深入参照，互相发明，在融合开新中将中国民族性与现代性结合起来。20 世纪 30 年代，鲁迅大力提倡新兴木刻艺术，1931 年 6 月在上海举办"一八艺社习作展览会"，同年 12 月作《介绍德国作家版画展》，认为："世界上版画出现得最早的是中国，或者刻在石头上，给人模拓，或者刻在木版上，分布人间。后来就推广而为书籍的绣像，单张的花纸，给爱好图画的人更容易看见，一直到新的印刷术传进了中国，这才渐渐的归于消亡。……这种艺术，现在谓之'创作版画'，以别于古时的木刻，也有人称之为'雕刀艺术'。但中国注意于这种艺术的人，向来是很少的。"[2] 正因为少，鲁迅便竭力推动，以期造成风气。新风气的本质，有如鲁迅 1927 年所说：中国现代艺术的发展，"内外两面，都和世界的时代思潮合流，而又并未梏亡中国的民族性"。由此产生的艺术形态和标准，"并非'之乎者也'，因为用的是新的形和新的色；而又不是'Yes''No'，因为他究竟是中国人。所以，用密达尺来量，是不对的，但也不能用什么汉朝的虑傂尺或清朝的营造尺，因为他又已经是现今的人。我想，必须用存在于现今想要参与世界上的事业的中国人的心里

---

[1]　鲁迅：《书信·351221 致王冶秋》，《鲁迅全集》第 13 卷，第 275 页。

[2]　鲁迅：《集外集拾遗补编·介绍德国作家版画展》，《鲁迅全集》第 8 卷，第 322 页。

的尺来量，这才懂得他的艺术"[1]。民族性与世界性，新的形和新的色，"现今想要参与世界上的事业的中国人的心里"的尺度，这是鲁迅反复思考的现代艺术的发展维度、表现形态和评价标准。尤其值得注意的，是鲁迅谈现代艺术的发展，始终在提醒人们既不要拒绝"和世界的时代思潮合流"，又不能"梏亡中国的民族性"，应沟通历史与现代，在二者之间探索融合之途。

由此也可知，鲁迅主张重振东方艺术之美的力量，思路是开放而非封闭的，并非要青年人埋没在黯淡的汉墓洞穴，而要拓展世界视野和现代视野，中西参证，接通血脉，融合创新。他的文化思路，注重讲究根基的多元开放性。1929 年初，鲁迅与柔石创办朝花社，"目的是在绍介东欧和北欧的文学，输入外国的版画，因为我们都以为应该来扶植一点刚健质朴的文艺"。[2] 随之陆续出版画辑《艺苑朝华》，旨在"绍介些国外的艺术作品到中国来，也选印中国先前被人忘却的还能复生的图案之类。有时是重提旧时而今日可以利用的遗产，有时是发掘现在中国时行艺术家的在外国的祖坟，有时是引入世界上的灿烂的新作"[3]。为此，鲁迅亲拟十二辑画册目录，实际以出版《近代木刻选集》二辑及《路谷虹儿画选》《比亚兹莱画选》和《新俄画选》而终。1929 年 8 月徐诗荃留学德国，鲁迅委托他收集版画书刊和名家原拓，其后在上海举办德国作家版画展，而且出版梅菲尔德的《士敏土之图》《〈死魂灵〉百图》和《珂勒惠支版画选集》等画集，以及与郑振铎合编《北平笺谱》《十竹斋笺谱》。鲁迅的编辑本身，蕴含着深邃的思想，画集的取材古今兼顾，运思方式中外兼通，在世界现代视野中激活东方艺术之美的力量。1934 年 6 月，鲁迅汇集青年木刻家黄新波、刘岘、罗清桢、陈烟桥等人

---

[1] 鲁迅:《而已集·当陶元庆君的绘画展览时》,《鲁迅全集》第 3 卷, 第 550 页。

[2] 鲁迅:《南腔北调集·为了忘却的记念》《鲁迅全集》第 4 卷, 第 482 页。

[3] 鲁迅:《集外集拾遗·〈艺苑朝华〉广告》,《鲁迅全集》第 7 卷, 第 457 页。

木刻二十四幅，编辑出版《木刻纪程》，在所作小引中如此指点新兴艺术的取径和出路："采用外国的良规，加以发挥，使我们的作品更加丰满是一条路；择取中国的遗产，融合新机，使将来的作品别开生面也是一条路。"[1] 他是携带着中外兼采、融合新机的现代意识，走进南阳汉画像的世界，以期从中开辟一条"取今复古，别立新宗"的通衢。

南阳是全国汉墓石画像发现最集中、最多之处。这些石画像大抵产生于西汉宣帝、昭帝至东汉末，已出土三千余枚，居全国之首。南阳乃夏人故地所在，于秦时列入全国三十六郡之建制。《史记·货殖列传》云："南阳西通武关、郧关，东南受汉、江、淮。宛亦一都会也。俗杂好事，业多贾。其任侠，交通颍川，故至今谓之'夏人'。"[2] 西汉南阳郡辖三十六县，与洛阳、临淄、邯郸、成都并称大邑。东汉刘秀发迹于此，史称"帝乡"、"南都"。南阳外戚势力极强，出有"南阳五后"，即光烈阴皇后、和帝阴皇后、和熹邓皇后、桓帝邓皇后、灵帝何皇后，与闻政事81年，几占东汉二分之一时段。对《后汉书》诸传统计，南阳人位至三公者27人，九卿者38人，封侯者120人。封于南阳的王侯28人、公主7人。[3] 蔡邕《独断》曰："汉帝子女曰公主，仪比诸侯。"[4] 如此职官、裙带及财富，聚于南阳。其冢墓中石刻涉及神话传说、人物故事、世间百态、车马衣冠、杂技乐舞，足见筑墓者的财势、知识和信仰，自然如鲁迅所言，"非'土财主'所能办"。

南阳汉墓颇重"天学"，既展示了当时天象观察的知识水平，又混杂着天人感应的想象，蕴含着天赐、天佑、灵魂升天的世俗信仰。墓穴石室顶部，多为天文图像，墓主可以借此仰望天庭。鲁

[1] 鲁迅：《且介亭杂文·〈木刻纪程〉小引》，《鲁迅全集》第6卷，第48页。

[2] [汉]司马迁：《史记》(全十册)，第3269页。

[3] 南阳汉画馆编著：《南阳汉代画像石墓》，郑州：河南美术出版社，1998年。

[4] [宋]郑樵撰，王利民点校：《通志二十略》，北京：中华书局，1995年，第1175页。

迅所得拓片中，有日月北斗图、常羲主月图、阳乌星辰图、一日方至一日方入图、东宫苍龙星座图、西王母与月宫玉兔九尾狐图，以及盘绕于门楣石的苍龙、翼龙、蟠龙、云龙、交龙、羽人戏龙等图像。可见古人仰望天象，产生无穷的好奇、叩问和想象，给遥遥云天注入了灵性生命。汉代纬书《春秋说题辞》曰："（北）斗居天中而有威仪，王者法而备之，是亦得天之中和也。"[1]北斗星居于天的中央，群星拱卫，象征威仪，孔子曾以此形容"为政以德"[2]。这种汉代天学信仰，在石画像中有阳乌星辰图，图中也折射有古人的天文学观察：阳乌凤冠凤尾，背负日轮，额下是太白星，象征日出；尾后三星并列，是为河鼓（《尔雅》云：河鼓谓之牵牛）；四星连成菱形，乃是女宿；七星曲折是北斗，弯曲处下方之一星为相，斗柄上方三星是天枪。[3]如此构图是对天象的长期观察的结果，但也蕴含着当时的民间道教信仰和谶纬之学。《逸周书》卷六云："日月俱起于牵牛之初。"[4]《太平御览》卷一引《礼含文嘉》曰："推之以上元为始，起十一月甲子朔旦，夜半冬至，日月五星俱起牵牛之初。"[5]这幅天象图，与纬书所言有契合之处，但其中隐约有牛郎织女故事的影子在晃动。天象与纬书的微妙应合处，确实非"土财主"所能办，折射了汉代南阳天文学的精深。

至于三足乌，《文选》卷四左思《蜀都赋》有"羲和假道于峻岐，阳乌回翼乎高标"之句，注引《春秋元命苞》曰："阳数起于一，成于三，故日中有三足乌。"[6]此于初民的阳乌想象中，渗入《易》纬和《春秋》纬的象数思维。王充《论衡·说日篇》引儒者曰："日

[1]　[宋]李昉等编纂：《太平御览》，《四部丛刊》三编影宋本，卷610，"学部四"。

[2]　[宋]朱嘉：《四书章句集注》，第53页。

[3]　《鲁迅藏汉画象》（一），图100。

[4]　黄怀信、张懋镕、田旭东撰，李学勤审订：《逸周书汇校集注》（全二册），上海：上海古籍出版社，2007年，第615页。

[5]　[宋]李昉等编纂：《太平御览》，《四部丛刊》三编影宋本，卷1。

[6]　[南朝梁]萧统编，[唐]李善注：《文选》（全三册），第76页。

中有三足乌，月中有兔、蟾蜍。"[1] 可见阳乌想象，与东汉谶纬之学有关，并已浸染民俗信仰心理。司马相如《大人赋》云："吾乃今日睹西王母。曤然白首戴胜而穴处兮，亦幸有三足乌为之使。必长生若此而不死兮，虽济万世不足以喜。"[2] 此乃奏上汉武帝的大赋，为正史所载，因而影响更著。

对日月北斗的尊敬与崇拜，起源极早。汲冢出土的战国墓竹书《穆天子传》卷六云："甲辰，天子南葬盛姬于乐池之南。……七萃之士抗者即车（举棺以就车），曾祝先丧，大匠御棺，日月之旗，七星之文（言旗上画日月及北斗七星也），鼓钟以葬，龙旗以口，鸟以建鼓，兽以建钟。"[3] 除了第一星魁星之处，斗柄末梢的第七星，名为招摇，或摇光，也较早受到关注。《礼记·曲礼上》记君王行军之礼："前朱鸟而后玄武，左青龙而右白虎，招摇在上，急缮其怒。"郑玄注："招摇星在北斗杓端，主指者。招摇，并如字，北斗第七星。"孔颖达疏引《春秋运斗枢》云："北斗七星，第一天枢，第二旋，第三机，第四权，第五衡，第六开阳，第七摇光。第一至第四为魁，第五至第七为标。"案此摇光则招摇也。[4] 于此可知，谶纬之学也纠缠着古老的天文观察和天道信仰。鲁迅主张文学史阅读和考察，应注意社会状态、风俗迷信，于这些画像石上是可以获得许多实物资料和精神启示的。观察画像设计，对古人如何进行此界与彼界、人间与天上的精神沟通，可获得相当丰富的直观感受。

一日方至一日方出图，[5] 也属阳乌想象。由于苦旱的焦灼，阳乌想象牵系着楚辞《天问》："羿焉彃日？乌焉解羽？"东汉王逸注引《淮南子》："言尧时十日并出，草木焦枯，尧命羿仰射十日，中其

---

[1] [东汉] 王充：《论衡》，《诸子集成》（七），第 111 页。

[2] [汉] 班固：《汉书》（全十一册），北京：中华书局，1962 年，第 2596 页。

[3] 《穆天子传》，《四部丛刊》影印明天一阁本，卷 6。

[4] [清] 阮元校刻：《十三经注疏》，第 1250 页。

[5] 《鲁迅藏汉画象》（一），图 101。

九日，日中九乌皆死，堕其羽翼，故留其一日也。"[1] 但南阳汉画像已消解苦旱情结，二阳乌如双凤对飞，身姿飘逸，嗷嗷和鸣。又有常羲主月图，更是对天象注入人间亲情。《山海经·大荒西经》云："有女子方浴月。帝俊妻常羲，生月十有二，此始浴之。"[2] 图中常羲，圆髻插羽，脸颊丰满，深衣出臂，双手捧圆月至头部，头就是巅，就是天。但往下看，常羲龙躯，下半有若蜥蜴，又返回原始神秘之境。从汉画像中，可以窥见的中国古典型信仰幻想的信息之丰富和具象生动，为其他材料所莫及。

令人震撼者，还有两幅雷神图。雷神头顶突出成叉、戟状，意味着闪电，环目尖嘴圆肚，扬臂跳脚，其中一幅手脚均为爪状，摆动长尾。[3] 关于雷公的能力，楚辞《远游》云："路漫漫其修远兮，徐弭节而高厉。左雨师使径待兮，右雷公以为卫。"雷公对于升天远游，发挥着护卫的功能。再如《淮南子·俶真训》所云："若夫真人，则动溶于至虚，而游于灭亡之野。骑蜚廉而从敦圄。驰于外方，休乎宇内，烛十日而使风雨，臣雷公，役夸父，妾宓妃，妻织女，天地之间何足以留其志？"[4] 使风雨，臣雷公，乃是修真成仙、"驰于外方，休乎宇内"的民间道教理想，带有楚俗、楚辞的遗韵。至于雷公的形象，唐人徐坚《初学记》卷一云："《抱朴子》云：'雷，天之鼓也。'（注引王充《论衡》云：图画之工，图雷之状，如连鼓形。又图一人若力士，谓之雷公，使左手引连鼓，右手椎之。）"[5] 汉画像中雷公扬手跃足，应是击天鼓姿态。可知汉代民间对于天象、气候，既有亲和感，更多畏惧感，用于墓穴画像，既可祈祷升天，

[1] ［汉］王逸章句，［宋］洪兴祖补注，夏剑钦校：《楚辞章句补注》卷三，长沙：岳麓书社，2013年，第94页。

[2] 方韬译注：《山海经》，北京：中华书局，2011年，第320页。

[3] 《鲁迅藏汉画象》（一），第80—81页。

[4] 何宁：《淮南子集释》，第128—129页。

[5] ［唐］徐坚：《初学记》卷一"天部上"，清光绪孔氏三十三万卷堂本。

又可威慑辟邪。

民间道教将昆仑神话与燕齐方士的神仙幻想相混合，遂出现西王母、东王公对坐昆仑悬圃图，最上方是仙人骑鹿，次上方是大鸟"希有"，最下方是玉兔捣不死药，前面已有分析，不赘。另有一幅西王母与月宫、玉兔捣药及九尾狐图，在阴阳结构中，这组图属于阴性之物。[1] 月宫、玉兔，因为不死药，而与西王母发生关系，故事成分的转折性因缘，乃是中国民间思维方式的一个特点。楚辞《天问》云："顾兔在腹。"王逸注："言月中有兔，……居月之腹而顾望乎？"洪兴祖补注引《灵宪》曰："月者，阴精之宗，积而成兽，象兔，阴之类，其数偶。"[2] 其实，张衡《灵宪》还记述一则关乎月的神话："羿请不死药于西王母，羿妻姮娥窃以奔月，托身于月，是为蟾蜍。"[3]

汉画像此拓片较模糊，西王母居最右端，似乎尚有"豹尾虎齿而善啸"的痕迹，较为原始；依次而左，月中蟾蜍当是姮娥窃食西王母不死药，奔月而变的月精；玉兔则移到月轮之外捣药。虽然移出月轮之外，但直至明清通俗小说，还保留着一句口头禅："计就月中擒玉兔，谋成日里捉金乌"，可见这种信仰在古代已成为可以在民间市井宣讲的常识。

至于位居图面最左端的九尾狐，乃是祥瑞之物，象征子孙繁茂，成为全图的落脚点。九尾狐的传说，历代记述甚多，汉代材料多将之与大禹、周文王相联系。《文选》卷五十一王褒《四子讲德论》云："昔文王应九尾狐，而东夷归周。"注引《春秋元命苞》曰："天命文王，以九尾狐。"[4] 唐欧阳询《艺文类聚》卷九十五引东汉《白虎通》曰："狐死首丘，不忘本也，九德至，则九尾能得其所，

[1]《鲁迅藏汉画象》（一），图103。

[2][汉]王逸章句，[宋]洪兴祖补注，夏剑钦校：《楚辞章句补注》卷三，第86页。

[3][宋]李昉等编纂：《太平御览》，《四部丛刊》三编影宋本卷四"天部四"。

[4][南朝梁]萧统编，[唐]李善注：《文选》（全三册），第2256页。

子孙繁息，于尾，明后当盛也。"又引晋郭璞《九尾狐赞》曰："青丘奇兽，九尾之狐，有道祥见，出则衔书，作瑞于周，以摽灵符。"这里已经提到狐之九尾与子孙繁息的象征性联系。《艺文类聚》卷九十九引《瑞应图》曰："九尾狐者，六合一同则见，文王时，东夷归之。一本曰：王者不倾于色则至。《河图》曰：白帝生，先致白狐。……《尚书大传》曰：文王拘羑里，散宜生之西海之滨，取白狐青翰献纣，纣大悦（翰，长毛也，六韬得青狐。班固《幽通赋》注曰：散宜生至吴，得九尾狐，以献纣也）。"[1]唐徐坚《初学记》卷二十九云："《白虎通》曰：狐死首丘，不忘本也，明不忘危也。德至鸟兽，则九尾狐见者九，配得其所，子孙繁息也。于尾者，后当盛也，《春秋潜潭巴》曰：白狐至，国民利。不至下骄恣。《山海经》曰：武都之山，黑水出焉，其上有玄狐蓬尾。《郭氏玄中记》曰：千岁之狐为淫妇，百岁之狐为美女。"[2]从这些材料中，可知九尾狐传说起于民间信仰、巫风，至东汉与早期道教、谶纬之学相结合，但都指向国运昌盛、家室发达、子孙繁息昌盛，这是筑墓刻画的世俗心理期许。

至于九尾狐与大禹的关系，《竹书纪年》卷上在"帝禹夏后氏"之附语中如此解释："母曰修己，出行，见流星贯昴，梦接意感，既而吞神珠。修己背剖，而生禹于石纽。虎鼻大口，两耳参镂，首戴钩钤，胸有玉斗，足文履已，故名文命。长有圣德。长九尺九寸。梦自洗于河，取水饮之。又有白狐九尾之瑞。"[3]到东汉赵晔《吴越春秋·越王无余外传》则演变成一个动人的人伦故事："禹三十未娶，行到涂山，恐时之暮，失其度制，乃辞云：'吾娶也，必有应矣。'乃有白狐九尾造于禹。禹曰：白者，吾之服也。其九尾

[1] ［唐］欧阳询主编：文渊阁《四库全书本》卷95、99。

[2] ［唐］徐坚：《初学记》，文渊阁《四库全书本》卷29。

[3] 《竹书纪年》卷上，《四库全书本》卷上。

者，王之证也。'于是涂山人歌曰：'绥绥白狐，九尾厐厐。我家嘉夷，来宾为王。成家成室，我造彼昌。天人之际，于兹则行。明矣哉！'禹因娶涂山女，谓之女娇。"[1]文献记载，禹治天下，南为江、汉、淮、汝，东流注之五湖。[2]因而涂山九尾狐的传说，应是汉世犹存的江、汉、淮、汝流域的文化沉积，为古属夏地的南阳墓穴石刻所采纳。由此可知，西王母、月精蟾蜍（姮娥）、玉兔，再加上九尾狐组合成阴性图谱，带有古夏地南阳的特征，大概刻在一位女性墓主的墓顶。狐死首丘，九尾象征九德，尾多意味着子孙繁息，带有某种生殖崇拜的意蕴，并以此楔入筑墓者的世俗心理。

伏羲、女娲信仰，与西王母、东王公信仰，在汉代互相映照，双峰对峙，二水分流。而西王母、东王公以山东嘉祥为盛，伏羲、女娲以河南南阳为多。在南阳汉墓石刻中，伏羲、女娲神话，也被东汉民间道教做了改造整合，本是各有独立起源，于此进行阴阳搭配。鲁迅搜藏此类拓片不少，收录出版者有伏羲、女娲合构之图二种，单独的伏羲图八种，女娲图五种。伏羲、女娲皆为人首龙躯，一者手执华盖，一者手执灵芝仙草，或一者持矩，一者持规，规划天地，以别阴阳。伏羲女娲合图，则二人共举一仙草，下半身之龙躯有如蜥蜴，尾部纠缠交配，是为生育人类的始祖。[3]

关于伏羲、女娲神话，鲁迅对二者龙躯或蛇身，交合以生人类之情节，不曾涉及。《中国小说史略》第二篇唯引《列子·汤问篇》："天地，亦物也。物有不足，故昔者女娲氏炼五色石以补其阙，断鳌之足以立四极。其后共工氏与颛顼争为帝，怒而触不周之山，折天柱，绝地维，故天倾西北，日月星辰就焉，地不满东南，故百川

[1] 周生春：《吴越春秋辑校汇考》，上海：上海古籍出版社，1997年，第105—106页。
[2] ［清］孙诒让撰，孙启治点校：《墨子间诂》，《新编诸子集成》，北京：中华书局，第107—111页。
[3] 《鲁迅藏汉画象》（一），图68。

水潦归焉。"[1] 着重的是女娲炼石补天。

鲁迅小说《补天》就是以女娲补天和创造人类为基本题材，但不涉及伏羲。《故事新编·序言》说："第一篇《补天》——原先题作《不周山》——还是一九二二年的冬天写成的。那时的意见，是想从古代和现代都采取题材，来做短篇小说，《不周山》便是取了'女娲炼石补天'的神话，动手试作的第一篇。首先，是很认真的，虽然也不过取了弗罗特说，来解释创造——人和文学的——的缘起。"[2]《补天》所依据的文献有三种：一是女娲抟黄土造人。《太平御览》卷七十八引汉代应劭《风俗通义》："俗说：天地开辟，未有人民；女娲抟黄土作人，剧务力不暇供，乃引绳于泥中，举以为人。故富贵者黄土人也；贫贱凡庸者絚亘人也。"（按《风俗通义》今传本无此条。）[3] 这里突出女娲以黄土造人，使用黄土是由于汉人是黄色人种。但不是与伏羲交配生人，突出的不是性意识，而是大地意识。二是女娲炼石补天。《淮南子·天文训》："昔者共工与颛顼争为帝，怒而触不周之山，天柱折，地维绝。天倾西北，故日月星辰移焉；地不满东南，故水潦尘埃归焉。"《淮南子·览冥训》又云："往古之时，四极废，九州裂，天不兼覆，地不周载，火爁炎而不灭，水浩洋而不息，……于是女娲炼五色石以补苍天，断鳌足以立四极，杀黑龙以济冀州，积芦灰以止淫水。"[4] 补天的女娲，富有悲天悯人的情怀和英雄主义的气概。三是女娲之肠化为神。《山海经·大荒西经》记载："西北海之外，大荒之隅，有山而不合，名曰不周负子。……有国名曰淑士，颛顼之子。有神十人，名曰女娲之肠，化为神，处栗广之野。"郭璞注："女娲，古神女而帝者，人

[1] 鲁迅：《中国小说史略》第二篇《神话与传说》，《鲁迅全集》第 9 卷，第 18 页。

[2] 鲁迅：《故事新编·序言》，《鲁迅全集》第 2 卷，第 341 页。

[3] [宋] 李昉等编纂：《太平御览》，《四部丛刊》三编影宋本卷七十八"皇王部"。

[4] 何宁：《淮南子集释》，第 167—168，479—480 页。

面蛇身，一日中七十变，其肠化为此神。"[1] 这种变化意识，是与道
化生天地相呼应的。这三种材料兼用，显示中国人的宇宙起源和人
类起源的意识，不是明晰的、单线性的，而是浑浊的、复线性的。

对于这些战国秦汉文献，鲁迅并没有采用"教授小说"的方式，
"谨毛而失貌"地进行演绎，而是将弗洛伊德性心理学贯穿其间，
探讨原始生命力。以现代意识激活古老材料的生命力，就成了鲁迅
启动《故事新编》系列写作的精神维度。在《我怎么做起小说来？》
一文中，鲁迅说："我做的《不周山》，原意是在描写性的发动和创
造，以至衰亡的，而中途去看报章，见了一位道学的批评家攻击情
诗的文章，心里很不以为然，于是小说里就有一个小人物跑到女娲
的两腿之间来，不但不必有，且将结构的宏大毁坏了。"[2] 古老的材
料，外来的思想，并没有减弱鲁迅对现实文化症结的关注，这才有
他以独具一格的古今杂糅的描写方式，开创了神话传说及历史演义
的新潮流的多重合力。

返回伏羲女娲信仰的汉代高峰期，就更能看出鲁迅化用古老材
料之匠心的充分现代性。东汉应劭《风俗通义》卷一引纬书《春秋
运斗枢》说："伏羲、女娲、神农是三皇也。"[3] 这已将伏羲、女娲，
纳入中国文明的源头。伏羲最为人所知的是始作八卦，如《周易·系
辞下》云："古者包牺氏之王天下也，仰则观象于天，俯则观法于
地，观鸟兽之文与地之宜，近取诸身，远取诸物，于是始作八卦，
以通神明之德，以类万物之情。作结绳而为网罟，以佃以渔。"[4] 包
牺氏，即伏羲。《汉书·艺文志》说，《易》的创造，"人更三圣，
世历三古"。[5] 三圣就是伏羲、文王、孔子，伏羲居首。但这些并

---

[1] 《山海经》卷十六《大荒西经》，晋郭璞山海经传本。

[2] 鲁迅：《南腔北调集·我怎么做起小说来？》，《鲁迅全集》第 4 卷，第 513 页。

[3] [东汉] 应劭：《风俗通义》卷一，龙溪精舍丛书本。

[4] [清] 阮元校刻：《十三经注疏》，第 86 页。

[5] [汉] 班固：《汉书》（全十一册），第 1704 页。

没有为南阳汉画像所取，其所取者是伏羲、女娲阴阳合构，始生人类。其中呈现的，已是伏羲、女娲神话的汉代形态。

对于汉代形态的奥秘，反而是《艺文类聚》卷十一引《帝王世纪》透露了一些信息："太昊帝庖羲氏，风姓也，蛇身人首，有圣德，都陈，作瑟三十六弦。"又曰："帝女娲氏，亦风姓也，作笙簧，亦蛇身人首，一曰女希，是为女皇，其末诸侯共工氏，任知刑以强，伯而不王。"[1] 伏羲、女娲都是风姓，似是兄妹，二者均蛇身人首，与汉画像可参。因而有《路史》"伏羲女弟曰女娲，一曰女希"之说。[2]《文选》卷十一东汉王延寿《鲁灵光殿赋》有"伏羲鳞身，女娲蛇躯"之语。注曰："女娲，亦三皇也。善曰：《列子》曰，伏羲女娲，蛇身而人面，有大圣之德。《玄中记》曰：伏羲龙身，女娲蛇躯。"[3] 王延寿之父王逸注《楚辞·天问》"女娲有体，孰制匠之？"曰："传言女娲人头蛇身，一日七十化，其体如此，谁所制匠而图之乎？"[4] 这些东汉人所见的壁画，以及包括纬书在内的文献，都深刻地影响着东汉民间信仰而渗透于汉墓画像石的。

鲁迅藏汉画像有"伏羲女娲人物图"，伏羲、女娲均人首蛇身，对面拱手作揖，蛇尾绵长，弯曲下垂。二者的下方，是一巨人般的人物，形体是伏羲、女娲的二三倍。此巨人是谁？或释为盘古，或释为高禖。[5] 高禖，是帝王祭祀求子嗣的媒神。《礼记·月令》云："仲春之月，……玄鸟至。至之日，以大牢祠于高禖。天子亲往，后妃帅九嫔御。乃礼天子所御，带以弓韣，授以弓矢，于高禖之前。"郑玄注："玄鸟，燕也。燕以施生时来，巢人堂宇而孚乳，嫁娶之象也。媒氏之官以为候。高辛氏之出，玄鸟遗卵，娀简吞之而

[1]　[汉]班固：《汉书》（全十一册），第 1704 页。

[2]　[明]胡应麟：《玉壶遐览》卷二，广雅书局重刊《少室山房集》本。

[3]　[南朝梁]萧统编，[唐]李善注：《文选》（全三册），第 171 页。

[4]　[汉]王逸章句，[宋]洪兴祖补注，夏剑钦校：《楚辞章句补注》卷三，第 101 页。

[5]　《鲁迅藏汉画象》（一），图 82；另见《鲁迅珍藏汉代画像精品集》，第 85 页。

生契，后王以为媒官嘉祥，而立其祠焉。变媒言禖神之也。"[1]《逸周书》卷六记载与《月令》相同。

清人王引之《经义述闻》卷十四如此解释："仲春之月，以大牢祠于高禖。郑注说高禖云，高辛氏之世，元鸟（按，因避康熙之讳，改玄鸟为元鸟）遗卵，娀简狄吞之，而生契。……蔡邕以为禖神，高辛已前旧有。高者尊也，谓尊高之禖，不由高辛氏而始有高禖。卢植以为居明显之处，故谓之高（见《续汉书·礼仪志》注）。引之谨案：郑、蔡、卢三家之说皆非也。高者，郊之借字。古声高与郊同，故借高为郊。《周官·载师》：近郊之地、远郊之地，故书郊或为蒿。杜子春云：蒿读为郊。文三年《左传》：取王官及郊。《史记·秦本纪》郊作鄗。蒿、鄗并从高声。高之为郊，犹蒿与鄗之为郊也。高诱注《吕氏春秋·仲春纪》曰：《周礼·媒氏》以仲春之月，合男女，因祭其神于郊，谓之郊禖。郊音与高相近，故或言高禖。此说是也。"[2] 周代礼俗，仲春燕子归来，男女郊游相会，有女怀春，于此时"祠高禖"，属于生殖崇拜。谁是高禖之神？顾炎武《书女娲庙》诗云："至今赵城之东八里有冢尚崔嵬，不见娲皇来制作。里人言是古高禖，万世昏姻自此开。"自注曰："《路史》：古高禖祀女娲。"[3] 赵城在今山西洪洞县赵城镇，高禖是女娲说，属于三晋民间信仰。

然而，汉画像"伏羲女娲人物图"中，此巨人方头、宽肩、束腰、窄髋，下垂阳物，是男性之躯，并非女娲，而且上方已有女娲，不应重复。按照古代画像的惯例，帝王图中的帝王形体高大，随从缩小只及其半。因此将此巨人释为创世主神盘古，或太一，也许更为合适。盘古神话源自南方少数民族，至三国吴、南朝梁，才见于文献记载。因此，指认为太一，更符合神话传说见于早期文献

[1] ［清］阮元校刻：《十三经注疏》，第 1361 页。

[2] ［清］王引之：《经义述闻》卷十四，皇清经解本。

[3] ［清］顾炎武：《顾亭林诗集》卷四，《四部丛刊》影印潘刻本。

的历史进程。《庄子·天下》将太一归于道家："关尹、老聃闻其风而悦之，建之以常无有，主之以太一，以濡弱谦下为表，以空虚不毁万物为实。"[1]《淮南子·主术训》云："天气为魂，地气为魄，反之玄房，各处其宅，守而勿失，上通太一。太一之精，通于天道，天道玄默，无容无则，大不可极，深不可测，尚与人化，知不能得。"《诠言训》又云："洞同天地，浑沌为朴，未造而成物，谓之太一（高诱注：太一元神总万物）。同出于一，所为各异，……皆为物矣，非不物而物物者也，物物者亡乎万物之中。"[2] 高诱是东汉末人，用了"太一元神"一词，太一已是天地原始之神。本来楚辞《九歌》已将"东皇太一"作为楚人的主神祭祀，洪兴祖补注："《汉书·郊祀志》云：天神，贵者太一。太一佐曰五帝。古者天子以春秋祭太一东南郊。《天文志》曰：中宫天极星，其一明者，太一常居也。"[3] 在汉代，太一由楚人的主神转换为汉人的主神，得到了广泛的文献共识。

楚人主神进入中原的关键环节，见于《史记·封禅书》："亳人谬忌奏祠太一方，曰：'天神贵者太一，太一佐曰五帝。古者天子以春秋祭太一东南郊，用太牢，七日，为坛开八通之鬼道。'于是天子令太祝立其祠长安东南郊，常奉祠。"[4] 亳为楚地，与刘邦举义之丰、沛、芒砀山毗邻。此地方士具有沟通楚俗和汉代帝王的特殊缘分。

顾炎武《日知录》卷三十云："太一之名不知始于何时。《史记·天官书》：'中宫天极星，其一明者为太一常居。'《封禅书》：'亳人谬忌奏祠太一方曰：天神贵者太一，太一佐曰五帝。……其后人有上书，言：古者天子三年一用太牢，祠神三：一天、一地、

---

[1] ［清］郭庆藩撰，王孝鱼点校：《庄子集释》，第 1093 页。

[2] 何宁：《淮南子集释》，第 608—609、991—992 页。

[3] ［汉］王逸章句，［宋］洪兴祖补注，夏剑钦校：《楚辞章句补注》卷二，第 57 页。

[4] ［汉］司马迁：《史记》（全十册），第 1386 页。

一太一。天子许之。令太祝领祠之，于忌太一坛上，如其方。'此太一之祠所自起。《易乾凿度》曰：'太一，取其数以行九宫。'郑玄注曰：'太一者，北辰神名也。下行八卦之宫，每四乃还于中央。……'《易乾凿度》曰：'太一取其数，以行九宫。九宫者，一为天蓬，以制冀州之野；二为天内，以制荆州之野；三为天冲，其应在青；四为天辅，其应在徐；五为天禽，其应在豫；六为天心，七为天柱，八为天任，九为天英，其应在雍、在梁、在兖、在扬。……此谓以九宫制九分野也。'"由此可知，若以图中巨人为太一，则既混合着民间道教和谶纬学的宇宙起源论，又混合着楚俗、楚神进入中原，以九宫统制九州分野的大一统意识。如此民俗、神人、宇宙观、大一统观渗入民间，遂衍化成南阳石画像的太一化生阴阳，"洞同天地，浑沌为朴，未造而成物"，升腾出伏羲、女娲以创造人类了。对于汉代创世主神的旅行和遍及官方民间的渗透，鲁迅没有做出专门研究，他更关心的是看取古代的日常生活，沟通历史与现代。

七、形式性的继承和点化

鲁迅研究文学史、小说史，对汉代石画像中的神灵怪物，早有关注。《中国小说史略》第二篇云："王逸曰：'屈原放逐，彷徨山泽，见楚有先王之庙及公卿祠堂，图画天地山川神灵琦玮谲诡及古贤圣怪物行事，……因书其壁，何而问之。'是知此种故事，当时不特流传人口，且用为庙堂文饰矣。其流风至汉不绝，今在墟墓间犹见有石刻神祇怪物圣哲士女之图。"神是天神，祇是地神，门神一类属于地神，鲁迅对门神的起源，相当关注。他接着就引述《论衡》所引《山海经》（按：今本中无之）云："沧海之中，有度朔之山，上有大桃木，……其枝间东北曰鬼门，万鬼所出入也。上有二神人，一曰神荼，一曰郁垒，主阅领万鬼，害恶之鬼，执以苇索而以食虎。于是黄帝乃作礼，以时驱之，立大桃人，门户画神荼郁垒与虎，悬苇索，以御凶魅。"最后交待："门神，乃是唐朝秦叔保胡敬德二将军也。……后世沿袭，遂永为门神。"[1] 在汉代，在天上总领天上群仙的是西王母、东王公；在地上主阅领万鬼以御凶魅的，是神荼、郁垒。从职掌上说，二者是分工明晰，又相互对应的。

从纷繁复杂的文献记载中，鲁迅揭示了中国门神发生发展过程具有替代性，从上古到中近古，神人实行换班轮值。因此在《中国小说的历史的变迁》第一讲中说："因为中国古时天神，地祇，人，鬼，往往散杂，则原始的信仰存于传说者，日出不穷，于是旧者僵死，后人无从而知。如神荼，郁垒，为古之大神，传说上是手执一种苇索，以缚虎，且御凶魅的，所以古代将他们当作门神。但到后来又将门神改为秦琼，尉迟敬德，并引说种种事实，以为佐证，于是后人单知道秦琼和尉迟敬德为门神，而不复知神荼，郁垒，更不消说造作他们的故事了。"[2] 鲁迅于此从中国人的神鬼观念形态上，考察了唐宋以后的门神秦琼和尉迟敬德取代汉晋时期的神荼、郁垒的历史过程和风俗心理机制。

值得认真思考的是，一旦与现代艺术创造相碰撞，鲁迅对源远流长的门神图画，则舍弃案头研究所看重的流变内容，而专注于可以作为今人借鉴的形式。形式性的继承和点化，属于抽象的继承和转化，可以摆脱许多进步、保守之类的价值审判的纠缠。在 20 世纪 30 年代，鲁迅由当时所见的年画，勾起对家乡门神的回忆。1934年 2 月鲁迅收到河南籍青年木刻家刘岘寄赠"花纸（年画）一束"，随即复函说："河南门神一类的东西，先前我的家乡——绍兴——也有，也贴在厨门上墙壁上，现在都变了样了，大抵是石印的。要为大众所懂得，爱看的木刻，我以为应该尽量采用其办法。"[3] 形式

---

[1]　鲁迅：《中国小说史略》第二篇《神话与传说》，《鲁迅全集》第 9 卷，第 22—23 页。

[2]　鲁迅：《中国小说的历史的变迁》第一讲《从神话到神仙传》，《鲁迅全集》第 9 卷，第 303—304 页。

[3]　鲁迅：《书集附录·致刘岘》，《鲁迅全集》第 13 卷，第 678—679 页。

性继承和点化可以提供某种兼容性空间，用以注入现代意识，这种现代意识立足于大众，立足于大众的"懂得"和"爱看"。1986 年底，刘岘为开封朱仙镇年画社年画样本作序言（由女儿代笔），则将鲁迅对他的谈话改写为："河南朱仙镇年画，刻线粗健有力，不染脂粉，人物无媚态，很有乡土味，具有北方年画的独有特色。"[1]这种改写，包含着刘岘对鲁迅的理解，甚至包含着年画样本作者的期待。刘岘寄赠鲁迅的朱仙镇年画作品，据称原有百余种，今藏上海鲁迅纪念馆二十六幅。鲁迅《致段干青》函中也认为，现代创作版画应参考民间喜爱的"花纸"（即年画）："他们在过年时所选取的花纸种类，是很可以参考的。"[2]其中旨趣还是形式性继承和点化，于无用处生发出大用。

然而借鉴和研究虽有联系，但研究着重进入对象，借鉴着重进入现实。要研究汉人的风俗心理，还需由形式回归内容。年画起源约始于五代北宋，但东汉蔡邕《独断》已记载："岁竟，画茶垒，并悬苇索，以御凶。"[3]这里已有过年而画神荼、郁垒为门神的意思。不过，汉代民俗中，究竟是图画神荼、郁垒，或是图画与之相关的虎在门上用以御凶，存在着不同的说法。除了前述东汉应劭《风俗通义》所云"县官常以腊祭夕，饰桃人，垂苇索，画虎于门，以御凶也"之外，东汉王充《论衡·乱龙篇》又载神荼、郁垒对于"妄为人祸"之鬼，"缚以卢索，执以食虎"，尔后又补述："故今县官斩桃为人，立之户侧。画虎之形，著之门阑。夫桃人，非神荼、郁垒也。画虎，非食鬼之虎也，刻画效象，冀以御凶。"解释与《风俗通义》不甚一致，似乎神荼、郁垒未是门神，画以御凶之虎是"刻画效象"，已经象征方法。《论衡·订鬼篇》引《山海经》说法又异，

[1]　任鹤林：《开封朱仙镇木版年画》，开封：河南大学出版社，2005 年。

[2]　鲁迅：《书信·350118 致段干青》，《鲁迅全集》第 13 卷，第 24 页。

[3]　[清]俞正燮：《癸巳存稿》卷十三引蔡邕《独断》，清王藻刻本。

谓神荼、郁垒二神人，"主阅领万鬼。恶害之鬼，执以苇索，而以食虎。于是黄帝乃作礼以时驱之，立大桃人，门户画神荼、郁垒与虎，悬苇索以御凶魅。有形，故执以食虎"。这又实实在在地指认"门户画神荼、郁垒与虎"[1]，成为始于汉代的原始门神了。

鲁迅藏的南阳汉画像中，指认为神荼者，只有瓦店东南蔡桥出土的一种；[2] 指认为郁垒者，则无。神荼画像，头戴高耸的力士冠，其冠带诡异，令人联想到《史记·仲尼弟子列传》"子路性鄙，好勇力，志伉直，冠雄鸡，佩豭豚。"[3] 神荼竖耳、立眉、环目、鼓腮，一副虎头虎脑的模样；长袍短袖，裤管粗壮，均饰以虎纹斑条。一手下伸，掌心向外，一手上举，伸出食指，似乎在数说鬼物的邪恶。此类画像，通常站立在门柱，或门扉背后，保护墓主宴饮平安，或升天无碍。就其功能而言，鲁迅所藏的柱石人物六张，执钺者四张，并未表示人物身份，应看作神荼、郁垒同类。如执钺者多是头戴力士冠或武弁、兜鍪，相貌勇武狞猛，其中一执钺者挥钺击鸮。[4] 其余柱石人物或有戴武弁大冠者，虽然神情镇定，上方却有怪物逃遁，或鸷鸟搏杀妖禽一类装饰，[5] 可见其具有威慑邪恶的力量。

至于墓门画虎以辟邪，也是神荼、郁垒神话的变异。虎能食鬼，是神荼、郁垒捉鬼的帮手。东汉应劭《风俗通义》卷八云："虎者，阳物，百兽之长也，能执搏挫锐，噬食鬼魅。今人卒得恶遇，烧悟虎皮饮之，系其爪，亦能辟恶，此其验也。"[6]《文选》载东汉南阳张衡《东京赋》，有"度朔作梗，守以郁垒，神荼副焉，对操索苇"

---

[1] [东汉] 王充：《论衡》，《诸子集成》（七），第 157、221 页。

[2] 《鲁迅藏汉画象》（一），图 76。

[3] [汉] 司马迁：《史记》（全十册），第 2191 页。

[4] 《鲁迅藏汉画象》（一），图 68，77—79。

[5] 《鲁迅藏汉画象》（一），图 65—66。

[6] [东汉] 应劭：《风俗通义》卷八，上海：商务印书馆"国学基本丛书"本。

句，注引《风俗通义》云："黄帝书，上古时，有神荼、郁垒昆弟二人，性能执鬼。度朔山上有桃树，下简阅百鬼，鬼无道理者，神荼与郁垒持以苇索，执以饲虎。是故县官常以腊祭夕，饰桃人，垂苇索，画虎于门，以御凶也。"[1] 可见画虎于门，是神荼、郁垒当门神的一种重要的替代形式。

　　因之可以推断，安阳汉画像石墓的门上多刻有白虎或朱雀铺首衔环以辟邪，其功能相当于后来的门神，或者说，是当时设置的冥间门户守护神。鲁迅搜集到的石画拓片，可见到白虎铺首衔环五张，朱雀铺首衔环三张，共八张。[2] 铺首面目狰狞，酷似饕餮；白虎做猛虎下山状，巨嘴大张，身姿矫健，足以使邪恶之物受惊吓而远遁；朱雀头部和尾部长羽飘拂，展翅欲飞，当是引导灵魂升天。白虎、朱雀，与汉人龙凤龟蛇四灵崇拜有关。《三辅黄图》卷三云："苍龙、白虎、朱雀、玄武，天之四灵，以正四方，王者制宫阙殿阁取法焉。"[3] 这里的"正"字，义为纠正、端正、正法，如《周礼·夏官大司马》所说："贼杀其亲则正之。"郑玄注曰："正之者，执而治其罪。"[4] 四灵有持正执法祛邪的功能。西晋崔豹《古今注》卷上又云："阙，观也。古每门树两观于其前，所以标表宫门也。其上可居，登之则可远观，故为之观。人臣将朝，至此则思其所阙多少，故谓之阙。其上皆丹垩，其下皆画云气仙灵、奇禽怪兽，以昭示四方焉。苍龙阙画苍龙，白虎阙画白虎，玄武阙画玄武，朱雀阙上有朱雀二枚。"[5] 墓门画虎之类，乃是为了辟邪。在四灵中，辟邪功能，以白虎为第一，故汉画像多用之。

[1]　[南朝梁]萧统编，[唐]李善注：《文选》(全三册)，第63页。
[2]　《鲁迅藏汉画象》(一)，图1—8。
[3]　[汉]佚名：《三辅黄图》卷三，《四部丛刊》三编影元本。
[4]　[清]阮元校刻：《十三经注疏》，第835页。
[5]　[西晋]崔豹：《古今注》卷上《都邑第二》，《四部丛刊》影宋本。

门扇铺首上方画虎，与图腾在形式上有相通之处，而在两旁门柱上画人物，就呈现人间化的趋势了。二者相加，可谓双重保险。鲁迅收藏的此类拓片，可见执戟门吏图十八张，执盾门吏三张，执棒者八张，拥彗者七张，可谓洋洋大观。[1] 执戟、执盾、执棒，应是汉代府邸或衙门卫士的标志。这些门卫不像老虎那样只会恐吓邪物，还能辨别善恶正邪，可为墓主提供高规格的安全，免得将亲友和恶鬼一同驱除，给墓主留下孤独寂寞。拥彗，则是手持扫帚，或扫帚星，可以扫净街衢以迎宾，也可扫净天街以升天。戟，即棨戟，有符信作用，相当于斧钺，表示断斩权力，骑吏荷以为官长前驱。

龙为奇特的一图，二执棒者戴武弁大冠，两旁饰以鹖羽。曹操《鹖鸡赋·序》云："鹖鸡猛气，其斗终无负，期于必死。今人以鹖为冠，像此也。"[2] 如此冠饰，配合双手执巨棒，颇是威武。其上方并蹲着二怪兽，双臂高举，二目圆瞪，口吐长舌，做怪僻惊恐状以辟邪。[3] 若指认此二怪兽是镇墓兽，则不同于鲁迅购得的独角人面兽身而"须翘起如洋鬼子"者。这些执棒、执戟、执盾者，立于门柱上，似可代替神荼、郁垒之功能，但是已经社会生活化，甚至有关职官吏员制度了。如此构图，既可实现墓门的威严，也可呼应人世的官场气派。

八、谛视诡异的心灵现实与遥祭汉唐魄力

出入于灵怪和人间多重世界，是南阳汉画像的基本特色。灵怪与人间，往往你中有我，我中有你：灵怪换一副行头就回到人间，

---

[1] 《鲁迅藏汉画象》（一），图21—57。

[2] ［三国］曹操：《魏武帝集》卷一，清丁氏辑本，辑自《大观本草》卷十九；明李时珍《本草纲目·禽部》第四十八卷也辑有此句，文字略异。

[3] 《鲁迅藏汉画象》（一），图43。

人间戴一副假面就充当灵怪。让神荼、郁垒执戟、执钺，同样可以驱鬼；再换作执笏、持节，就可以充当吏员。这与鲁迅所说的"中国古时天神，地祇，人，鬼，往往殽杂"的信仰形态，存在着深刻的关系。在汉画像的世间人物图中，可考当时职官吏员制度或典章文物者，还有收录入画集的执笏门吏九图、持节门吏一图。[1] 这就是鲁迅所说，"观民风是不但可以由诗文，也可以由图画"[2] 了。执笏以上朝，受命以持节，都是为官办事之用。执笏者多躬身俯首，执事唯谨；持节者高擎符节，气宇轩昂。元人李翀《日闻录》云："《周礼·掌节》，门关用符节，货贿用玺节，道路用旌节。……汉世之节，则可仗可执，其制全非符节之比矣。苏武仗节牧羊，节旄尽落漠。节本垂赤旄，因戾太子之变而加黄旄，则此节正与旌类，不复古制矣。……《汉官仪》，节以竹为之，柄长八尺，以旄牛尾为其眊（旄）三重。……后世凡衔带使持节者，得擅斩杀，盖自汉始也。"[3] 此图的符节有三重节旄，持节者可能接受出使的重任，也可能被授予生杀的权力。若如此，就涉及汉代职官制度，关联到墓主生前的任职行止了。

有些画像可考汉代的物质生活及制度形态。比如端灯侍女二图、捧物捧奁侍女四图、捧物者三图，属奴婢阶层。侍女有高髻、锥髻、圆髻、戴鸟羽、戴步摇等各种发饰。加上一女子立像，十人有九人为细腰，可见汉代楚风之遗韵。如李渔《闲情偶寄·声容部》所谓"楚王好细腰，宫中皆饿死；楚王好高髻，宫中皆一尺；楚王好大袖，宫中皆全帛"。[4] 汉代世族、外戚、宦官势力极盛，奴婢数量甚众。《艺文类聚》卷四十九引《汉旧仪》曰："太仆帅诸苑三十六所，分布北边，以郎为苑监，官奴婢三万人，分养马三十万

---

[1] 《鲁迅藏汉画象》（一），图9—17，20。

[2] 鲁迅：《南腔北调集·上海的儿童》，《鲁迅全集》第 4 卷，第 566 页。

[3] [元] 李翀：《日闻录》，丛书集成初编本，上海：商务印书馆，1939 年，第 1—2 页。

[4] [清] 李渔著，沈勇译注：《闲情偶寄》，北京：中国社会出版社，2005 年，第 15 页。

头，择取给六厩牛羊无数，以给牺牲。"[1]《太平御览》卷四百七十引《东观汉记》曰："马防为车骑将军、城门校尉，加置掾令史，位在九卿上，绝席。诏封防兄弟三人，各三千户。防为颍阳侯，身带三绶。防子钜为黄门侍郎。肃宗亲御章台下殿，陈鼎俎，自临冠之。兄弟奴婢各千人已上。又曰：窦融嗣子穆尚内黄公主，而融弟显亲侯窦友嗣子固尚涅阳公主，穆长子勋尚东海恭王女。窦氏一公、二侯、三公主、四千石，自祖至孙，官符厩第相望，奴婢千数，于亲戚功臣，莫与为比。"[2]奴婢制度盛行，汉画像多绘奴婢，乃是汉代社会制度和民俗习尚的具象表露。比如拓印比较清晰的侍女所持的灯，都是火光如烛光，高耸而略有摇曳。这当是以麻稭秆作为灯芯而产生的照明效果，如东汉桓谭《新论·祛蔽篇》所云"持灯一烛"[3]，是相当写实的。墓主借此工艺技术的描摹，以享受人生、享受死亡、享受人生后的死亡及死亡后的人生。孝子画侍女以侍奉先人，不用真人殉葬，或有陶俑陪葬，加上画中侍女，墓主生活也算得上相当惬意了。

持灯是以夜继昼，舞乐则是以死为生，企求将醉生梦死的成语倒过来，变作"醉死梦生"。汉画像蕴含着生与死的民俗观念。鲁迅藏南阳汉画像拓片，收录有建鼓舞乐图十种，其他百戏杂技图九种。这里面隐含着汉人理想的现实生活，并将此理想带入超现实的世界。建鼓是一种古乐器，《穆天子传》中用于丧礼，《国语·吴语》中用于行军。宫廷所用，如《仪礼·大射仪》云："建鼓在阼阶西。"郑玄注："建犹树也。以木贯而载之，树之跗也。"[4]比如建鼓舞乐图，或做伏虎状的底座上，以木柱地撑六边形的大鼓立在中央，上

[1]　[唐]欧阳询主编：《艺文类聚》卷四十九，文渊阁《四库全书》本。

[2]　[宋]李昉等编纂：《太平御览》卷四百七十，《四部丛刊》三编影宋本。

[3]　[汉]桓谭：《新论》，朱谦之校辑，北京：中华书局，2009年。

[4]　[清]阮元校刻：《十三经注疏》，第1028页。

方飘扬着旒苏、羽葆，二侧各一人执桴，跨步挥臂，且鼓且舞。旁有二人吹排箫或笙篪，汉胡乐器兼用，令人有乐声盈耳之感。又有一图，右侧一人跨步击建鼓，左侧三人抚琴鼓瑟，中间二人或在樽上倒立，或踏柎做长袖舞。[1]《周礼·春官·大师》云："柎，形如鼓，以韦为之，著之以糠。"在皮囊装糠的墩子上拂袖跃足为舞，也是有难度的。

值得注意的是，舞乐用建鼓，代表着一种文明方式。《淮南子·精神训》曰："今夫穷鄙之社也，叩盆拊瓴，相和而歌，自以为乐矣。尝试为之击建鼓，撞巨钟，乃性仍仍然，知其盆瓴之足羞也。藏《诗》《书》，修文学，而不知至论之旨，则拊盆叩瓴之徒也。夫以天下为者，学之建鼓矣。"[2]可见击建鼓歌舞，比起敲打瓦盆瓦瓶相和而歌，是高雅得多，文明得多，这也是可以显示墓主身份的。

至于杂技百戏，似乎已经成了汉代公私场合常见的娱乐方式，也成了汉画像中孝子娱亲的重要方式。究其起源，俳优、杂技很早就见于文献。《孔子家语·相鲁篇》记载："（鲁）定公与齐侯会于夹谷，孔子摄相事，……有顷，齐奏宫中之乐，俳优、侏儒戏于前。孔子趋进，历阶而上，不尽一等，曰：'匹夫荧侮诸侯者，罪应诛。请右司马速刑焉。'于是斩侏儒，手足异处。齐侯惧，有惭色。"[3]这在郑重的诸侯会盟场面上，出现了俳优侏儒戏。《礼记·乐记》子夏对魏文侯曰："今夫新乐，进俯退俯，奸声以滥，溺而不止，及优、侏儒，獶杂子女，不知父子。"郑玄注："獶，狝猴也。言舞者如狝猴戏也，乱男女之尊卑。"[4]战国初年已有俳优、侏儒、

---

[1] 《鲁迅藏汉画象》（一），图183、185。

[2] 何宁：《淮南子集释》，第541—542页。

[3] 王国轩、王秀梅译注：《孔子家语》，第7—8页。

[4] 阮元校刻：《十三经注疏》，第1540页。

猴戏，而且引发了古乐与新乐，即流行音乐和娱乐方式的争辩。西汉刘向《新序》卷二记载无盐女批评齐宣王宫廷，"酒浆流湎，以夜续朝。女乐俳优，从横大笑"。[1] 这是从奢侈淫靡的娱乐方式，造成国政荒废的角度进谏。《列子·说符篇》云："宋有兰子者，以技干宋元。宋元召而使见。其技以双枝，长倍其身，属其胫，并趋并驰，弄七剑迭而跃之，五剑常在空中。元君大惊，立赐金帛。又有兰子又能燕戏者，闻之，复以干元君。元君大怒曰：'昔有异技干寡人者，技无庸，适值寡人有欢心，故赐金帛。彼必闻此而进复望吾赏。'拘而拟戮之，经月乃放。"[2] 此处所述的高跷上抛掷七剑的杂技异术，确是神乎其神了。刘向《列女传》卷七则将此种技艺和风气，上溯到夏末："末喜者，夏桀之妃也。美于色，薄于德，乱孽无道，女子行丈夫心，佩剑带冠。桀既弃礼义，淫于妇人，求美女，积之于后宫，收倡优侏儒狎徒能为奇伟戏者，聚之于旁，造烂漫之乐，日夜与末喜及宫女饮酒，无有休时。"[3] "倡优侏儒狎徒能为奇伟戏者"，可见滑稽、俳优、百戏之技艺，流行于宫廷。

这种富有刺激性的娱乐方式，于秦汉之世，获得更大的发展。由于秦人"弃击瓮叩缶而就郑、卫，退弹筝而取《昭》《虞》"，颠覆和重构礼乐体制，建立"快意当前，适观而已矣"[4] 的乐舞价值标准，就促使俳优百戏之艺的发展，获得新的土壤。降至汉代，俳优百戏幻术更见繁茂，种类、难度、规模都有长足发展，场合则由宫廷及于广场。即以角抵戏为例，《汉书·刑法志》说："春秋之后，灭弱吞小，并为战国，稍增讲武之礼，以为戏乐，用相夸视。而秦

---

[1] ［东汉］刘向编著，石光瑛校释，陈新整理：《新序校释》，北京，中华书局，2001年，第292—293页。

[2] 杨伯峻：《列子集释》，北京：中华书局，1979年，第253—255页。

[3] ［东汉］刘向：《列女传》卷七《孽嬖传》，《四部丛刊》本。

[4] ［秦］李斯：《谏逐客书》，《史记·李斯列传》，第2544页。

更名角抵，先王之礼没于淫乐中矣。"[1]《汉书·武帝纪》进一步说："（元封）三年春，作角抵戏，三百里内皆观。"[2]可见汉武帝时期这种两人捉对角力的游戏，到了何等规模。明张岱《夜航船》："散乐始周，有缦乐、散乐。秦汉因之，为杂伎。武帝始沿为俳优百戏，总谓散乐。"[3]《汉官典职》又说："正旦，天子幸德阳殿，作九宾乐。舍利从东来，戏于庭。毕，入殿门，激水化成比目鱼，跳跃漱水，作雾鄣日。毕，化成黄龙，高丈八，出水游戏于庭，炫燿日光。以二丈丝系两柱中，头间相去数丈，两倡女对舞行于绳上。又踏局屈身藏形斗中。钟声并倡，乐毕，作鱼龙曼延、黄门鼓吹三通。"[4]俳优百戏及杂技幻术已达到新的水准，喷泉成比目鱼和黄龙状，高空履索，斗中藏人，均炫人耳目。

南阳张衡《西京赋》对大都会广场的杂技幻术表演更是穷描极绘："临回望之广场，程角觝之妙戏。乌获扛鼎，都卢寻橦，冲狭燕濯，胸突铦锋。跳丸剑之挥霍，走索上而相逢。……戏豹舞罴，白虎鼓瑟，苍龙吹篪。……化为仙车，骊驾四鹿，芝盖九葩，蟾蜍与龟，水人弄蛇。奇幻倏忽，易貌分形，吞刀吐火，云雾杳冥，画地成川，流渭通泾。"[5]角觝、扛鼎、缘橦、冲狭、跳刃飞剑、走索、舞兽、仙车、弄蛇、吞刀吐火、画地成川等等杂技幻术，都表演得热火朝天，争奇斗艳，几乎是倾城空巷为乐。由于丝绸之路的开通，汉代舞乐杂技幻术已愈益深刻地受到西域影响。《汉书·张骞传》记载："大宛诸国发使随汉使来，观汉广大，以大鸟卵及犛轩眩人献于汉，天子大说。"颜师古注："眩读与幻同。即今吞刀吐火，植

---

[1]　[汉]班固：《汉书》（全十一册），第1085页。

[2]　[汉]班固：《汉书》（全十一册），第194页。

[3]　[明]张岱辑：《夜航船》卷九"礼乐部"，清观术斋钞本。

[4]　[宋]李昉等编纂：《太平御览》卷五百六十九"乐部七"引《汉官典职》，《四部丛刊》三编影宋本。

[5]　[汉]班固：《汉书》（全十一册），第2696页。

瓜种树，屠人截马之术皆是也。本从西域来。"[1] 可见来自西域的眩术，即幻术，是极其眩人耳目的。汉世百戏杂技兼容之广泛，场面之宏大，尽显汉代一流的国力和魄力。

鲁迅藏汉画像中也有"舞乐冲狭图"，"冲狭"就是人从狭窄的圈中钻过，草圈插刀或燃火。只见左方三人吹笙吹箫击柎，右端一人张臂助威，兼起保护作用。中间立着一个燃火插刀的草圈，圈左一女纵身腾空，冲向狭圈，圈右一女过圈后躬身垂袖，衣带飘拂。[2] 对于张衡所谓"冲狭燕濯，胸突铦锋"，《文选》注曰："卷簟席，以矛插其中，伎儿以身投，从中过。燕濯，以盘水置前，坐其后，踊身张手跳前，以足偶节，逾水，复却坐，如燕之浴也。"此类杂技都是以惊险取胜的。又有"击鼓飞丸图"，帷幕下二人击建鼓，左旁一人双手抛弄圆球。最左一人拂袖提足踢球，最右二人左袖高扬，右手执竹枝应球，左右相应，是为蹴鞠图，中国古代的足球游戏。[3] 又如"持械相斗图"，左方一人弹筝，一人击钹，左方二人跪者持刀，蹲者戴兽首假面腰佩长剑，举手做徒手夺刀姿势。[4] 汉代舞乐杂技花样百出，足见其发展已经超越前代，而各墓所绘画面多有不同，并非按照固定模样制作，在相当程度上是投合墓主生前所好。

作为舞乐百戏之品种，汉画像中，象人斗兽，及斗龙、虎、牛的画像甚多，也使各处墓室异彩纷呈。何为"象人"？《汉书·礼乐志》三国吴人韦昭注"常从象人"曰："(象人)著假面者也。"[5] 也就是戴着假面具的艺人。鲁迅藏南阳汉画像被收录者，象人斗兽

[1] [南朝梁]萧统编，[唐]李善注：《文选》(全三册)，第48—49页。

[2] 《鲁迅藏汉画象》(一)，图195。

[3] 《鲁迅藏汉画象》(一)，图188。

[4] 《鲁迅藏汉画象》(一)，图200。

[5] [汉]班固：《汉书》(全十一册)，第1075页。

或戏兽图有十八种，象人斗龙、斗虎、斗熊、斗牛图有九种，还有进一步幻化的"羽人戏龙图"二种，都是题材相近而画法互殊，无一雷同。其中一图，右方一戴假面的象人惊恐挥手拔腿狂奔，一应龙追逐，回头张口反咬羽人向它投来的花束，一野牛向另一方猛触挑衅者。另一图则是象人狂奔，巨兽向他追赶，却被一只似是狮子的怪兽蹲伏挡道，随着追逐来的似虎似犬的神兽，又转头欲衔羽人挥舞的头巾。[1] 象人所斗的龙、虎、牛、熊诸兽，都极为矫健威猛，或做龙首虎身，或是猛虎添翼，或是健牛俯首蹬足扬尾，利角前挑，或是熊体敏捷，扭身张口，跨腿挥掌。象人或拂袖扬掌，或持矛挑刺。[2] 画面粗拙、夸张、变幻、活跃，线条奔放，怵目惊心。其中情调既散发着原始野性，又透露某种促狭的幽默感。这些画像沟通天地，摹写自然，牵涉信仰，渲染娱乐，以真幻交融的形象，透露着汉人尽情享受盛世、又把冥间装点得并非阴森恐怖的心灵真实。人戴假面，兽作怪异，是一种诡异的心灵现实主义，充溢着原始野性的强力。

这就难怪鲁迅说，"至于怎样的是中国精神，我实在不知道"，因为中国精神构成因素的丰富、博大、多姿多彩，汉唐与宋明不同历史时段也甚是悬殊，不是一两句圣训或官腔，或者外来思潮所提供的某种概念所能囊括，许多深层秘密需要重新发现和诠释。鲁迅接着说："就绘画而论，六朝以来，就大受印度美术的影响，无所谓国画了；元人的水墨山水，或者可以说是国粹，但这是不必复兴，而且即使复兴起来，也不会发展的。所以我的意思，是以为倘参酌汉代的石刻画象，明清的书籍插图，并且留心民间所赏玩的所谓'年画'，和欧洲的新法融合起来，许能够创出一种更好的版

---

[1] 《鲁迅藏汉画象》(一)，图 122、123。

[2] 《鲁迅藏汉画象》(一)，图 124—153。

画。"[1]鲁迅对晋唐绘画、元人山水画的评价,自可重新推敲,但其言论的要旨,在于承续文化血脉,综合多元文化要素,推崇民间,提倡刚健,不忌怪异,以猛烈的精神震撼,激活东方之美的力量。在美之力量与汲取石画像深沉雄大的气魄相关联上,鲁迅是以汉学为尚的。因而对鲁迅"取今复古"的创新追求,需要以新古典学进行钩沉索隐,对其知识来源进行脉络清理和实证还原,这样才能揭示其中的丰富内涵和精神深度。

汉画像也是一面镜子,照见鲁迅的一种心愿,梦萦魂绕于东方美之生命的复兴。在国势衰颓之际,如此之梦是带有悲剧色彩的,他却不惮个人力量微薄,毅然从可行处入手:"用几柄雕刀,一块木版,制成许多艺术品,传布于大众中者,是现代的木刻。木刻是中国所固有的,而久被埋没在地下了。现在要复兴,但是充满着新的生命。"[2]复兴久被埋没的艺术,使之获得新的生命,这就是鲁迅既是那么古典,又是那么先锋的独特处。雕刀木版,只是技艺的一种,若能以小见大,应可领略到其中蕴含着的深刻的文化启示。这种文化启示,连通着汉唐魄力,如《汉书·西域传》所说:"天下殷富,财力有余,士马强盛。故能睹犀布、玳瑁则建珠崖七郡,感枸酱、竹杖则开牂柯、越巂,闻天马、蒲陶则通大宛、安息。自是之后,明珠、文甲、通犀、翠羽之珍盈于后宫,蒲梢、龙文、鱼目、汗血之马充于黄门,巨象、师子、猛犬、大雀之群食于外囿。殊方异物,四面而至。于是广开上林,穿昆明池,营千门万户之宫,立神明通天之台,兴造甲乙之帐,落以随珠和璧,天子负黼依,袭翠被,冯(凭)玉几,而处其中。设酒池肉林以飨四夷之客,作《巴俞》都卢、海中《砀极》,漫衍鱼龙、角抵之戏以观视之。

---

[1] 鲁迅:《书信·350204致李桦》,《鲁迅全集》第13卷,第45页。

[2] 鲁迅:《集外集拾遗补编·〈无名木刻集〉序》,《鲁迅全集》第8卷,第365页。

及赂遗赠送，万里相奉，师旅之费，不可胜计。"[1] 唯有一等大国的国力，才能赋予东方美的力量以雄厚磅礴的根基。所谓"闻天马、蒲陶则通大宛、安息"，鲁迅的《看镜有感》，是有感于天马、蒲陶的。因而，鲁迅坚持不懈地搜藏汉画像，也可以看作是这位文化巨人对汉唐魄力的一往情深的遥祭。

---

[1]　[汉] 班固:《汉书》(全十一册)，第 3928 页。

重回鲁迅
——在澳门大学"鲁迅与百年新文学"研讨会上的发言

这次"鲁迅与百年新文学"学术研讨会，是澳门大学校长倡议和支持召开的。澳门大学校长不仅主张"任何一流大学，都应该有一流的本国语文，中外概莫能外"，而且主张澳门大学"亮出鲁迅的旗帜"。作为澳门大学的讲座教授，本人为研讨会奉献了三卷《鲁迅作品精华（选评本）》。评点本以分类和编年的方式，采取经典文化标准，选录鲁迅作品220余篇。去年冬，我从鲁迅的文化血脉、哲人眼光、志士情怀、巨人智慧等多元角度，以古今文献、金石文物、野史杂著、风俗信仰、地域基因、时代思潮以及鲁迅的深层生命体验方面的丰富扎实的材料，对220余篇文章进行有根柢、有趣味、有独到眼光的逐一评点。这实际上是为五四运动前后的半个世纪的文化精神谱系做注，为20世纪最深刻的一位思想文学的巨人，做方方面面的细致深入的解读。以一人之力进行如此充满挑战性的事情，诚如《诗经》所谓："战战兢兢，如临深渊，如履薄冰。"如今将这些评点奉上研讨会，意在获得更多的批评指点。

鲁迅研究是我的学术研究的始发点。从 1972 年在北京西南远郊的工厂库房里通读《鲁迅全集》十卷本至今，已经四十多年了。1978 年，我考入中国社会科学院研究生院，师从唐弢及王士菁先生，开始系统地研究鲁迅。此后我发表的若干关于鲁迅的文字，创造了个人学术生涯的几个"第一"。1981 年上半年的《论鲁迅小说的艺术生命力》，是我在《中国现代文学研究丛刊》发表的第一篇文章；1982 年 7 月的《鲁迅小说的现实主义的本质特征》，是我在《中国社会科学》发表的第一篇文章；1984 年 4 月在陕西人民出版社出版的《鲁迅小说综论》，是我的第一本学术专著。

　　由此迈出的最初的学术脚步，是我后来研究"中国现代小说史"并孜孜矻矻探寻中国古往今来的文学，乃至整个中国思想文化的本源和本质的第一个驿站。选择这个学术思想出发的驿站，在与鲁迅进行一番思想文化和审美精神的深度对话之后，再整装前行，对古今叙事、歌诗、民族史志、诸子学术进行长途探源溯流，应该说，多少是储备了弥足珍贵的思想批判能力、审美体验能力和文化还原能力的。当我在审美文化和思想文化上历尽艰辛地探源溯流 30 余年之后，再反过头来梳理鲁迅的经典智慧和文化血脉，于是在最近两年陆续推出了《鲁迅文化血脉还原》（安徽教育出版社 2013 年 4 月）、《遥祭汉唐魄力——鲁迅与汉石画像》（《学术月刊》2014 年第 2 期）和三卷的《鲁迅作品精华（选评本）》（北京三联书店 2014 年 8 月），对我的学术生涯第一驿站的存货进行翻箱倒柜的大梳理。

梳理的结果，使我对鲁迅的思想和文学的存在，油然生出深深的敬佩和感激之情。有此标杆，令人在思想学术上精进不已，不容稍微懈怠。

最近，我把总字数一百三十一万的这三份材料，做了一次校对，把校勘所得写成两篇文章：《鲁迅给我们留下什么》《如何推进鲁迅研究》，每篇都是两万多字，前一篇还是草稿。文章写得很匆促粗糙，只不过想把近年重回鲁迅的心灵轨迹做一番梳理。

鲁迅给我们留下了什么？以往思考这个问题，往往胪列鲁迅的一系列观点，不妨换一个角度，看鲁迅在精神特质和思想方法上留给我们什么启示。观点是具体的，容易随着历史的行进而增光或褪色；精神特质或思想方法，则具有潜在的普适性，运用之妙，可以进入新的精神过程。鲁迅的精神特质和思想方法在于：

第一是鲁迅眼光。鲁迅全部三十三篇小说中，有十六篇写到"眼光"。《奔月》写羿"身子是岩石一般挺立着，眼光直射，闪闪如岩下电，须发开张飘动，像黑色火"，把眼光看作人物精神的要紧处；《拿来主义》"要运用脑髓，放出眼光，自己来拿"，把眼光作为对中外文化遗产实施拿来主义的关键所在；《绛洞花主·小引》谓：对于《红楼梦》，"单是命意，就因读者的眼光而有种种：经学家看见《易》，道学家看见淫，才子看见缠绵，革命家看见排满，流言家看见宫闱秘事……"眼光是多元的，带有选择性和折光效应，无论如何，认知世界脱离不了形形色色的眼光。如清人吴乔《围炉诗话》卷六说："读书须眼光透过纸背，勿在纸面浮去。"眼光的要点，是锐利和深刻。

在《鲁迅作品精华（选评本）》每一本书中，都夹着我手写的书签："读鲁迅可使心灵的眸子如岩下电。"强调的也是把人的"眼光"擦得铮亮，奕奕有神，增加洞幽察微的能力。香港版《鲁迅作品精华》的"弁言"说的也是同一个意思："我们观察中国事物之时，灼灼然总是感受到他那锐利、严峻而深邃的眼光，感受到他在昭示着什么，申斥着什么，期许着什么"；"'鲁迅眼光'，已经成为 20 世纪中国智慧和精神的一大收获，一种超越了封闭的儒家精神体系，从而对建构现代中国文化体系具有实质意义的收获。在鲁迅同代人中，比他激进者有之，如陈独秀；比他机智者有之，如胡适；比他儒雅者有之，如周作人；唯独无之者，无人如他那样透视了中国历史进程和中国人生模型的深层本质，这就使得他的著作更加耐人重读，愈咀嚼愈有滋味。鲁迅学而深思，思而深察，表现出中国现代史上第一流的思想洞察力、历史洞察力和社会洞察力，从而使他丰厚的学养和深切的阅历形成了一种具有巨大的穿透力的历史通识。"

比如解剖国民性的命题，《阿 Q 正传》是展示国民性的兼杂着喜剧、悲剧、闹剧的戏台。对于阿 Q 式的革命，令人读来说不清楚是"开心"，还是心酸。阿 Q 所梦想的革命武器，不是民主共和，他连自由党都讹成"柿油党"，反而在《三国演义》《水浒传》《封神演义》等小说及地方戏剧《龙虎斗》中，搬出各种兵器，板刀、钢鞭、三尖两刃刀、钩镰枪，夹杂着炸弹、洋炮，都成了他想象中合群打劫式的"阿 Q 式的革命"中用的家伙。这种民俗狂欢的描绘，隐藏着令人愈想愈揪心的针对"为私欲而革命"的讽喻。鲁迅对这种革命把戏是感慨不已的："我们国民的学问，大多数却实在靠着小说，甚至于还靠着从小说编出来的戏文。虽是崇奉关（羽）岳（飞）的大人先生们，倘问他心目中的这两位'武圣'的仪表，怕总不免是细着眼睛的红脸大汉和五绺长须的白面书生，或者还穿着绣金的缎甲，脊梁上还插着四张尖角旗。"（《华盖集续编·马上支日记》）鲁迅眼光看透了群体潜意识的种种欲念骚动的奥妙，用小说、戏文对民间心理的熏染，为思想启蒙提出切实的命题。鲁迅有一种透入人们灵魂的发现："专制者的反面就是奴才，有权时无所不为，失势时即奴性十足。"（《南腔北调集·谚语》）这是鲁迅的眼光。那种认为鲁迅解剖国民性是受西方传教士影响的"殖民思想"，是离开事物的本质，或把事物本质虚无化的不实之论。

第二是鲁迅智慧。香港版"弁言"还说："谁能设想鲁迅仅凭一支形小价廉的'金不换'毛笔，却能疾风迅雷般揭开古老中国的沉重帷幕，赋予痛苦的灵魂以神圣，放入一线晨曦于风雨如磐？他对黑暗的分量有足够的估计，而且一进入文学旷野便以身期许：'自己背着因袭的重担，肩住了黑暗的闸门'，放青年一代'到宽阔光明的地方去，此后幸福的度日，合理的做人'。这便赋予新文化运动以勇者人格、智者风姿。很难再找到另一个文学家像他那样深知中国之为中国了。那把启蒙主义的解剖刀，简直是刀刀见血，哪怕是辫子、面子一类意象，国粹、野史一类话题，无不顺手拈来，不留情面地针砭着奴性和专制互补的社会心理结构，把一个国民性解剖得物无遁形，淋漓尽致了。读鲁迅，可以领略到一种苦涩的愉悦，即在一种不痛不快、奇痛奇快的大智慧境界中，体验着他直视现实的'睁了眼看'的人生态度，以及他遥祭'汉唐魄力'，推崇'拿来主义'的开放胸襟。他后期运用的唯物辩证法也是活生生的，毫无'近视眼论匾'（参看他的杂文《扁》）的隔膜。我们依然可以在他关于家族、社会、时代、父子、妇女，以及文艺与革命，知识者与民众，圣人、名人与真理一类问题的深度思考中，感受到唯物辩证法与历史通识的融合，感受到一种痛快淋漓的智慧禅悦。他长于讽刺，但讽刺秉承公心，冷峭包裹热情，在一种'冰与火'共存的特殊风格中，逼退复古退化的荒谬，逼出'中国的脊梁'和'中国人的自信力'。鲁迅使中国人对自身本质的认识达到了一个新的历史深度，正是这种充满奇痛奇快的历史深度，给一个世纪的改革事业注入了前行不息的、类乎'过客'的精神驱动力。"

鲁迅杂文，得力于他那种随手拈来的杂学。他超越经史诸子一类的正经书，而及于野史、小说、杂记、图谱、宗教、民俗、民间传说和赛会演艺，他在许多旮旮旯旯之处，发现正人君子、传统文人不屑一顾的另一个野草世界。因而民初鲁迅，作为一个独特的精神存在，迟疑于野草世界的小径之间，校古碑、阅佛教、搜集金石小件、寻找汉画石拓片。他以沉默排遣痛苦，也以沉默磨练内功。思想痛苦的医治，使思想者真正深刻地咀嚼出文化的滋味。如果没有民国初年的校古碑、抄佛经、搜集汉画像和金石文物，就没有这位具有如此深邃的精神深度，深知中西文化之精髓之鲁迅。鲁迅的人文兴趣广泛，少好绣像、俗剧，长嗜古碑、汉砖和木刻，藉以体验文化趣味和古人心灵。文学家的鲁迅，是以博识者作为其文化修养背景的，他笔下的许多篇章写得如此事例奇诡，脱尽格套，针针见血，驱遣自如，显示了一个博识真知者的风采。杂文，乃是鲁迅创造的与民族国家共患难的文化方式。可以想知，他写到得意的地方，心中一片粲然。

第三是鲁迅骨头。鲁迅是大智大勇的启蒙斗士，《自嘲》诗云："横眉冷对千夫指，俯首甘为孺子牛。"他不否认自己笔头厉害了得，曾经感慨："我自己也知道，在中国，我的笔要算较为尖刻的，说话有时也不留情面"，"倘使我没有这笔，也就是被欺侮到赴诉无门的一个；我觉悟了，所以要常用，尤其是用于使麒麟皮下露出马脚。"（《华盖集续编·我还不能"带住"》）。哪怕你周围的明枪暗箭，又何妨鲁迅用来试炼自己的骨头。鲁迅有独立不阿的人格，往往以曲笔接招解招，以骨头碰钝枪尖和箭头，并以此显示"我存在"。其骨头之硬，来自鲜明而热烈爱与憎的锤炼和淬火。他宣称"敢说，敢笑，敢哭，敢怒，敢骂，敢打，在这可诅咒的地方击退了可诅咒的时代！"又说："我的坏处，是在论时事不留面子，砭锢弊常取类型。"这就是，他的骨头硬，但不是以骨头耍横，而是在"不留面子"的笔墨中，为认识此社会留下可以反复寻味的"类型"。《女吊》"创造了一个带复仇性的，比别的一切鬼魂更美，更强的鬼魂"，写一种"民俗活化石"，甚至是"女鬼活化石"。"鬼"也有化石吗？鬼本该连着"黑暗"和"死"，鲁迅却从中激活强悍的生命，由此建构了现代中国文学上无可重复的意义方式和意义深度。

第四是鲁迅情怀。情怀是一种情感性的胸怀，混合着感性、理性和情调趣味。鲁迅由 1918 年写《狂人日记》惊世骇俗，到 1919 年写《孔乙己》委婉精妙，在不到一年间，其小说的情调和形式，发生本质性的变化，激越趋于老成，显示了鲁迅文学世界的出手不凡和渊深莫测。在《孔乙己》中，鲁迅捡起故乡街市中有如随风飘落的一叶陈旧人生的碎片，夹在狂飙突起的《新青年》卷页之间，由此审视着父辈做不成士大夫的卑微命运，行文运笔充满着悲悯之情。咸亨酒店，这就是它的"含弘光大，品物咸亨"吗？其地名、其人名，充满反讽的张力。

不仅篇与篇之间追求思想形式的原创，而且书与书之间呈现了精神求索的独特的深度。鲁迅情怀的变迁和调整，改写了他看世界的角度和方式。《呐喊》的精神冲击力强；《彷徨》的思潮反思性深，"反思启蒙"是《彷徨》的重要思想特征；《祝福》的中心关注，是祥林嫂的悲剧人生，但它有个副主题，是反思"五四"的启蒙。辛亥革命过去近十年，"五四"大潮正在奔涌，然而讲理学的本家叔辈老监生鲁四老爷大骂的"新党"还是康有为，似乎"五四"的启蒙虽然在京沪知识界洪波涌起，但在二线、三线的乡土城镇，依然是"雨过地皮湿"的状态，盘根错节的历史并没有由于思潮推涌而立即迈步前进。孤独，自"五四"始，成了时髦的状态名词。《孤独者》却来反思"孤独"。胡适 1918 年发表《易卜生主义》，里面引用易卜生《国民公敌》的话："世界上最强有力的人就是那个最孤独的人。"对此深度反思的结果，孤独的魏连殳，怎么能说"世界上最强的人"呢？他只有一句"我还得活几天"，这是魏连殳求生意志的宣言，在行文中反复鸣响。在走投无路之际，他当了军阀杜师长的顾问，出卖人生价值为代价的胜利，意味着失败："我已经躬行我先前所憎恶，所反对的一切，拒斥我先前所崇仰，所主张的一切了。我已经真的失败，——然而我胜利了。"这里的孤独的胜利，成了一种"反胜利"。

　　鲁迅对思潮的反思，立足于他对现实的深刻观察。《伤逝》沉浸于对更年轻一代知识者的思想文化的反思，反思了易卜生《傀儡家庭》的浪漫性。《伤逝》一开头就说，"如果我能够，我要写下我的悔恨和悲哀，为子君，为自己"，为全篇定下了哀婉的忏悔格调。哀婉源自对青年知识者的青春礼赞，以及对青春失落的哀伤。其中剔出了一种"被系住的蜻蜓的哲学"："就如蜻蜓落在恶作剧的坏孩子的手里一般，被系着细线，尽情玩弄，虐待，虽然幸而没有送掉性命，结果也还是躺在地上，只争着一个迟早之间。"这条摆脱不掉的细线，就是社会习俗、宗法势力、经济体制，左右着青年知识者的命运。《离婚》反思启蒙主义和女性主义思潮翻滚后，乡村依然是士绅的厅堂原则压倒和制约着乡野原则。七大人故弄玄虚的"屁塞"，轻而易举地打翻了爱姑的"钩刀脚"，这就是中国乡村社会权力结构的"无阵之阵"。鲁迅在《题＜彷徨＞》诗中不是感叹"寂寞新文苑，平安旧战场。两间余一卒，荷戟独彷徨"吗？但是，"反思启蒙"使他的彷徨增加了思想深度，是清醒的"有思想的彷徨"。然而有深度的表达，是不会马上造成轰动效应的，它需要用心仔细咀嚼，日久才知滋味。因而小说集《彷徨》，就不能重复《呐喊》诸篇，以其"表现的深切和格式的特别"，"颇激动了一部分青年读者的心"了。

　　至于《如何推进鲁迅研究》，就不准备细讲了。我一直认为，鲁迅是一口以特别的材料制造的洪钟，小叩则小鸣，大叩则大鸣。鲁迅研究还存在着不少可以深入开垦的思想、知识、精神文化的园地和土层。就看研究者举起敲钟的槌棒的材质和大小；就看研究者的知识储备和思想能力，是否与研究对象相称。我本来想讲推进鲁迅研究的五个维度，即更深一层地疏通文化血脉，还原鲁迅生命，深化辩证思维，重造文化方式，拓展思想维度。但今天只能着重就如何强化对鲁迅文化血脉的研究，谈点看法。

　　以往的鲁迅研究的显著特点，是侧重于思潮，尤其是外来思潮对鲁迅的影响。这方面取得的重大突破，自不待言，然而以往即便谈论鲁迅与传统文化的关系，也只是演绎批判国粹之类的文字。侧重于思潮对这种关系的冲击而产生的变异，就脱离了文化血脉的原本性了。鲁迅说过："外之既不后于世界之思潮，内之仍弗失固有之血脉，取今复古，别立新宗，人生意义，致之深邃，则国人之自觉至，个性张，沙聚之邦，由是转为人国。"（《坟·文化偏至论》）他是把思潮和血脉并举，而使之相互对质。一个巴掌拍不响，两个巴掌才能拍出文化新宗、人生意义和国人之自觉。思潮离血脉而浮，血脉离思潮而沉。重思潮而轻血脉的研究，只能是"半鲁迅"的研究，只有思潮、血脉并举，才能还鲁迅应有的"深刻的完全"。即便是研究思潮，也要有血脉研究的底子，才能理解鲁迅为何接受思潮、如何接受思潮，而使思潮转换流向和形态。诚如鲁迅所言："新主义宣传者是放火人么，也须别人有精神的燃料，才会着火；是弹琴人么，别人的心上也须有弦索，才会出声；是发声器么，别人也必须是发声器，才会共鸣。"（《热风·圣武》）血脉是解释思潮为何及如何"着火"、"出声"、"共鸣"的内在根据。血脉是一只左右着接受何种思潮、如何接受思想的"无形的手"，而思潮的反灌，又滋育着和改造着血脉，激活血脉的生命力。

鲁迅的文化血脉既深且广，深入历史，广涉民间，令人有无所不届之感。鲁迅的文化血脉，论其大宗，相当突出的是要从庄子、屈原、嵇康、吴敬梓，从魏晋文章、宋明野史、唐传奇到明清小说，甚至要从绍兴目连戏、《山海经》、金石学和汉代石画像中去寻找，去把握。文化血脉，纵横交错，巨细兼杂，大可及于一代文学、一种文体，细可及于一个掌故、一个物件。比如解释《朝花夕拾》开篇的《狗·猫·鼠》，就可以运用地域文化和文献学的角度，上溯到八百年前陆游《剑南诗稿》卷十五有《赠猫》绝句云："裹盐迎得小狸奴，尽护山房万卷书。惭愧家贫策勋薄，寒无毡坐食无鱼。"对猫的捕鼠功劳相当感激，又如南宋吴自牧《梦粱录》记述，

"猫,都人畜之,捕鼠";陆游又借猫来吐露家境的贫寒,连累了猫也挨饿受寒。《剑南诗稿》卷三十八,又有《嘲畜猫》诗曰:"甚矣翻盆暴,嗟君睡得成。但思鱼餍足,不顾鼠纵横。欲骋衔蝉快,先怜上树轻。胸山在何许,此族最知名。"注云:"俗言猫为虎舅,教虎百为,惟不教上树。又谓海师猫为天下第一。"陆游为山阴(今绍兴)人,与鲁迅有同乡之仪。鲁迅幼年听到的故事与这里的"俗言"一脉相承,但鲁迅听到的猫是"虎师傅",陆游却说是"虎舅",多了一层亲缘关系。

又比如,讨论鲁迅的美术关注,以发现"东方美的力量"为旨归。他关注过去,是为了充实当今,开拓未来。1935年,他给木刻家李桦写信:"以为倘参酌汉代的石刻画像,明清的书籍插画,并且留心民间所赏玩的所谓'年画',和欧洲的新法融合起来,许能创出一种更好的版画。"[1]他由此设想一种新的美学形态:"以这东方的美的力量,侵入文人的书斋去。"[2]清理这条血脉,应该从重新认识民国初年的鲁迅开始。鲁迅一生,主要是1915年至1936年这个二十年的两端,购得碑刻及石刻、木刻画像拓片近6000种。这成为鲁迅文化血脉上拥有的一笔重要的思想资源。鲁迅收藏的山东嘉祥等地的汉画像拓片405种,多是民初沉默期所得;南阳汉画像246种,则是1935年12月至1936年8月通过王冶秋转托相关人士拓印所得。我们多关注鲁迅与魏晋的关系,由汉画像又可以窥见鲁迅与"汉学"的关系。这种汉学不是经学,而是"民间汉学",由此牵引出鲁迅与民间学的对接点。

他搜集石画像拓片,不是为了淘宝升值,而是为了考证其中展示的生活情态及其蕴含的民间精神情态。许寿裳称赞:"至于鲁迅整理古碑,不但注意其文字,而且研究其图案……即就碑文而言,

---

[1] 《鲁迅全集》第13卷,北京:人民文学出版社,1981年,第45页。
[2] 《鲁迅全集》第13卷,第1页。

也是考证精审，一无泛语。"[1] 可见做的是精粹的古典学的功夫。这不是玩物丧志，而是玩物长志，增长见识，认知世界，连通血脉，涵养精神。其间曾用南宋人洪适的金石学著作《隶续》，校订《郑季宣残碑》。考证古碑时，对清人王昶（号兰泉）的《金石萃编》多有订正。1915 年末，从北平图书馆分馆借回清人黄易的《小蓬莱金石文字》，影写自藏本的缺页。鲁迅的金石学、考据学修养，于此立下了精深的根基。他也于此接上了清代考据学的传统，正因心细如发，才能使其在后来的文明批评中旁通博识，眼光如炬。没有如此精深的传统学术修养，鲁迅是不可能写成《看镜有感》这类杂文，也不可能以山东嘉祥和河南南阳的汉代石画像考见汉人的生活史和心灵史，从中发现"东方美的力量"，藉以遥祭"汉唐魄力"。由此可知，沟通血脉，是当今鲁迅研究的当务之急。既关注鲁迅借鉴外来思潮，又顾及鲁迅植根于本国文化血脉，才能超越研究"半鲁迅"的局面，还原一个"全鲁迅"。

2014 年 9 月 15 日

---

[1]　许寿裳：《亡友鲁迅印象记》，北京：人民文学出版社，1953 年，第 40 页。

图书在版编目（CIP）数据

重回鲁迅 / 杨义著. —上海：上海三联书店，2017.2
ISBN 978-7-5426-5744-2

Ⅰ.①重⋯ Ⅱ.①杨⋯ Ⅲ.①鲁迅研究 Ⅳ.①I210

中国版本图书馆CIP数据核字（2016）第262560号

重回鲁迅

著　　者 / 杨　义

责任编辑 / 周青丰　朱静蔚

特约编辑 / 周青丰　李志卿　丁敏翔

装帧设计 / 乔　东　阿　龙

监　　制 / 李　敏

责任校对 / 李志卿　丁敏翔

出版发行 / 上海三联书店

　　　　　（201199）中国上海市闵行区都市路4855号2座10楼

网　　址 / www.sjpc1932.com

印　　刷 / 山东临沂新华印刷物流集团有限责任公司

版　　次 / 2017年2月第1版

印　　次 / 2017年2月第1次印刷

开　　本 / 690×960　1/16

字　　数 / 188 千字

印　　张 / 14.5

书　　号 / ISBN 978-7-5426-5744-2 / Ⅰ·1175

定　　价 / 48.00元

敬启读者，如发现本书有印装质量问题，请与印刷厂联系0539-2925680。